Rodrigo Garcia Lopes

Poemas coligidos
(1983 - 2020)

KOTTER
EDITORIAL

Coordenação editorial: Sálvio Nienkötter
Editor-executivo: Daniel Osiecki
Produção: Cristiane Nienkötter
Diagramação: Carlos Garcia Fernandes
Preparação de originais e revisão: Rodrigo Garcia Lopes
Capa e Foto da capa: Rodrigo Garcia Lopes
Foto do Autor: Elisabete Ghisleni

Dados Internacionais de Catalogação na Publicação (CIP)
Angelica Ilacqua CRB-8/7057

Lopes, Rodrigo Garcia
Poemas coligidos / Rodrigo Garcia Lopes. -- Curitiba: Kotter Editorial, 2023.
616 p. : il., color.

ISBN 978-65-5361-032-3

1. Poesia brasileira I. Título

CDD B869.1

21-5602

Kotter Editorial Ltda.
Rua das Cerejeiras, 194
CEP: 82700-510 - Curitiba - PR
Tel. + 55(41) 3585-5161
www.kotter.com.br | contato@kotter.com.br

Feito o depósito legal
1ª Edição
2023

Rodrigo Garcia Lopes

Poemas coligidos
(1983 - 2020)

Sumário

Solarium

(1983-1994)

Dioramas

Phanums

Não diga que você não liga
a mínima
pra toda essa
Luminosidade:
zanzando pela casa vazia
procuro Phosphorus.
— A vela se acende
entre um buda de sândalo & uma rosa.
O piso cede
sob minhas meias vermelhas — sede.
O pensamento
não se detém em nada
mas vagueia
entre
cada
coisa vívida.
O ar da tarde
invade
a varanda da casa:

restos de fogueira da noite passada.

Como uma paisagem
: uma imagem
nunca se completa.
É preciso quase tê-la
captá-la
num segundo
Depois deixá-la
quieta cuidando de si mesma.

Os olhos devem devolvê-la.

Nunca tentar retê-la

— mosca na teia

ou água , num

aquário.

Ela apodreceria assim, em

silêncio.

Ou isso não seria

algo que persiga um fim
uma represa e sim

Água corrente,

fria,

Das montanhas.

peônias negras
serenas
quase secas

pombos se aquecem
num resto
de sol

uma planta
luta para
romper a fenda

formigas dragam
uma abelha
ainda viva

o inverno
furta a flor
a cor da fruta

(gestos & acenos
de sombras
não consolam)

a tarde passa
arrasta e deixa
um rastro prata

<table>
<tr><td>outro</td><td>outono</td><td></td></tr>
<tr><td></td><td>chuva</td><td>pés miúdos</td></tr>
<tr><td>sonho</td><td>de nuvem úmida</td><td></td></tr>
<tr><td>céu</td><td>de nuvem</td><td>nenhuma</td></tr>
<tr><td>lambe</td><td>a manhã</td><td></td></tr>
<tr><td></td><td>derruba</td><td>folhas</td></tr>
<tr><td>uma</td><td>por</td><td>uma</td></tr>
</table>

No divã de Sigmund

Penso com paixão.
Doktor Zen vive desprezando as palavras
E, como emérito especialista em miudezas,
Diz silenciar meus gestos mais bruscos.
Para meu próprio bem.
Embora, perplexo, no escuro,
Sempre acabe confessando seu
Ignorante amor.

Bogey não: “Ele tem a língua afiada
E nunca deixa de dizer
exatamente tudo”.
Traço os limites do real a giz
E me jogo nas poltronas da emoção.
Uma luz se acende.
“Aguardando resposta”.
“Meu amor nunca se envolve em grandes causas
nem em crime insolúveis”.
Cigarro no canto da boca,
Olhar enigma,
Aquele beijo que trocamos na mansão
Sob os olhares discretos dos mordomos.

você

que diz

ser minha

igual
alguém
como meu outro

coração

de parceria

se pareceria

?

Vai ver viver não era bem isso
Entre um trago e um compromisso
Um dia eu te peço um beijo
tem dias que eu não acredito
Meu olho chupa teu solriso,
boca de mel, olhos de lince:

Um dia chegamos no início.
Vai ver um dia a gente ainda
ouça assim: "é tão simples"
Quem sabe um dia a gente ainda vire
cúmplices.

Assim já dá para ver como é que tudo fica
quem sabe tudo isso um dia nos significa
Vai ver era só o neon do outono com seus clipes
o sol batendo firme num livro dos beats.

Trazes teus truques, musa em transe —
Zoom na lua chique;

deixe que a paixão nos

Clique, plugue, ligue.

ideia:
orquídea

a esmo
mesmo
esmagada

por pés
até virar
pó

poliflor
entre peles
ou

fixa no céu
tatuada em tua
tez

colore o ar
vermelho
& molha

a luz
(se quiseres)

Ceres pen
teia
se ser pen

tece-se.
olha o peixe
: mergulha:

atônita
volta à tona

n
ã

o
m
in
t
o

:

i
m(cog
ni
t
o

&
sf
in
j
o

não pessoas
mas psius

sins
silêncios
pausas mínimas

penso
disperso
assim

escuto a tudo
enquanto
juntos

falo sem ferir
amo sem amor-
daçar-me

mordidas
em sua
macia maçã

não pessoas
mas fumaças

não mais máscaras
mas caras

Nô

月 estou satisfeita
com esses pássaros
que de noite
bicam meu corpo

日 há uma fera em mim
que me adora
mas de noite
vai embora

月 estranho:
os pássaros sempre vêm
sentados nas costas
de uma fera

日 estranho:
de madrugada
penso ouvir
pássaros lá fora

月 lua
日 sol

tudo tem sentido
se sentido for
tudo que sentimos
tudo tão sentido
que não tem sentido algum
ficar sentado assim
mentindo

De olhos fechados

Do nada, às vezes,
De lugar nenhum

Surgem luzes invisíveis
A olho nu.

Escuro, ou vozes
Que me chamam

Espelhos se partem — um enxame
De vagalumes.

Nenhum vestígio
De que estivessem aqui.

O olhar uma lâmpada
Apagada —
Uma lua cujo rastro
Acende a lesma que a devora.

Em chamas, inchada,
Ela agora derrama

Seu sangue
Sobre estilhaços brilhantes.

De um outro céu.
Sorrisos, estranhas iscas do além.

Irreconhecíveis.

Soft rain, high grain

perdido entre pedras clássicas
me movo de novo
pelas aleias e aldeias

trago orquídeas mínimas,
um gosto, um clima,
perdido entre o erro e a rima

êxtases, ideogramas, essas minúcias
de pedra rara em imã, no afã
de vê-la estilhaçar

(recluso entre palavras)
que se dissolvem como sal,
assim, ao menor sinal.

Chance

Toda possibilidade
venha

De onde vier, da luz batendo & fazendo
sombras

Que se movem. Ou a ilusão se
confundindo
com um rosto onde a luz
penetra —

E mesmo que toque
Fundo, esta pedra

há de ecoar longe,
Onde

a espuma do sentido se desdobra, onda
sendo

puro gesto, tradução
do movimento e seu processo.

Balada

à moda do dolce stil nuovo

Mina, sua energia me anima de baixo a cima
Quando afundo meus olhos em você,
E tanto, que a mente decola numa rima
E a alma se transforma numa voz. E se

Meus gestos não traduzem essa passagem
De algo outro em nós, vibrante acorde, contraparte
Daquela arte que se chama Marte, a tarde,
A tua trajetória tão bela, um beijo na folhagem

Do teu rosto, riso aceso que levita luzes e doces flores
Que a razão ignora mas a beleza conduz
A imensos instantes plenos de flashes, em nós, nus.

(A mente gosta de sofrer tão docemente
Quando não pousa os dedos no teu doce cor
E quando não deixa meu corpo tremer de amor
Fazendo a dor se dissipar, assim, tão sutilmente).

Quero oscilar, em meus delírios, em teu corpo,
Ser o satélite solitário a contemplar tua superfície,
A imaginar tuas esferas, potências, galáxias, delícias,
Ser e se fundir em sua alegria de outono, morno.

Quanto sinto teu sentir em mim sentindo
E sigo a melodia de tua voz, como em desertos,
A flor da boca colhe num beijo uma nova estação:
A fera do Amor, que me espanto e me desperto
Ao ver-nos vivos, ao ver toda nossa dor se diluindo.

O amor só é bom se assim se pensa e se contigo for
Como se a tarde passasse a arder de um´outra cor
E o mundo a ser o que quiser, um sol maior, um mal menor,
Por perceber agora minha alegria, tua presença.

você me toca
como quem troca
de roupa

você me provoca
e troça
dessa minha
doce
distração

pra que tanta pressa
você
mulher na multidão?

cerejas
podem

parecer
amargas

se você nada sabe
do solitário sabor
experimente-as
antes

quando
ainda

forem
flores

Polaroides (1983-85)

CIRCUNAVEGANDO A GRANDE ESFERA DESVAIRADA

e cativo

El Capitán Mergulho

numa cilada de gozos

entre espumas escunas

dunas & lunas

vai no rastro do carinho alucinado & lindo

femenino e quente como um deus

Entre girassóis marinhos

areias cambiantes,

sereias

conchas de fogo nos cabelos

ele sumindo

De *Amares* (1983)

enquanto movo o objeto de meu grito a persi(ana
abrindo-se fendendo a lua neve nave selvagem
viagem que decola no azul do rosto rastro gasto
pela espera frágil pela lentidão do escuro do fôlego
sirenes perseguindo vândalos enquanto movo
o novo ao sumidouro à esfera do silêncio à mente
no abandono do objeto do desejo teus olhos ancas
livres firmes feito leves aves coxas para suportar
a rapidez da claridade crua branca espádua e clarinosa
areia singrando a tepidez da beleza da beleza,
raiassol, nova gula, beleza que desejo neon de
flores incolores no colo do ciel onde branda
água adormece alga acomodada cris(talina

sibilina sitiada serena sonora suave eva semeada
solitária calma finda linda

Cet obscur objet du désir

no café del prado
em barcelona
um bando de pombas
rebolam pelas ramblas

Barcelona, 16 de junho de 1984

Montanhas

não são nuvens
mas tão brancas

solitárias
(mas são tantas)

Hochfilzen, Áustria, 17 de maio

Was in seinem herzem vorsichgeht

Für Barbara

Nacht, Nacht,
Nächtelang

Der schwache Wanderer
Mit Bernstein augen.

Sein auge: Licht,
Und er,
mit sich, — für sich.

Ebenholz, der Wanderer:
“Ist´s nur das?”

Nacht, nichts,
Wer   Wann   Wozu?
Der Wanderer:
“Ist´s nur das?”

Lichter, nächtelang,
für sie:
“Ist´s nur das?”

Viena, 5 de maio

O que vai no seu coração

Para Barbara

Noite, Noite,
noites inteiras

O frágil viajante,
Com seus olhos âmbar.

Seu olho: Luz,
E ele,
Com ele, — para ele.

Ébano, o viajante:
"é só isso?"

Noite, nada,
Quem   Quando   Para quê?
O viajante:
"é só isso?"

Luzes, noites inteiras,
Por ela:
"é só isso?"

Schönbrunn

Enquanto você espera
meus olhos vazios espalham sombras
pelos bosques de Viena
e repletos de algo
que a memória já nem.
Sei que
talvez fosse no entanto
lá mesmo um lugar onde
as palavras perdessem seus sentidos
quando se precipitassem de galhos
cuja visibilidade
tornava-se impossível
depois de tamanha tempestade.

Para nosso espanto.

maio de 1984

Evening, Viena

ver o verde tranquilo entardecer
arder com ele
estar

dentro da tarde e nela transparecer
enquanto
sementes brilham sobre a grama,
sozinhas.

jovem viajante, vento —
um pássaro perdido
debaixo da primeira chuva.

pinheiros que são como um adeus,
lua, um cílio prata,
flutuante jardim.

ser o verde sereno escurecer
ter a tarde dentro
ardendo

como as sementes
que o pássaro procura
sob a chuva
pura

primavera:

15 de maio

A travessia

tempestade   invisível

um pássaro de gritos

risca

o imenso   silêncio

e

num naufrágio de brilhos

flores brancas

suicidam-se de galhos

infinitos

Ao mar,

um pânico de abismos

Estocolmo-Turku. Mar Báltico, 27/5/84

Mr. Paradise

mr. paradise sai às ruas com
suas invisíveis roupas antes

aparentemente distraído agora
abaixa-se e toca uma f

olha (qualquer coisa) vermelha
pensando ser outono ou tudo

aquilo que pensamos en-
quanto borboletas brincam

entre punks e turistas ELA
sorri como um céu sem nuvens

(sob um chapéu pensante
de abas quilométricas)

e a gente começa a segui-la
enquanto humildemente acena para

jardineiros & floristas

Londoneliness

nem um

som

noite

triste

a chuva (branca) não

existe

gosto quando meu rosto
mostra

só o que sei
só o que sinto

sem querer ser
mais do que sou

gosto quando teu rosto
gosta

do que vê refletido em mim
que é quando ficamos assim

tão quietos, tão
poucos

somos
pessoas
estranhas

nem sabemos
que sonhos
que somos

esses
olhos
poucos

essas
folhas
secas?

esqueçam
fiquem
calados

somos
estranhos
no entanto

esta noite
dormiremos
lado a lado

Morning Glory

para Ana Cristina Cesar

: olha
é outono
lá fora
e agora
leve
ele vem
encobre
e doura
outubro
(quando
uma folha
é tanto

que arde

na memória)

devagar

cada cor

brilhando

a sua glória

ao sol

à nossa glória

olha

é outono

em tudo

(lá fora

& agora)

quando

um rosto

(é tudo)

que resta

na memória

Londres, 15/10/1984

betrayed by
a winter wind

the beautiful
butterfly

slowly flo
wing like a
flying flower

fallen over
a frozen
river

(bitter is
to fly

so far
to die:

better flying forever)

A solidão

A solidão sempre aparece com beijos & bombons
a solidão faz visitas regulares a seus amigos íntimos
a solidão procura o inverno em pleno verão
a solidão brinca no mar com seus dedos de açúcar
a solidão vive sorrindo pra desconhecidos
a solidão ainda se emociona com filmes antigos na televisão
a solidão tem olhos escuros, a solidão tem olhos azuis
a solidão tem uma cerca branca com rosas e uma bicicleta
a solidão imagina gueixas cujos olhos são borboletas de vidro
a solidão é uma loucura e arrebata concursos de beleza
a solidão bebe em meu corpo seu próprio desespero
a solidão adora esconde-esconde e amarelinha
a solidão coleciona diários e discos do Coltrane
a solidão usa pijamas de bolinhas e óculos quebrados
a solidão depois dos sexo ainda se sente sozinha
a solidão e eu somos apenas bons amigos
a solidão corta meus pulsos com uma gilete de sal
        depois sai chapada pelas ruas
        com uma folha de alface na lapela

HasHisH

this ashtray
wishes to
stay

as is
in its

stillness

Disque "M" para matar

1

Improvisação pessoal.
Esta noite sou um jazzman
com dentes de ouro & swing
pra raiar o dia.
Troco a mobília de dentro, só,
pra ver como ficamos.
Táxis negros dão rasantes
sobre suicidas.
Sou apenas um fantasma clandestino
procurando o que beber
nesta noite fria.
Amo a Lua, submisso,
embrulhado num lençol chinês.
Spyderman tecendo
essa novela de personagens

tão confusas.
Desarrumo tudo.
Paciente,
espero os ilustres convidados que, eu sei,
não vão chegar.

2

Descendo pelas escadas de emergência
do maior edifício do mundo.
Escuro.
A idiota que eu amo está lá em cima,
dormindo, suando frio,
morrendo um pouco. Pego o fone.
O silêncio com seu cínico sorriso.
Não importa: minhas mãos
negras, negras,
tremem como coelhos.
Digo: "É mesmo impossível sentir frio
Com esses cobertores alemães".
Kris quebrou a perna,
o indiano da quitanda teve um filho,
o resto são arrependimentos
terríveis de serem sentidos".
(Mas me amarro nos mastros
de alguém que é um naufrágio.
Destroços de ondas que a corrente leva,
Orgulhosa).

3

Misteriosas vozes escapam
do esgoto.
Bêbados brigam por uísque.

Ratos fogem, nojo.
Um rádio toca Vivaldi.
O casal ao lado espanca-se,
em silêncio.
Tomado pelo pânico
tropeço em gatos amarelos
perdido em minha própria obsessão.

4

Ouço passos apressados
a mil degraus.
Vem subindo alguém,
Como uma febre, alguém que se quer muito.
A Loucura arromba a porta.
Revira os olhos. Vasculha a sala.
Vidraças, aos gritos, se atiram lá de cima.

Com um canivete enterrado nas costas
Ainda disco o último número.

79 Westwick Gardens, Shepherd's Bush, Londres, 1984.

Zen Breakfast Club

A vida é um grande café da manhã
onde os convidados
de quimonos negros
mergulham bolachas brancas
em xícaras brancas

inventando assuntos

problemas de coluna

a previsão do tempo

o grande amor do último verão

Repetindo eternamente frases como

"o corpo é um grande lago"

ou

"a brisa sopra entre os bambus"

Imaginando que

em todo lugar

Existem montanhas azuis

& árvores verdes

Keswick, Distrito dos Lagos Ingleses, julho de 1984

Sheep in Fog, uma leitura

sobre um poema de Sylvia Plath

Fila de hálito branco

descendo a colina

— Mergulhada na neblina, bota branca

pisando mansa & macia dentro da alma das árvores.

Mundos obscuros, mudos —

“the train leaves a line of breath”
Um fio de hálito fica no caminho —
Não é um trem, dessa vez,
não é esta a tradução

e sim ovelhas simples
descendo
(em silêncio)
pela colina.

Uma dezena de pequenas almas ambulantes, peregrinas
(vistas por alguém que não diz nada).
Uma fita fina e fria, de neblina
retida na retina
e nítida ainda —
Que se solta das mínimas narinas das ovelhas
e se dissolve na gelada

Manhã.

79 Westwick Gardens

não ir
sem se re
partir

não misturar
amor com
amar

não confundir
fundir con
fundir

não pedir
calar
pedindo

não agora
embora
indo

n o w

s

n o w

s

o

n

n o w

h e r e

Londres, janeiro de 1985

Venezia

L´acqua espessa, líquida claritá,
Marca d´água no mármore branco,
Leões, máscaras com olhos
De Murano.

Crianças brincam sob a lua
De´lla piazza San Marco.
Ecco:
sussurros
sinos,
Sons que não compreendemos.
Flashes de memória.
O aroma
doce
do silêncio.
Folhas secas caem nos canais,
Falhas nas árvores, vitrais.
Risadas vaporosas:
dedos desfiam —
frestas de sol —
ouro líquido
pela pele,
pérola,
Per la persiana,
Corvos sobre ramos,
curvos pela chuva
Céus surpreendendo
sempre.
Depois as sombras, sempre frescas,
sendo esmagadas por seus

Delicados pés.
Uma mente confortável como um mocassim.
Labirinto náutico, pássaros filósofos,
Vinho tinto nos telhados.
Flutuando.
De olhos fechados: dolcezza.
Gôndulas vazias
noite

ondulando

Agora anônimo, veneziano,
Enviando a você (a ninguém)
Postais do Velho Mundo.

Veneza, janeiro de 1985

à flor da pele
leve
o perfume dela
onde você for

Vadiagem

seguir o rastro
para saber o que
ainda presta

virar o rosto
e ver

vira-latas

vendo o vento
varrer o resto

a viagem vai

apagando paisagens

devagar

vão pintando

outras

no caminho

voltando pela praia
as pegadas na areia
são as minhas

Ierapetra, Creta, 20/1/1985

Zappahokusai

ZAPPAHOKUSAI ©1985

Solarium

A yak is a prehistoric cabbage: of that, at least, we may be sure.
But tell us, sages of the solarium, why is that light
still hidden back there, among house-plants and rubber sponges?
For surely the blessed moment arrived at midday

John Ashbery, em "Notes from the air"

Outras praias

1

O ar do verão vibrava como imitação
que os dedos do maestro regiam, Além,
(uma outra palavra para Adeus)
E sua ausência imediata, que são próprias
das coisas consideradas fora de seus centros;

Náufragas, como ilhas dispersas circundadas
por tanta luz, e o mar hibernando o surf
das manobras rápidas, radicais, engolindo praias,
prises e personas
Uma tontura que persiste após
o estrondo doce do amor, antes e agora dobrando-se no Tempo

Tudo a caminho, tudo rápida passagem, impressões,
a textura da areia, seixos
ao redor do sexo que é tudo e que sustém em linguagem
Viva, a linguagem das marés e dos exercícios estratégicos do vento
que uiva às coisas e nomeia lagoas e dunas, uma gíria imaginária

O mar da página de jornal, gaivotas
bicando lâmpadas à procura de águas vivas, quebrando-se
Cristais,
& uma visão do vórtex do vir-a-ser distraindo
as cores excessivas, todo ornamento inútil, recolhidas em
fotografias dinâmicas, que se revelam lentamente em suas
ausências em fuga, como nós, aos pés destas pedras, refletindo-nos
na mudança desse poço, em sua condição.

O que vemos daqui são gestos que querem o além,
o reflexo de terras nunca vistas,

brisas nunca sentidas, uma viagem
sem volta a territórios livres, como nômades detidos
no meio de uma tempestade obsessiva. O que
carregamos são espelhos que refletem sempre
o diferente, enquanto nós, eu e você
mudamos juntos. Nuvens
dissipam-se em doces fragmentos, sentidos acenam
do outro lado da baía, onde estivemos
Há alguns instantes que ficaram

Misturados com a lembrança do instante diferenciado,
um ideograma na fumaça do cigarro, o haicai mais simples
recolhido num vazio que vibra, diz, e muda.
Um brilho secreto, isso o mar também nos traz
sem cobrança alguma
e além do privado e do profundo jaz
o não dito, o absurdo de calar, o conferido:
penínsulas e abraços

salinos, studio marinho. E o modo como ele
endereça suas maresias a nós mudos e humanos
com seu estilo que no fim revela ser apenas
a mancha do mar em sua blusa, uma blueprint, um sim.

2

O Agora voava, deixando nossas respostas
sem pergunta alguma.
Acabamos nos cruzando, a caminho da estação
onde nada se detém, na luz que grita atrás das montanhas,
No som de nossas vozes e olhares assustados
como sempre
Sílabas apagando beijos como a maré faz com nossas pegadas
recolhendo

Apenas o silêncio, o silêncio.
Registros de amanheceres sendo
Eternamente abertos para agentes secretos
Até que a página se vire como onda

Deixando paisagens no retrovisor
Longe de qualquer ideal de transparência ou nostalgia.

Linhas que nada são a não ser a trajetória das gaivotas
Deliciadas com as horas que ainda restam antes do pouso.
Primeiro dia de sol, a casa está vazia.
Tesouras repousam quietas ao lado de
Gencianas. Nova Geografia. A cena
Está quase completa, viva nos músculos que apanham rápido
um clichê qualquer no ar, uma sombra. A voz, cada vez mais,
Se estilhaçava, ficando assim impossível dizer
Quem falava ou soprava o vento
no stylus das árvores rabiscando um céu
que não era bem assim
O que se queria dizer, um espaço implodido a cada passo
Dentro do corpo onde a natureza sopra seu processo
As sentenças do mesmo rio nunca o mesmo rio
Códigos nascidos sem qualquer charme, e a gravidade
De tudo o que prossegue, indestrutível, viagem.

3

Aqui o céu é fino feito papel.

Regras se dissolvem como uma velha palavra na boca
velha manhã com um gosto de folhas secas na boca
Muito viva vívida doce e muito viva
distribuindo seu teatro, lírica barata, seu Gesamtkuntswerk,
nos telhados onde pássaros respiram, quietos,

sendo observados por gatos negros e cantados obsessivamente por
Cigarras. Invadem o verão. A indistinta voz que distribui
sons secos pela estação dos sustos, para além de si, desejo
De um presente acelerado como as ondas deste
doce Desterro,
O modo vazio e pleno como o olhar
faz
de tanta luz
o ar vibrar

Nos sentimos Oceanus, Pan, nos sentimos mais humanos
& sacamos
parte da hera tomando a janela onde pouco ou nada é dito
Apenas sentido, o limite de um "ouvir-se dizer"
que já não diz, reprisa
Velhas cenas de um teatro previsível.
Apenas o espectador mudou no fim de tudo
E as estações se amontoam num canto do céu esperando
Um milagre, uma confortável
Invisibilidade, que não tem nada a ver com
O excesso desse sol depois de três dias de chuva
Três úmidas palavras sussurradas e conduzidas como o vento faz

Às nuvens, nada necessariamente difícil ou vazio
gruda à pele, livre
De qualquer engodo, assinatura, assunto.
Horas e horas de vidro, sentenças sem nome flutuam
no manso ar do verão do interior e suas diferenças
Vêm à tona, enfim, o que nos deixa ao menos
uma chance para ouvir uma chuva invisível
atrás da porta pela qual acabamos de passar.

América # 1

O além é sempre aqui, e o futuro nos desorienta — não obedece
os sinais simultâneos que o real dispara — oscila, entre dramas
e tramas nos trinta canais do agora. Carnaval possível, a cena
rivaliza-se à de Nero, fera, golpes de silêncio numa rocha
: cigarra. Do Alaska ao Arizona sem dizer um a.
Melhor assim: onde há espaço, silêncio. Mas nem tempo
nem espaço — têmporas de aço — suficientes para romper
o vidro: esse vazio. O caça deixa um rastro de fumaça.
O vermelho, azul & branco desfralda uma bandeira.
Somos os últimos existencialistas. Mas para a existência
não há saídas de emergência.
Sisiphus se foi — a rosa se incinera.
E a habilidade da rocha em reter seu tempo?
O agora agoniza. O futuro nos completa.

América # 2

O amor é mais além, e nós — eternas presas da beleza.
A manhã acaricia a manhã nas ilhas.
Olhos cintilam, como Roma em chamas.
Metáforas são como vertigens, trips, Trieb, tabi.
Aqui não interessa o quê, não interessa quando.
Só interessa isso.
Cidades ardem na memória como se nunca.
"O futuro foi ontem". Delírio de dilúvio.
O tempo, droga, draga nossas rugas.
Mas ressuscitamos.
Somos presas da beleza, ela é tudo que nos resta.

Um rosto rústico, um giro rápido, um riso ríspido.
Os corpos dos náufragos viram areia, conchas, constelações —
poeira.
A poesia é filha do exílio.
Beijaremos o infinito?
O amor é mais além, a vida é aqui.

América # 3

Os desertos respeitam o tempo.
Veja como meditam, as pedras.
As areias são discípulos discretos, corroendo os ossos do mestre
com insolência.
O clímax do artifício está no azul —
paisagem total sem pontos de fuga.
Uma ruga vira uma gravura.
Vire-a do avesso e tens um deserto. Uma tela
de Monet vista de perto, por trás — mas
sem cor, sem aguapés, sem antes.
Deixe que o coiote nos espreite, deixe que se deite
entre as pedras que nunca nos perguntam nada, deixe
que os mapas se percam, se rasurem.
Perdemos o sentido de direção: as estradas são todas.
Um cactus se distrai contando roadrunners.
Veja sua poeira cruzando o panorama.
Os ecos que soltamos não retornam.

New York

a serpente das ruas arrasta seus ruídos, raps & neons
devora um real que acumula seus pós
sobre nós, camadas
de civilização sem fim e sem saída

e o atropelamento de toda emoção
restrita
a um cão, olhando, perplexo,
a sexta avenida

o fog artificial
dos restaurantes coreanos clandestinos no subsolo
se mistura com o tráfego, tráfico, fôlego —
escapa de bocas-de-lobo e abraça
um sinal, letras em vermelho, onde se lê

DON'T WALK DON'T WALK DON'T WALK

que some no branco estúpido de um céu cinza.

Nenhuma chance para Shelley, Keats,
nenhum haicai possível por aqui —
a não ser os gritos inumanos, os pensamentos anônimos, os urros urbanos

de um homem que acabou de enlouquecer.

Night flight

R.M.O.
Uma água assim não é para sempre.
Em um minuto ela seca.
O espelho se embaça, o reflexo
senta-se no escuro e acende um cigarro.
No escuro.
A fumaça espessa
espaça
frases
esvaziadas pelo vapor.
Máquina macia.
Os olhos dão um giro: tudo tranquilo.
O walkman e aquele recado silencioso deixado
Na sua answering machine.
Os voos & os números errados.
Velha ideia na valise, o tic-tac sutil
dos filmes em preto & branco.
Suspense estratosférico.
De cima todos os executivos se transformam em lagos — e secam.
As cidades da noite
se estendem sobre um continente negro. Desértico. Só pontos
Luminosos, aglomerações de galáxias,
aproximações e repouso.
"Máscaras cairão
automaticamente
em caso de despressurização da cabine".
Aeromoças Deneuve dublam a voz em off de Deus.
Páginas anunciam roteiros, férias em paraísos
clandestinos.
O céu debaixo simulando o céu de cima.

Por assim dizer.
Silêncios imperceptíveis presenças.
Rápido Movimento Ocular.

Jogos patrióticos

A chuva na xícara de Sha. Os pátios estão vazios, céus simulando seus azuis etc.

Símile — smile — — simulacro — — — — míssil.

O papel suga o nanquim, draga sua substância & chapa insignificâncias numa superfície iluminada, infalível.

ilha negra. Signos pulsam.

Abrimos envelopes com angústia: só encontramos papéis brancos.

Onda, sílaba que se quebra ali, beira de lábio.

Pensa na verdade, quimera, enquanto folheia com um olho as primeiras folhas de erva.

Cansaço, telefones suspensos, fora dos ganchos ....
O ego se rasura, sous rature, se sutura; olha-se no espelho e vê apenas suas costas.

Thalassa, — ad infinitum.

S̶.

Prise seca, chuva ácida, dedos de prosa descontínua e abissínia . . . . . .

Um abismo.

Linguagem em zig-zag, acuada por um zugzwang, scuds sobre uma zona neutra.

Um zap, e a lua se dilui. Um voo de zen a zoom. Zeitgeist?

Lógica polaroide.

Esperas & desaparições.

Você se fixa e asfixia, não percebe

O veneno da serpente, o momento seguinte da sentença.

O processo

Nuvens de papel. Rumor de água em algum lugar. Sombras
recuam sobre a página, iluminada pela
Lua, a mais antiga TV.
A calmaria dos escuros nos assusta.
Seu olhar Nô, uma blueprint ininterrupta-
mente distraída.
Um entendimento indefinível toma conta
deste espaço que ocupamos com os objetos, catálogo de sensações,
com uma leve neve nele:
o coração só bebe
palavras desertas.

E esta gata, humana & abstrata,
roçando as orelhas na página
de um noturno que não escrevemos.
"Peras como minibudas", você diz, "o vento que se ajeita como pode
neste jardim de cores lívidas e a cortina de chuva, longe, quase

impressionista:
frutas, neons e sons de ondas
Às duas da manhã. Saindo do Soho, como um sonho,
a tensão gradual
de ruas nunca percorridas". Seu sorriso na tela, em close.
O ar grudando à pele como um drama,
revestido de uma falta
que se renova

A cada respiração. Por outro lado, perdidos no espaço,
os ruídos de aviões soam tão longe — e nunca cessam,
pássaros que voltam de seus estranhos
mundos,
(Um espaço se materializa, no intervalo entre a luz e um ideograma,
a lembrança do seu beijo, um
clic).
Invisíveis,
eles decolam a cada manhã, deixando
bilhetes em hotéis mal iluminados, barcos ancorados, sem uso.
Palavras tão medidas quanto perdidas
em sua emissão, orcas fazendo acrobacias
numa piscina vazia. O quadro agora é
uma tela branca, acontecendo —
mas a beleza não diz além disso.
Tudo não passa de errância,
de pura duração.
A colagem dos seus gestos, vozes
mudas, bradando ao nada, fora de foco —
Ó doce musa

Nos corredores do Hotel Lautréamont
A mente se recolhe, como o céu depois de um blues.
O cientista no vídeo
investiga um manuscrito antigo

e desaparece num zap. Notas num bloco mágico.
Vê como a luz, parece, bate diferente
na face esquerda de seu rosto, ocupando o ponto de fuga.
Na pintura do momento a luz não nos aluga em nada
e nem nos abandona
neste fim de tarde meditando
sobre a consistência quase comestível deste azul
Ou sobre a música de Miles que preenche esta noite de inverno.
"Neve amanhã". Um maço de galhos secos
entre os dedos.
"O que significa tudo isso?".
Ela
vira as páginas em silêncio. Olhares escapam
do monitor, reciclam este momento,
essa dor.
O que se vê pelo vidro é puro Maya, uma praia
desconhecida.
Esta noite sintoniza-se ao acaso, perseguida por estranhas pulsações,
riffs, cortes abruptos
em todas as estações,
com toda a urgência habitual das decolagens, telegramas, sequestros.
Algumas notas,
gotas ainda caem
apesar da chuva ter sido
agora mesmo.
Isso, é isso.
Não o imperativo de verdade
de alguma obscura epistemologia.
Havia algum motivo
para estarmos ali, naquelas rochas
imaginárias à beira do abismo,
para sentar-se e sentir-se por algumas horas,
mesmo que elas não nos reconheçam mais.
Música devorando plantas, nossas palavras.

Quer dizer, um ruído em você, a água irisando
entre pedras imóveis.
Como aqui:
vendo nuvens soprarem
chuvas para o sul, onde o deserto
parece tão perto
e continua a rolar suas areias
como num movimento decisivo
de um jogo de Go.

O fotógrafo

Não perdia tempo com palavras
"Você ama de verdade?"
Nu, na sacada do hotel em Tânger,
a propos de rien
olhando a cena como quem celebra —
Um copo de suco, cigarros, ideogramas chineses,
cartões postais e fotografias
espalhados numa mesa negra:
o piano de Einstein
tecia linhas de fuga
formando espirais
que desapareciam.
Imagista obsessivo, ele havia penetrado
no outro lado do espelho e saído
à procura de Alice e do coelho da lua.
"Previsão de neve no domingo". No deserto,
"tudo é phanos: essas nuvens distantes se elaborando
e refletindo-se de volta
no espelho da piscina".
"Você vem?".

Então fotografava o futuro, apreciava um processo
de vir-a-ser, ondulações e o ar-reflexo das ondas
depois de um corpo mergulhar.
O mundo todo num clic.
Arqueiro de Herrigel,
a roleta russa do olhar
dispara setas à deriva, em direção ao céu,
revelando polaroides & esquizofrenia.
Ruído de oceano e pássaros
se mixando com as imagens
sem som do vídeo.
Você imaginando a neve, breve,
de novo caindo como antes,
nossas faces se dissolvendo com os galhos
agora distantes
levados para sempre
pela violência do vento.
Tudo se solidifica.
A linha do céu retém o último poente
até que ele explode o índigo da noite.
Ondas de oxigênio: um céu de seda.
À velocidade do tempo, um aparelho
condiciona o ar, umedece nossas vozes.
Uma sucessão de flashes
nos mixa com cartas e fotografias, brancas, numa mesa.
As mesmas imagens
voltam misturadas aos ruídos
e a alucinação do real recomeça:
o fotógrafo havia decidido
se deixar levar pela fúria dos eventos, seguir
as dicas sutis dos hieróglifos
e recolher os dados em silêncio.
Afirmar:
os instantes não seriam mais
tensos como antes mas

intensidades,
temperaturas, imprevisíveis
retornos.
A luz azul de ozônio oscila e acaricia
suas retinas —
nuvens dirigidas pelo vento
Sul,
Você se debruça sobre ele,
o vidro do céu te silencia, seco,
com a sede de um deserto.
Dedos
trêmulos
olhos nômades
desembaraçam sombras
gatos-pêndulos caem sobre a grama: fotografamos.
Sentidos se bicam como pombas
— como podem —
depois levantam voo
Sem nosso sim. Zoom, ou
nossos olhos cruzando a cena
linhas de fuga se supersonizam, neste deserto,
volume de ondas simulam Odessa
ou Santorini, vulcânica.
Essa chuva:
o som do rádio sibila com o rufar das árvores
perdido na estática, na impossibilidade das estações.
A estrela da manhã equaliza
nosso senso de tempo e direção.
Estas palavras:
outubro ou outono, um outro ano.
Eu vejo a neve na TV fora do ar
caindo em você.

Tempe, Arizona, 1990

O filósofo

A tarde toda meditava sobre o problema da linguagem.
Que nem mesmo ela, com seus rios imensos e pausas
imprevisíveis,
seria capaz de apontar os gestos abruptos e os documentos lunares
desta bárbara, bávara manhã. É seu repetir, em busca de eventos
que possam nos ligar a velhas línguas
ou o beijo humano e morno esquecido no tempo, aparições
de um passado que foi agora mesmo. Um pesadelo.
De volta para o futuro, o autor
imerso em seu oceano de profundos sentimentos, olhava,
indiferente, para os sentidos que submergiam depois de cada
corte: em transe. Era ali que a ideia de loucura
ficava mais evidente: nas manifestações de disparatados
eventos, todos convergindo para um som
que escapa de nós, uma explosão
atrás do negro da impressão, o tóxico
dissolvendo o antídoto de um pôr do sol chinês,
ou o neon do restaurante suspenso
e refletido num clichê, água de chuva. Um ritual
se faz mais que necessário, cenas quentes, segredos revelados
logo nos primeiros episódios, numa brisa
de setembro, ou? Nenhuma sombra plausível ou instante carregado
de cenários, polifonias, uma promessa de perda ou transe
durante o processo, um lance
que dura menos que se pense e que nos faz lembrar
da necessidade estúpida de se comunicar,
metáforas puras, ecos batendo num rochedo,
devolvidos por vales em forma de banalidades.
Nuvens se acumulam num canto da gravura, num
horizonte

de múltiplas e improváveis perspectivas, queda
d´água, livros
que se esfumam como brumas e retornam, eternas.
Explosões. Ondas. A ausência do espelho faz história
previsível
mas ainda assim não é dança,
apenas águas penduradas em seus lábios, musa,
querendo mais.

Hermenêutica

O que o sol, o self, o som e as estrelas não dizem
este poema vai ter que dizer.
Digo, tudo mesmo, o vento obsceno
e a serena ceia de vozes, uns segundos, este escuro.
Isso agora confirma a intuição de que o sentido,
esse colossus, não existe
E interrupções transformam-se em linguagem, em formas

De vida. Qual a verdade
daqueles instantes abissais entre um silêncio e outro
e entre outro e outro olhar,
que registros e ruídos, esses, de onde vêm,
qual desses eus chegou mais fundo
ao mistério mais puro e mais profundo?
Não insista: aqui só nos resta ficar com o que flui
a brisa que reprisa velhos filmes
as performances de nuvens noturnas e de vagalumes
evoluções de sombras, um sopro morno
e outros lances
a dissonância entre o que sentimos e o que nos
rodeia
e nos reduz

A meros twists, ciscos no céu & blues, reluzindo num
canto obscuro da moldura. Aqui.
Noite narcótica. Férias no Inferno. Uma frase de Jarry.
Ruídos &: música dos sentidos.
É quase difícil manter você
afastado de sua intenção por muito tempo
nunca sabendo onde ela está, durante os intervalos,
apenas passando por ali.
Retendo os sons todos dos quais somos
apenas parte. Improvisando.
Ou mesmo
como se
um abrir de portas, um aceno,
não pudesse supor várias alternativas
("É você, presumo")
atenções a eventos diferentes e pontos de vista

Simultâneos. Eles acreditam
na transparência da linguagem.
mas tudo é simultâneo, polivox, e rápido demais
pra sacar um significado definitivo ou ficar
debruçados em dicionários etimológicos
como paranoicos desconstrutivistas, seguindo trilhas
de formigas.
Quem sabe se esses latidos noturnos
não são um poema em busca de um autor?
"**Quem** tem sido uma das perguntas mais sensíveis
da epistemologia contemporânea para a qual nem
essas cigarras possuem o significado definitivo".
Ou; quem sabe? Enquanto a noite vai caindo e devorando
ouvimos vozes dos vizinhos

Mas algo muito estranho então ocorre
pássaros fogem e mergulham no vídeo
conteúdos sonham ruínas bizantinas
e tudo o que é sólido dissolve-se no ar:
a pele das águas se arrepiam, arejam
a luz que muda sobre o jardim
flores incolores emergem com sombras e sorrisos
em flashes e legendas que se dissolvem
em fragmentos de uma única narrativa. E você,
sentado em silêncio, aí dentro, esperando
quem sabe por um sol diferencial, ou mesmo o
Renascimento do maravilhoso.
Fume um cigarro. Leia estas estrelas.
O poema que agora começou.

Phanopium

Este pensamento artificial detona flores luxuriosas. Fantasmagorias se apressam e vêm à tona, enquanto desfazem o susto no rosto descontínuo da manhã depondo sombras espelhadas que doces desordens manifestam, delícias, um derivar próprio do óbvio que constitui a doce obsessão, em questão, quem sabe. A Lógica estranha esses subúrbios de Maya onde a suave sombra fictícia fixa, esfria e fica no entre entre dois nadas. Ali tudo se faz, ali sim se sente, ali estamos ausentes juntos a uma terceira mente: mas quem, nesta viagem, seria o terceiro que anda ao redor, como se se movesse, em sua virtú, por oásis siderais que se dissolvem num índice de chuvas súbitas?

Num lance de olhar e ver saquei o frisson de sua bizarra beleza, de repente revelada por um tóxico que duplica o outro em mim e efetua assim sua lenta entropia pelos mares de Phanos. No replay de sensações que irisam, a Lua, Gato de Cheshire, vozes que desmaiam numa música que não se sabe, mas que diz tudo. Bruma uma luz suave, jade, ou surpresas de gazes rasgando a distância entre mim e você. Aplausos acariciam o videotape dos traços, sinais, nos jeitos de esquecer o peso que represa essas levezas. Você se artificializa em dissonantes toques de língua, transe, gíria em febre, breve brâmane na fronte, subúrbios de quases roçando antes as antenas detonando estrelas, entre flores chapadas e luzes árticas, nos terraços do olhar, pelas florestas de cortes e sentires, nas frestas ao redor de sebes e caniços. Você a retoma, a recebe, e de leve a duna falsa de Maya desmaia o corpo solto em mistérios, véus, como Vênus envolta em nuvens em nós, nus, como viemos.

O studio revolvia numa luz improvável, fora de foco, o foyer sendo você, como se um hemisfério se movesse entre margens de perfumes. Açúcar puro, a púbis da giganta aguçava sensações no divã, possuía a poção, perdia a noção, enquanto caravanas de memórias beduínas avançavam num deserto blue.

Na crista das ondas de sonho, surfa uma lua minguante, & um ar tropical exala névoa de estampidos e probabilidades se correspondendo dentro alternadamente em suaves giros, vacilos, prises, intermezzos. Sim, o som do céu nas cores se dissolvia em nós? Simples, estudávamos os segundos com sabedoria relaxada, bebíamos xícaras de chuva e silêncio, paisagem em ruínas, Piranesis, vozes em ruínas, o susto do sumiço & o flash do espectro ficando no ar imediatamente após sua passagem. Tudo havia se tornado: previsível. A neve se decompunha como dava, na tela tranquila da retina, mas fora, fora daqui:

Às penas dos dilemas cotidianos,

Sincronizadas em

Ishtar

se implorava por um novo mistério entre o vento soprando entre galerias de gelo e bulevares de incenso, entre botecos clandestinos, entre as sombras recortando as peras na penumbra, inspirando um cinema: cristais bizarros, cinzas de cigarro, invisíveis feixes de polaroides, vidros de alquimia, livros brancos, visões:

Aqui, em Phanopium, todos os prazeres efêmeros da Alma,
em suas gradações imperceptíveis, todas as tremendas sutilezas impostas pela brisa que briga no jardim da mais suprema descontinuidade, todos os ruídos das farras das tribos mais nômades deste minuto glorioso, contemplam as frias supremas testas das estrelas eternamente expulsas deste studio. Por Ísis, onde se guarda, dizem, os mistérios dos alquimistas do impreciso,
e que se satisfazem com sua diária, feliz e eficaz ração de Nostalgia.

O milagre dessas flores invisíveis dispostas ao acaso num espelho onde uma escuna afunda doce e mansa em direção à noite mais escura, supera agora a calma nos canais e nos silêncios soturnos. A intensidade desses ruídos, por outro lado, ou a extrema incompetência desses seres em tocar seus lances, vocifera, e é subtraída ainda em cena pela iluminura rápida tranquila de um café ilustrado flutuando em gelo seco sobre os desertos do amor:

(O rumor dos olhos percorriam o que nossos sentidos diziam, embora insistissem em permanecer em posição de total estupor. Mas nada, nada completava as lacunas abertas do tesão sentido pela erosão silenciosa e marinha zunindo canções esquecidas de marinheiros bêbados.)

Eu raptei a última sombra da tarde e convoquei fumaças, amigas, musas perfeitas, e pus os pés sobre a madeira rangendo úmida, desejo desnudado, mais refeito da memória da alegria que funde todos os tempos num só. Isso sem dizer: um bule de chá, um sol menor, a praia, e uma filosofia invisível soprando nas cortinas.

O amor é uma mulher de olhos invisíveis

Imprimo em seus lábios lírios & jasmins
primícias de cetim em toques de neve
mixo a ti e a mim nesses sem-fins
gravo na boca o cheiro bom do cravo.
Nenhuma nóia a nos tocar se atreve.

Ligado, digito os terminais dos teus sentidos
Regulo o foco do deleite, chupo teus bits & bytes,
Quando a aurora goza um sono rosa, Dânae, acredite:
com sentidos assim, quem precisa de inimigos?

Quem dera ver nascer desse oscilar nova beleza
que trema nossos ossos de delícia, e dance,
deixando no ar um doce incenso, ninfa acesa, em transe,
cabelos elétricos, olho fixos medusa.

Amor me fia como teia, sua presa,
me tateia lá onde o orvalho goza na manhã.
me tenta e me entontece em teu veneno, vinho, surpresa
depois do bom do beijo, erva, & relvas de avelã.
Memórias ondulam indolores, cuja malha
aquece o cor como uma blusa, leve como lã.

Eu quero que você levite e me leve a um outro reino
lá onde uma luz eterna de Amor emana
aura perfeita bebendo minha dor no ar sereno
dizendo-se musa, mas oásis que engana.

Agora olha bem fundo em mim e diz:
vê esse silêncio, esses mínimos grãos de luz?
Essa é a vida que não bisa, um sentir que se reprisa,
estrela que desliza, sol que eclipsa, um deus?

Por que o que vai dentro e fora nunca se condiz?
sempre por dentro e fora do tempo, algo traduz
nossos gestos mais secretos, brisa que nos irisa,
onda que, um dia, alisou esta camisa, onde se lia:
"o homem que a vestia nunca foi feliz"

Improvisos (intermezzos)

Restos de névoa, o olhar que rapta
pássaros no ar. Tudo o que sobra
entre as dobras do Agora. Seguimos,
com a impressão de que um amor passou
mas algo ficou.
É parte de você, o jeito
como o vento uiva pelas galerias, seu nome, o calor de algumas
Sensações, a lucidez com que elas nos trazem
Minúcias indefiníveis, intermezzos, a ruptura da linha
E do pulsar, ondas que alteram águas, nunca imagens
ou certezas que impõem um olhar duro à correnteza.
Um mundo, um clima sempre ocorre onde ocorremos de estar:
A luz do outono
e a beleza que nos anima a perceber o motivo disso tudo
mas que se perde e se evapora na menor tentativa
de aprisioná-la, guardá-la, só pra você. Não é bem isso
o que a distância nos ensina. A de que não há futuro
sem mortes sucessivas, e que portanto é preferível
eliminar este pensamento e deixá-lo livre

outra vez, pro que vier e der, e
se vier, tanto melhor.
Os espectadores acompanham a fala que se desdiz, sabendo de tudo, mas
pra quê? Já de cara elimina uma meta, dispersa-se
e penetra
as entrelinhas do que você não disse mas nós sacamos.
Um lance, a fine romance, reduzido a um mínimo gesto: um sim.
Saindo de você. Bandeira total. A nostalgia
de uma noite em que contemplamos o deserto, as ondulações
de uma montanha
indecisões flagrantes
no que ia ser dito mas ficou explícito. Contudo.
Um gosto de sombras, aroma de grama úmida. Alguém mais
nos olha e lá fora árvores estranhas
piscam pra nós, escondem cigarras.
A noite mostra sua face, e eu me afasto
Com um sorriso, deixando que as coisas não ditas
E o que poderia ser
digam-me tudo.

Un/known (Desconhecido). Deserto do Arizona, 1992: ready-made.

Um poema para o deserto

com seus rios secos desde o começo
com sua sede sonora
com o sal que não pergunta
do sentido
deste paraíso perfeito
templo sem vozes
do sol que se deita
olho de um sábio egípcio
um oásis
onde o céu
se amplia e revela
uma íris, ou quase,
e a metade da lua
magnifica
uma lágrima minha
fixando
o som misterioso dessas rochas e pessoas
automóveis deslocando seus vazios
sob o fog azul da luz no sul
o trânsito pesado e veloz
o stress das consoantes
o desdobrar da seda
o cheiro do fumo e de café africano
sensação imprecisa, pedra preciosa
que celebra
a tarde que dura, suprema,
em sua dimensão paralela
o mar invisível que se quebra
manso
aqui

onde não há água.
Não há margens, nem miragens,
mas cedo ou tarde descobrimos
o que este outono
tem para nos dizer:
tempo de se desfolhar
— cores, peles, percepções —
tempo de silêncio
flutuando agora no ar
fazendo
bolhas na superfície
de um céu que é mais além.

Tempe, Arizona, agosto de 1990

Sedona

trilha forrada de folhas vermelhas
Sedona, penhascos brancos

apontando para um céu
entre carvalhos (sem memória)

riachos deslizam
entre pedras imóveis
vozes

no meio do bosque
nenhum movimento:

blusa de vento, velhas sombras.
Trilha serena sonora.

Sedona, suas folhas levitam
& voltam e tremem nos galhos.

Nenhum milagre a não ser
as coisas como são.

Sedona, Arizona, primavera de 1991

Solarium

lenta
desaparição

as letras presas no caminho
pegadas, folhas
secas.

a linha invisível do horizonte —
esta distância que nada significa.

o ar que falta
a febre intraduzível do silêncio
que nos respira

e nos separa.

um dia, elas tentaram
um sabor sem saber
a vida dizendo sim sem querer
a brisa marinha como um blues
ruído de aviões cruzando o tempo.

o limite do sentido
se estabelecendo, temporário, ali,
onde a pedra-pomes do poema
estilhaça

ondas raptando
apenas o vapor de nossas bocas

polyphloísboios
espumas

impressas ainda
presas no vapor.

palavras se espalham ao redor desta praia,
nômades, bêbadas,
até que não sabemos
qual delas nos traduz

ou da luz muda que flutua sobre as águas
e que nos reproduz

como se fôssemos musas.

Visibilia

(1995-1997)

Visibilia

A arte não inventa a natureza. Ela a torna visível.
Paul Klee

Coisas vistas uma só vez,
nítidas, brisa ao revés,
Partículas de tempos,
possibilidades de luz.

Acordar, único susto,
e ver a chuva sobre o Pântano
a primeira chuva do ano
dunas resistindo a todo custo.

Eliminar todo pensamento
De dor. Ficar um momento
Isopor, em silêncio, meditando
sobre as qualidades do branco.

Minha alma, mesmo fora
dessa chuva, se curva
às qualidades do agora;
Está lavada por dentro.

Ítaca

Só não dá tempo de contar
o caminho entre nós e o mar.
O vento que, sozinho, vai descobrindo
novas maneiras de amar.

Só não dá tempo de sentir
O céu, esse outro lugar,

E, entre nuvens que nunca se repetem,
Só dá vontade de ficar.

O vento aumenta o volume

das ondas que nem se tocam

nas pedras cujos perfumes

o mesmo silêncio provocam

Seu corpo é uma praia deserta
onde uma música desperta
numa onda esperta e a deserda:
espumas a ferem como pétalas.

Desterra, em tradução infinita,
pérolas na orla do olhar, ilha
que ainda está por ser escrita.

A música acalma
alma e sexo
revela
camadas de sentidos
suores extintos

sexo e alma
se intercalam
meio sem nexo

sonho de verão
a razão se cala
ego vira eco

gritos nítidos
mesclam-se
línguas e corpos
são um.

simultâneos
nossos corpos
brilham no vazio

entre penumbras,
sem perguntas.

Minuto

Lá vem você
Se passando por vento
Como se ninguém te visse.
Lá vem você dublando pensamento
Como uma praia que sentisse

Pra perto do riso, do risco, do início
Das ondas, das dunas do espanto,

Lá onde o calar fala mais alto
E onde o momento comemora

Com um minuto de silêncio.

Onda, surfe nessa pedra, se mande;
Rocha, relaxe & vire flandres.
Nuvem, só pense enquanto ande.
Céu — só saiba de instantes.

Tudo no espaço

É passado. O tempo,

pura distância,
lento azul profundo.

Mesmo a chuva
mais breve

cai neste mundo.

O império dos sentidos

1

Armei-a com os lábios dos olhos
que veem muito mais que o coração
e soprei-a, manhã, contra as montanhas.
Com a cereja do sol pela metade
e o nácar do carinho
arrisquei as fichas

no cristal da tarde.
E o que era invisível se fez: visível.

2

Só um toque:
                    progressão sutil de sombra na montanha

passeio por dunas e faróis —
velhas sensações, torpor

oceânico, chuva
genuína.

3

Agora mesmo
o ser escoa pelos dedos
ecoa
pela pele líquida do nada.
Aqui afetos não são conceitos
mas ilha que flui, parada.
O sonho acorda azul.
A noite se faz virtual.
Do pensar em círculos, sol, grão
de sal, alegria ou dor.
O ponto, preciso, onde o mundo se fez
Ou está sendo produzido
pelos órgãos dos sentidos.

Ecos — e o ar
que, preso,

volta a ser
e solta-se

para vibrar
em ondas

de uma praia extinta
enquanto alguém as

olha.

O riso ríspido
da flor em sombra, alumbra

algo, lembra

— chuva que ficou.

Aonde quer não vai chegar

até que caminhar
seja algum lugar

Oração à brisa

brisa viva
que me queima
e teima em
sempre-vivas

brisa brisa
que me pulsa
brisa que me blusa
e nos abraça

brisa que reprisa
o vídeo das manhãs
beijo alisa a língua
brasa agora

comemora

obra-prima
que nos transa
que sabe dar bis
sem repetir-se

brisa nossa
nos evoca
sem pressa: bliss
enquanto possa

mínimos gestos
que nos mostram
a vida que nos toca

Betty Blue

quando o mar quebrou no azul
o céu, o sol, o surf
em nossa irmã

alguma coisa estranha entre nós
aconteceu
porque é verão em todas as manhãs

só quero saber
a onda em que está
você

vida breve
curto o dia

pedra, labor de espumas,
lábio de imagem numa
concha, selada, muda.

sol no movimento, água
fluindo, ranhuras de vento
na face visível do nada:

luz fixa sulca
labor de séculos
ecos de sombras

esculpindo artifícios, buril
nas espessuras de um
— invisível — berilo.

O vento me petisca o vento nos degusta as dunas nos ilustram o pôr do sol
alumbra as cores se desnudam a pálpebra relembra a brisa nos belisca
a ilha nos despista as trilhas nos trazem
aqui

sem som
esquecida em seu
refúgio de

sombras úmidas
de cuja seiva espessa
sobrevive

alguma coisa miúda,
muda, num
ramo qualquer

onde possa se
sentar
— ela nos espreita

hesita, pressente,
espera-nos passar
(até a razão
estar ausente)

para que recomece
segura

a cigarra

Stanzas in meditation

para Henry David Thoreau

Folhas negras caem, rufam em profusão. O vento encrespa a
Água, Tempo, enruga
faces. Um vale revela
canyons, grutas:
em silêncio, exploramos o interior

destas montanhas: uma chuva fina, estranha,
começa a cair
e súbito dissipa —
o ruído áspero
de uma vespa.
Este é o céu, claro, como metal. E aquilo,

a fumaça abandonada por um trem, talvez. Flores
se dissolvem nos olhos, e nos debruçamos sobre velhas lendas
conferindo as pegadas de um animal desconhecido.
A trilha termina num riacho.
A água se surpreende com este vento todo
que vem do Oeste
e que agita a sinfonia das árvores.

Neblina nítida, colinas, um vapor neste espelho.
Num ponto qualquer da paisagem captamos
seus olhos verdes, mudos, fixos na relva úmida.
Um animal e você contemplam do mirante
este milagre
a baía vazia
— a areia do dia exibindo sua rasante —
rochedos e distâncias, como antes,
animada pelas danças do vento
fazendo desta ausência
presenças manifestas em tudo:
chuva
que desaba
entre os olhos
abertos
da serpente.
Um flash
de luz
entre os
bambus
:
o silêncio do sonho
traduzindo
uma imagem-movimento
que se desfaz entre a verdade dos instantes.

Fugaz

give form to the passing world

Jim Morrison

Precisamos descobrir o que as palavras são e como funcionam.
Elas se tornam imagens quando escritas, mas imagens de palavras
repetidas na mente e não da imagem da coisa em si mesma.

William S. Burroughs

O que passou, passou;
O murmúrio das abelhas
Ou cena que o olho registrou
e transformou em centelhas.

Difícil dizer do primeiro:
o doce som das suas asas
ou sua passagem fugaz?
E assim se fez um janeiro.

Mu

É quando o céu se distrai
E, admirado, fixa o olhar

Em algo ainda por cair.
Prata fictícia, ornamento da mente,

A neve visível e real. Sábia,
Por se saber assim.

Então a memória, ignorante, captura
O que o sentido perdera.

Como um vazio que contempla
sua própria rachadura.

Talvez seja isso

De repente você nota, em certa noite de chuva,
que ninguém se importa mais.
Noite em vigília. A ipomeia se abriu
Enquanto você dormia.
A imagem iluminada se desgastou
depois que a duração virou mercadoria. O "eu lírico"
não subsiste num mundo de fluxos e superfícies vazias
que o olho mal consegue acompanhar
enquanto a verdadeira face da vida começa a dar as caras.
Evaporaram-se os dados precisos e algo mágicos que a poesia exibia.
Perdemos toda inocência, talvez nossa última chance,
e agora tudo o que você disser
pode ser
Usado contra você. Transformamos o real não num mito fugidio,
performance discreta ou fluxo de uma gravura, mas numa incoerência
algo eufórica, cheia de comentários sobre outras
pessoas e paisagens, pois aquilo
que se chamava vida
eram fábulas do momento presente,
o recriar incessante no castelo de areia, onde ondas eram adivinhas,
brincando de desaparecer. Não investigações vazias
sobre a temporalidade ou algo assim, muito menos
a ideia da palavra em si mas que pára ali,
cara a cara com sua onipotência, e
de como a sensação agora
é de uma velocidade que de repente não muda muito as coisas.
Pelo menos em essência. Isto não existe. Mas o que é essência,
e porque perdemos
nossos instantes preciosos

e o sonho de qualquer elegância
escrevendo ao vento ou então dispersos
nesses gestos inúteis e sublimes
tentando entender
alguém no outro lado da linha.

ONTENS METRÔNOMOS!
tornados à vista
daqui vejo Ítaca
chuva mística
a mente se agita
tudo o que somos
devemos aos sonhos:
No visor Nostromo mostrando-nos
heterônimos, itens
coletados como tickets
eternos, descolados no
metrô mental limite
da fúria dos instantes
despedaçantes
luzinados
de uma vida vivida
não como dúvida,
— pepita, quem se habilita?
é fita ou cena antiga?
é nome ou sobrenome?
fama ou ciúmes,
de quantas falhas se faz uma fraude,
quantos olhos um espelho
quantas lágrimas um rio?
daqui vejo o alvo alvo do amor
cheio de setas:

pra onde vai este
coração?
siga esta autopista,
amiga, minha divisa, e me diga
com quantas dores se esculpe
uma virtude?
outropofagias?
Meu, só interessa o que é meu?
O que nos interessa
é outra
história:
grass & jazz & siestas
e um amor distraído —
eu nunca levei jeito mesmo
pra arroz de festa.

das tripas
tulipas
das ditas
topázio
do silêncio
pássaros
das brisas
vertigem
das pálpebras
olhares
dos risos
oásis
das prises
surpresas
dos lírios
delírios

das recusas

musas

das dores

calores

dos clics

instantes

das indiretas

palavras certas

das palavras duras

doçuras

de uma pergunta

outra pergunta

da imobilidade

viagem

do pesar

o prazer

do vídeo

a vida

Como se eu fosse Bob Creeley

O soneto tem sede
mas ainda não é
sequer um som.

TV Buda processa:
escória de lirismo digital
confessa

Mente, uma fresta.

Tv Death

procura-se
vivo ou morto
aqui ou no além
o assassino do poente

paga-se bem

CANÇÃO DAS MUSAS:

a noite arrasta seus cascos
abrindo clareiras no acaso
que precede o som.

até
as estrelas, atrás,
estão mais
acesas —

se por tristezas
a morte que acusas
não couber em belezas

linha por linha
arrastem-nos como a um cão
de espumas
levem-nos a parte alguma.

A Tempestade

Canibal, palavra latina,
à maneira de canis, animal
de fidelidade canina.

Nas Bermudas, sublime ironia,
será um vento do cão
e vai se chamar hurracán.

E quando o mar de lã
de repente apontar terra à vista
Então será Caliban.

Stress

hiato que me demora
por que as rosas são roucas

e as horas loucas
tão poucas?

esvaziado, esvaído,
a quem indaga eu digo

no calor das horas,
do vivido.

horas tão líquidas

perfume em frascos fechados

segundos como vinho

instantes feito ventania

gota que se evapora

sob as estrelas

ninguém está sozinho

Sobre um ditado antigo

Vou dizer de novo o que disseram
Para que a mente nunca esqueça
Que um dia, folhas, nossos lábios se fizeram
Relva, céu veloz, veludo e névoa espessa.

Essa fumaça no vazio é parecida
com a outra que, vida,
dura como dura o raio, quartzo
que uma pupila dilata e irradia.

Quem diria, por exemplo,
que sob a carne do incenso,
no durame da tarde,
o sândalo respira
sem fazer nenhum escândalo.

Sua voz blues destila

Sua voz blues destila
a dança púrpura do fogo
que consome esta noite lentamente
refletida no centro do solarium
um mistério, devir
do já-havido, vidro ouvido
em cada saque, pique
de chuva mansa quase por cair
tão leve
ou uma ideia, mesmo,
que se desdobra
entre a seda bliss
e a duras penas
ondula e cria
sua própria
música das esferas
beleza rosebud
eu quero aqui
onde seus olhos
espreitam
e sua boca esperta deita e fica
tão pacífica, assim, quieta
onda
quase tão perto que pareço
perder o fôlego
e a cabeça
um confluir, sim, amar
um tipo de filosofia
que desafie
todas as sombras nobres desta tarde

a fome pela forma
saciada
o segredo, revelado
bibliotecas em chamas
agora a suspensão das normas
um trago, um intervalo
entre uma trégua e uma tragédia
grega, início
de um ritmo íntimo
nova saga, isso, outra
praia
— silêncio, exílio e astúcia —
a cerca viva da memória
casulo de letrasets
antigos, não mais
o antídoto mas o veneno
eu quero
a poesia ainda
fora do vídeo e dentro da vida
fora do poema
que chega junto e não fica
só
puxando assunto
aflora e distribui
imagens, passes e poses
em mosaico de justaposições
revestidas por um processo
mas mesmo assim
só uma
folha
branca e seca
fica
repetida, sua sombra
tépida

tranquila tontura
rápida
visita
a uma praia sem penetras
apenas frestas, um lance
de dedos em seus seios
de olhar e ver
algo que essa tarde nublada
se faça merecer
e não podendo-se dizer
transe
diga ainda menos
e traga de volta nossas
vozes, doces
danças.
Talvez essa tarde nem precise
de nossas presenças aqui.
talvez o não-sentido
seja o que há
& as surpresas
do milagre do acontecimento
sejam países quentes:
brasas espontâneas nos trazendo, sempre,
o eterno reprise
de ondas, sonhos & sendas.

Com palavras
nada se admira
nem se aclara
rara rara
cada vez mais rala
nesse diálogo mudo

do mundo
onde tudo
a um tempo zera
e conspira

O que é, o que é,
um truque que aproxima

no vacilo da espera
num passe de mágica

suor e músculo, ardor e ânsia,
sem que entre nós haja distância

e que quanto mais se aspera
nessa — súbita — areia fina

mais em nós traça
sua sonora geografia.

A Lua –
lenço branco
preso no céu.

pessoas nos olham
de viés, mas

o melhor está sempre por vir:
aura púrpura da noite
cobre a cidade

e você volta
ao velho jogo

de adivinhar
qual janela vai ficar
acesa. Mas veja:

não há mais
surpresas, só um olhar
que considera — agora —
sobre a arte esquecida
da distância.

Embora insista,
Eu não existe, a não ser
como força

de expressão.
Um lugar.

Ali
onde meus nomes ganem
meus gestos estranhem

este que me vê por dentro
coisa sem pausa nem senso,
paraíso nenhum a que pertenço.

No Estúdio Realidade

Sonho, essa esfinge de areia,
monumento de absurdo e alegria
por quem o louco futuro cantaria:
teu fim foi bem ao meio-dia.

Trazias mil segredos e pessoas
transitavam em tuas salas
como sombras, pálpebras e psius
que mais dizem quanto mais calam.

Estranheza, sucessão de fragmentos,
complicando o que era certo,
ora num deserto, outras num incerto
lugar que se chama este momento.

Durame

No cerne, a carne, o ser.
O instante, que ia ser isto,

Não foi, ficou, de repente,
no mistério de um sorriso.

Fugaz

Passagem por uma paisagem,
lugar do onde, do ontem, do quando.
Quantas palavras ficaram faltando
na boca cheia de imagens.

O outro é aquele que ficou a margem,
no espanto de um pronome,
no corpo de uma brisa suave;
o outro é como uma fome
pluma à deriva, à distância, ou quase.

Estranho em sua própria viagem,
garrafa com uma mensagem,
olhar durando numa flor,
sem nome, secreta, selvagem.

Desterro, água bebida num trem,
peça incompleta, festa adiada, vertigem,
a cabeça sempre em alguém,
eu outro, eu todos, ninguém.

Polivox

(1998-2001)

Polivox

c:/polivox.doc

Para mim tudo se desintegrava em partes, estas partes em outras partes; nada mais seria abarcado por uma ideia só. Palavras isoladas flutuavam à minha volta; elas se solidificavam em olhos que me encaravam e dentro dos quais eu era forçado a olhar de volta — redemoinhos que me davam vertigem e, girando incessantemente, me levavam para dentro do vácuo.

Hugo von Hofmannsthal

corte as linhas de palavras

William S. Burroughs

Um pouco de ruído, o menor elemento do acaso, transforma um sistema ou ordem em outro.

Michel Serres

On-line. Psiu: "Épico é poema
contendo história". Demais.
"E se um Plano de Saúde
Pudesse expressar
sua
Individualidade?
Você não é como todo mundo.
Sua individualidade é algo que gostamos
e entendemos. Também sabemos que
seu seguro tem que ser
importante para você. Ele também
é importante *para nós*.   Enquanto
isto,   *flores*
falsas, carniça, neve
negra. "Eu não procuro o que eu acho".

Linguagem escapa:
— Desde quando oceano
É Céu? Acesso negado.
PARA MUITOS, TEMPESTADES ALÉM DA COMPREENSÃO /
"...viram tornados
jogarem seus carros como brinquedos e vacas voando nos quintais...".
Este, o Sonho Americano.
Pétalas de chuva, postal estranho,
bilhete em esperanto
obscuro — do Além: Cézanne: "A
paisagem pensa a si mesma
através de mim. *Eu sou sua consciência*". Livros mudos,
o vermelho das árvores se alastra em frases falsas,
e o deserto devora o tempo.
Shift.
O que faz de Dell
a escolha ideal? Dell
sempre almeja lhe oferecer
a perfeita combinação de potência, performance,
e preço. QuANto MAis pERtO o-
LhAMos PaRa UMa pAlAvRra
mAioR a DiStâNciA cOm QuE ElA
nOs eNCara. Todos os direitos reservados ©
Deixe sua mensagem após o bip.
Cerejas amargas: antes, flores.
"Se um leão pudesse falar
ele não entenderia o que rugimos".
Ideologia é linguagem vestida de transparência.
Megaugnil : devagar eu te direi quem és. Remédio ou veneno.
O homem não é contemporâneo de sua origem.
Aumentemos o volume da linguagem.
Esta página está em construção. Zip! Ninguém escuta
pensamentos como aqui. *Agora*
você não precisa mais de mim, agora forma

é uma extensão do conteúdo. papel.
Nadar
nesta espuma, virgem verso, pampa nevado com paredes negras.
"Poesia é a suprema realidade virtual, menina".
Mundo. Mudo. No qual entramos des-
nudos.
Assim termina o mundo
não com um tiro
mas sem um sentido.
A resistência dos materiais. "Isto
vai doer mais em mim do que em você".
A frase está fora de foco.
"Ao dissecar, a matamos".
"Dor é impossível de se descrever"
A dança do duende entre a floresta de signos.
"Se sempre escrevêssemos a não ser
o que já foi entendido
o campo do conhecimento
nunca seria estendido". O tempo virou, esta
página-(de *pangere*, prender, fixar, ligar)-manhã. Mesmo porque,
"uma dúvida que duvidasse de tudo não seria mais
uma dúvida". E
o que muda depois de tudo. *Muda*,
depois de tudo. *A dança do duende*
entre a floresta de signos. Madame Yahoo,
não há nada épico em acender um cigarro:
ou talvez sim, como o gesto heroico de
abrir a porta e retirar o lixo. "O difícil é conseguir
saltar o muro". Esta linha de mentira.
O hímen está testando a memória estendida.
Um banho quente é a conquista do Egito.
Quem disse isso? *Fui*
teu amuleto no meio do tumulto:
te protegi da guerra, deusa —

Eu era a lâmina afiada na mão de Thoth
no meio do tumulto.
A queda da caneta no carpê é uma aurora de outono.
Céus de cristal líquido.
Limalhas de ferro formam uma rosa imantada.
Restos de conversas são nossas profecias.
Um beijo é a conquista do Egito.
A cada manhã é preciso remexer o cascalho para alcançar,
debaixo dele, de repente,
a semente viva e quente.
Vox, Vak, vácuo. Vai ver o homem
não é contemporâneo de sua origem.
A miragem não é contemporânea de sua imagem.
Aumentemos o volume da linguagem.
Nas matinês americanas nos ensinam a assistir um filme
no velho estilo: em silêncio.
Com tempo, nos tornamos
Invisíveis:
Sub verborum tegmine vera latent, ou
por trás do véu das palavras, a verdade. Vozes nas salas da
Mente? Mas acordamos ao mesmo tempo para nós e para as coisas.
"A trilha árdua da aparência".
O OLHO SE ABRE.   O OLHO SE ABRE E SE DIVIDE.
Ar, articular,
como um bicho saindo de seu ninho.
O cinema grotesco nos ensinou
a configurar uma ação, *instante negro*, não reflexo
de realidade.
Uma maçã flutua na luz: este seu sentido
("aceitamos cartões de crédito")
que se movimenta como quem respira, imediato,
enquantO mira espirais de tempOs, arOs de fumaça.
Não há como escapar.

miragemde
umaimage
mcadadiam
aisnítidas
uperfícieri
tmadapais
agemdeum
apassagem

O Portal

Eulho.

Olhar com as palavras.

Eutro.

O Muro de Fogo.

A Engolidora de Espaços, ELA, olhando-nos como uma tela branca.

Nuvens negras de dólares tóxicos, numa violenta fuga de capital, sobre Tokyo, Berlim, Wall Street.

O$ limite$ do difícil.

Dr. Ambíguo rolava pela velha estrada de areia, âmbar do sentido que quer ser.

Beco sem saída? Siga-me.

"Hoje falei pessoalmente com o Presidente", disse o Presidente.

Deixe sua mensagem após o bip.

Eu disse ideias, decidir nos dados, eu disse decidido até domingo.

— Pássaros não são humanos, mas às vezes entendemos.

Ele disse: o inconsciente tem a estrutura de um sanduíche.

"Pare de se mexer"/ "O intervalo desta palavra"/ "Não consigo descrever".

O que dizer dos sorrisos kamikazes das ondas-sintetizadoras?

Hum.

Elas também devem imaginar o que não sabemos.

O nascimento de uma nuvem?

Marco Aurélio, nas *Meditações*: "A vida não passa de uma opinião".

O vento é uma ideia em movimento.

Sobre um verso de Jack Spicer

<table>
<tr><td>ondas</td><td>sob</td><td>a lua</td><td>cheia</td></tr>
<tr><td>depois</td><td>maré</td><td></td><td>vazante</td></tr>
<tr><td>tanto</td><td></td><td></td><td>desperdício</td></tr>
<tr><td>ninguém mais</td><td>escuta</td><td>:</td><td>poesia</td></tr>
</table>

Pântano do Sul, Florianópolis
janeiro de 1997

Contatos imediatos

para Lu

primeiro a claridade
das
coisas

abrindo os o-
lhos, a cama

(paisagem de
espaços, peda-
ços de sens-

ações, sons, sol nos
vidros, porta
entre-
aberta

) onde pene-
tramos, mente to-
cando a água os

objetos enquanto
a areia do sonho sub-
siste, lábios

tentam fa
-lar, corpos se e-
clipsam no espelho
de nós, nus

Memória e repetição

Repetição é uma forma de mudança. Mudança é uma forma de vida. Vida é uma forma de repetição. E a mensagem passa a ser apenas o vestígio de uma contínua mudança. A dança do mesmo. Uma forma de repetição. Cada memória esgota-se ao mesmo tempo em que ocorre, e tudo o que temos são rastros, textos, que se acumulam sobre as águas — que não cessam. A ideia de uma presença persevera, mas de repente é mera ausência. A água, rio ao reverso, em sua transparência, não admite que o gelo a emudeça por inteiro. Silencioso duelo. No inverno, suas águas continuam a fluir, submersas, protegidas por ele. Pela pele e pelo gelo. Sob a transparente ausência das águas onde este ex-texto se excreve, como neve, se forma uma presença, alien a mim mesmo, embora invisível como vozes — à superfície. Que se transforma. Que se transcende. Assim como a queda d'água, cujo texto se celebra e se anula ao mesmo tempo. Sua escrita é uma forma de desaparição. Uma forma de vida, de mudança, de repetição. Como se escrita com limão, só se revela sob o sol. As informações se equalizam: há a impressão de que nada ocorre ali. Só o que temos, repito, são traços, trilhas no meio do mato, pistas falsas. Porém, por essa trilha milhares de olhares passam, gestos imperceptíveis, a cada instante. Eles conversam numa língua extinta, idioma do gelo; a língua das águas, dos viajantes. Mudos, eles olham o halo da lua (uma outra forma de repetição). Nada de novo nisso tudo: não tanto quanto num poema ainda não escrito. A estética do desaparecimento convida todas as formas de mudança, como o pensamento nômade de Nietzsche, eternamente repetindo seu retorno, que nada mais é que uma forma de desaparecimento. Uma ficção. Dança ritual da mente. Tatuagem fugaz. Memória da memória. Uma nova forma de repetição.

Perfeitos estranhos blues

hoje dei de cara com uma pessoa
na mesma casa
em que nós
anos atrás

nem sei
ninguém falou
esquecemos os nomes um do outro
e nos afastamos
em silêncio

perfeitos estranhos novamente

Sedona II

Seguindo a trilha
dentro da mata

tudo o que fica no caminho —
pista, texto, traço:

mancha de sangue em folha caída

pegadas de pássaro na areia

de um riacho.

Círculos na água
fumaça de cigarro
galhos, quebrados
troncos com grafites, saliva
numa lâmina de grama.

Estas pegadas:
"um animal selvagem esteve aqui".

Pontos de fuga

Um nome e uma invisibilidade, uma cor tenra e brusca e um pronome impossessivo, um nome-cor sucessivo *omen* no plano elástico do sempre. Quando. Ontem relâmpagos em esperanto, somem flashes no meio do deserto que decifro à espera dos deuses. Quando cada um disser o seu, neste desterro, enquanto conversamos, em intervalos imprevisíveis, então não será repetição. Quase nervuras elétricas, como se a pós-imagem orbitasse na retina: folha vista à contraluz. Metal e cobalto, mel e vácuo, flor-fera de mantra no traste do segundo seguindo segredos de um trovão e um objeto sucessivo e urgente, não-identificado, intransparente, escala de sombras e um matiz despedaçado que espirala ao olhar a tempestade que chega de si. Sul, som, calor, suor, digo, seu hálito, Árvore, Desejo e Vórtice: nos cruzamos num ângulo branco de guitarra dissolvida pela tela, quina de face-cafeteira, círculos estranhos num campo de milho, vidro opaco fragmentos num abismo de céu verde fumaça e acordes flamencos e uma pausa. As navalhas sucessivas da diferença. A face de um instante, em 360 graus.

Tempe, Arizona, 1/9/1999

Steintâneos

Uma rocha ou uma roda ou uma pedra uma seda ou um seixo ou um caminho? Uma rosa.

Parece que você descobriu, descobriu e descobriu alguma coisa: você descobrindo alguma coisa enquanto descobria aquela coisa: alguma coisa.

Coisa alguma é coisa. Coisa é uma palavra. Faça-a.

As palavras que você usa são o que você é. É você quem as usa, as palavras que você usa e são usadas por você e que são o que você é.

Os limites deste mundo.

In a Silent Way

para Miles Davis

folhas soltas
ideias-folhas
poucas

nessa sala
a fumaça
vaza

embaça
a vidraça
dessa quase manhã

um silêncio
se instala
na casa vazia

na varanda
só a mais solta
ideia de vazio

(concha onde
pérola alguma
se esconde)

ao invés —
dias e dias se passam
sem nenhuma

mais completa
ideia de vazio:

um sol pousa
desliza, rebrilha
em cada folha

Lyra dygytal (eufuísmo)

Instruments sound sweetest when they are touched softest.
John Lyly (cerca de 1553-1601)

Pitonisa. A brisa hipnotiza a prosa à guisa
de uma prise e minimiza a crise
que anuncia-se.

Ísis. Vis-à-vis, você alisa e isca a voz
rouca de Monroe, sibila, bisa velhos
blisses.

O Vídeo. Frisa e risca a água, enfatiza a passagem
da paisagem e significa, nova lírica,
ausência gris de velhos mitos.

Pitonisa. Diz, então, e visa com isso menos que se
reprisa. Cismas e cinzas dispersas assim,
Mímesis falida, mímica mínima, íntima gramática.

Foi só há alguns séculos que a ideia da lua como um lugar, a uma distância de 384 mil quilômetros, entrou em voga. E, nesse breve bruxuleio de tempo, fomos dos primeiros passos para compreender a natureza da lua até caminhar e dar um passeio sobre a sua superfície.

Carl Sagan

Lu@, a mais
antiga TV,

(((((   )   )   )   )   )

deusa ves-

tal, ve_

LOZ

nos morros entre

auras de nuvens

iridescentes

inexatos azuis & ventos

soprandoem   todaparte

RESSURGE

CONTRA O CÉU NEGRO

brilha no exato onde

se exila

fêmea efêmera

nítida como uma ilha

Thoth

Thoth

Storm the Reality Studio...and retake the universe
William S. Burroughs

Os ruídos fazem sexo com as coisas superiores do Imenso, Sodium, silêncios reduzindo ruídos a seu nexo, nenhum. O Imenso que se vire com seu Kamasutra, seu Wittgenstein, seu walkman que detona todas nas festas de Thoth. Quase imensa, ruína Angkor florindo Vietnans, o mar armadilha cicatrizes, a pele é um bilhete de faraó.

O rio tremia na membrana, na mente do brâmane, na escama da penumbra, na pompa da alma: um gelo; uma prise revela vales espessos — aromas de morte: cristais... A vida se exila aqui, líquida... E quanto ao conteúdo, diríamos, trata-se de um processo alquímico incessante como o som que sopra dos rios ou chuva de meteoros no lago, a sombra de Iago e essa noite animal.

Centelhas do invisível, farpas de Osíris, o silêncio desnudando o segredo de pétalas secas; o paradoxo da chuva processando seus metais. Tudo se faz luz quando a luz se liquefaz em som, chuva fora de estação. Sinais. Serpes espiralam em sua pele, deixando ali sua dupla exposição, na transferência de ruínas que o olho reúne, e arruína. Dopado pelo ópio do carinho, com a distância tênue de um doutor fora de posição, ele navalhava o pensamento egípcio, preciso, de um sonho total. Apoteose de risos, rios de Osíris, Sol: joias nos crânios e ossos que descem o Nilo. Como aquilo virou isso? Eles, modernos, que mordam a carne bizarra e abocanhem sua módica ração, seu Estúdio Realidade.

Da Interpretação dos Sonhos

No Hotel do Transe sempre perco a pista
dos arquivos perdidos do visível. Nova frente fria. "Estou falando
de Mu, onde o vazio se repensa, só mais uma ficha:
Aqui,
elevadores horizontais, brancos telepáticos
fazem agoras, sentido, a mente

Teletransporta golfinhos, por um punhado
de notas
falsas". Nada pessoal. Praias instantâneas! Ondas sensitivas.
Chega de aventuras: a chave do sentido pode estar

Nos portais de Go, em Ishtar. "Falar
na língua viva
do perigo
é esquecer o que jamais dissemos:
— Imagine a metáfora de um lago
que seca sem ruído. E isso
é tudo".

El duende

O dia lapida
o lado mais raro
da dor.

A mulher transpira
pelos poros iridescentes
dos dias.

Há dias
em que um homem
tem o tamanho de uma flor.

Premonições

•

Estampido meio-dia
(sub/marino) colide
sua voz de osso & nuvem.

•

vulcões em Io,
entre estrelas opacas
o coração apressado sobrevoa
dunas falsas
vales sem pessoa

•

o olhar corta o ar, diamântico:
pomos de cristal —
vermelhos pulsam.

•

manhã, sonar de veias
solidez de
lucidez

(satélite)

mudez &
mutação.

•

suores viram sais,
sóis reais,
o que sois:

ruínas de visão —
esse ser em rotação

•

em rocha mudra me desnudo,
mudo-me
em outro metal, mental,
enquanto o mesmo céu
se desenigma

•

este vácuo   é humano
híbrido   o sentido
este sonho inscrito
na pele de vidro do universal.

•

/ um raio tropical reconecta
pele

e céu

•

parta o cristal da esfera
lacre o cisal da espera

•

Palavras desconhecidas,
esta face que se afaste.
Neste espelho só cabem
de duas, umas dunas,
esta luna, nula face.
O olho queda mais quente
Quando molha a imagem
rente à moldura quebrada
da água num rio e seu hálito
que quase não perdura.

Carta de Eleia

O OURO outro que gira seu olhar a leste

deste outono de granito

é dia que acaba (mas não
em nossa mente)

em outra trilha (Noite, *Nut*,
nosso
Norte).

Portões serão abertos: mitos
hiptonizam lagos
Que se calam, mas falam

Sob águas falsas, sob si, onde toda

mudança está.
As chaves pesam,
paredes se derretem

diante do segredo.
A pressa submerge.
— Tempos e espaços são criados
enquanto passam:

no luminoso, batido pela chuva
magnética, a chama do É & do Não É.

No rádio a voz da lua,
Em espirais de vento & fogo:
Ondas
Pensando-as
(pois ser e pensar são uma coisa só).

Parmênides,
Príncipe das marés,
O ser recua sob nossos pés:

Grutas se iluminam
Azuis se espalham
Abraçam a musa Vácuo
Céu e Via Láctea
se beijam
enquanto levitam neste sopro,
nessa água que se apaga,
de repente,
num canto da mente.

Iluminurações

(anotações tomadas um dia depois do término da tradução de Illuminations - Painted Plates, de Rimbaud, ou, uma poética)

Como uma cena que se ilumina de dentro. Como um aquário ardente. Uma alegoria musical. *Céu gris de cristal.* **Como um painel onde a imagem retraça seu desejo. Como um deserto que se abre, por inteiro. O grande teatro do agora da carne, fios de sons e cromatismos sutis, um entusiasmo que foge do mesmo. Estar possuído pelos deuses. E essa cena nos encerra.**

Mas atrás da clareza aparente da imagem projetada, da nitidez e harmonia desses esses & seres serenos, simulacros de montanhas, da suposta transparência e melodia ilusória das sentenças; *atrás, como que sob um fundo falso,* mágica, *a frase-cena obscena salta e avança sobre nós, se erguendo como uma catedral elétrica feita de gestos, restos, impulsos, devaneios, distrações paradisíacas, notas musicais, naipes de todos os tempos. Flashes.*

Rio raivoso, turbulento, emoção — maçã sustentada por um eco, *rumble fish*: a paixão por outros estados, frissons, o corpo humano transformado em instrumento musical, paisagem-partitura excitante em que transes e dramas se trançam em acordes que nos acordam, *clusters* que dançam ao redor da Visão. Toda iluminação é artificial. *Um estado permanente de linguagem.* A tela na face do *voyeur* agora é uma síncope de cortes, fissuras, sincronias. Somente o escuro de nós é capaz de penetrá-la, sequestrá-la para nós e lançar luz sobre sua *superfície vibrante porém nômade*, & dar-lhe um sentido, mais humano, através dos sentidos. Abissínios.

E essas figuras iluminadas, iluminuras habilmente desenhadas por um ser em desrazão metódica, babelizadas pela febre de querer ir além do A, do olhar, ao transfigurar o silêncio da forma ilusória numa língua que é pura música. Elas, essas imagens-vozes, não significam nada em si mesmas, nada dessas meras aparências. "Quando se contempla uma gravura, uma moldura estabiliza nosso EU, um frame de referência, satisfaz, sutura". "Como uma película protetora, a iluminura é um hímen, guarda o aspecto de uma virgem sorridente, musa muda, dominada pelo desejo de que tudo nunca continue como está". **Puta desnuda. Mas as frases também vão tecendo ondas & links que se descosturam e nos alcançam, que nos embalam ou nos atiram de volta sobre si mesmas, quase sem som, a um grau zero de existência, onde o nada se fez aqui e onde uma tela projeta imagens que se intersectam**

para ninguém. De cada imagem, imitada para parecer real — mas mero substituto de uma perda, fantasma de uma ideia, signo de primordial separação — explode subterraneamente, através dos sete sentidos, *a música da mente alquímica que se quer eternamente em fluir*, **gerando e engendrando novas formas, tempo querendo ser espaço, dando vida ao que antes era dúvida.**

O que dá sentido às imagens lançadas da tela é seu complemento musical, digo, rítmico, orquestradas em pensamento mítico, egípcio, digo, em transe, trânsito, em êxtase, em mudança, em processo... A música faz a iluminura *saltar pra dentro*, dentro de um outro espaço, em fuga, leitura que se dá no entre, agora parte parasítica do espectador, criando uma zona de turbulência, vibrando em nossos ossos, tímpanos, vísceras, agora intensificadas pelo bebop ou rap wagneriano das teclas dos fonemas, delírios nervosos mas urgentes de um impulso que não se pode deter. É o dia, e tudo que dele não pode se deter. Não absorção, ação. *Um lance de dedos detona todos os sons e inicia uma nova harmonia.* E são essas ondulações de sons de experiências desconexas-expressas em forma de espessas camadas de espumas sucessivas, sinestesias excessivas — o que fazem as iluminuras possíveis, um dia, talvez:

As imagens, embora inúteis, ainda nos são necessárias.

A iluminura é um truque, *trompe l'oeil* do transe. Per
versa. Nomádica, estando onde não estamos, rompendo a linha em
direção a um fim tranquilo, pegadas na página branca e abissínia
que, ausência pura, desloca olhar & ouvido quando menos se espera,
rompendo a perspectiva que nos faz passivos, nos desorientando,
nos dando aquilo que não queremos mas não podemos deixar de
desejar, agitando o sangue e destruindo a expectativa egoísta de ver
apenas o que está ali apenas para si. Mas a iluminura que interessa
é a que, sob a aparência de uma harmonia e equilíbrio, faz detonar
todos os tons e batuques da fala, o repique da língua, os matizes das
pausas, dizeres sutis que fremem de vida, vontade; que pulsam, &
expulsam o silêncio com ritmos rápidos, fazendo emergir o ritmo
tribal do inconsciente coletivo, a dança da vida, a colagem musical
do pensamento superexcitado, a embriaguez xamânica, o transe da
improvisação e o vice-versa de um tesão em eterna tensão e devir,
um devir que nunca se consome

No Salão Rimbaud o espectador vê em cena o drama de sua própria consciência sendo assaltada por algo que o inquieta, dentro e fora da cena ao mesmo tempo, e onde sinestesias de serpensamentos se rebatem e se remixam. Ah, zona neutra entre o sonho e a vigília! Essa embriaguez, essa música de imagens, — sabendo que ela pode ocorrer naturalmente, "em forma de endorfinas produzidas pelo cérebro", — também potencializada pela consciência da fraude ilusória de um EU iluminista que capta e tenta imitar, em forma de
gravuras coloridas,

as formas de algo informe,
um estado permanente de linguagem,
O qual só pode ser expresso pelas figuras em fuga da música da língua.

(Neste instante, o EU se despedaça. Polifonia substitui *vox.* **A iluminura é internalizada. Ação substitui abstração. Maya complementa Mímesis. Mediação substitui consumo.** *A iluminação revém com a iluminura.* **O som das frases complementa o sentido da imagem).**

Iluminurações. Um sujeito é ativado, suspenso entre dois

abysmos (Abyssínya?), lançado a uma atmosfera dissonante, e imerso na espiral dos fenômenos, exposto às mais bizarras simultaneidades, imerso numa multidão de outros, convidado para a festa dos sentidos, *cenas musicais como se passam*, faíscas, intermezzos mixando as ideias mais selvagens, os prazeres mais indizíveis, onde claro e obscuro se beijam, onde as fronteiras entre o rigor e o caos são rompidas, na criação de uma nova e mais criativa subjetividade, *poiesis* pura, desintegrando-se no seio da natureza animada pelo espetáculo do evento, até atingir um silêncio apomorfínico, apenas para deixar mais intensa a experiência dessa ficção vida, energia ou *virtú* que nunca se dissipa, apenas para voltar a seu ponto de partida. Que sempre é um novo começo.

Vento,
única ideia

perfeita.
ter um pensamento outro, fora,

onda eternamente refeita.
uma coisa é o que decola

do dentro, hieróglifo do tempo,

daquilo que é precioso

se tornado signo, agora —
tua tatuagem inodora.

O sonho do conteúdo

excursões-limite

nos bastidores da linguagem

ser de muitas

vozes, vórtices,

paissagens, pos-

sibilidades.

O jogo não acabou.

Tempo é tudo que não pode ser

fixado pra sempre.

Ondas-pensamentos.

— Esta frase, por exemplo.

A absoluta incapacidade de acreditar

que não é "conveniente" um poema

sobre rodas, pomes, roupas, rosas, escovas,

feito da mesma matéria dos sonhos:

mar que recua,

mistério da chuva,

rigor com que o sonho compõe

quando deixa para explicar depois

seu conteúdo:

um som que tem em si um tudo.

SOU THOTH, DEUS DOS DIZERES, SENHOR DOS SENTIDOS
o que assimila o semblante
de todos os deuses.
O que vive no olho de Hórus
no lado escuro da lua —
minha pele-cara-azul-pálida
ofusca & flutua
num túnel de Luz —
Nela viajam, num fixo fluxo,
meus signos (asas de Íbis): passam e brindam
e lincam todas as suas vozes.

Em minha passagem sou outros.
(Gestos. Transes. Penumbras. Línguas. Toques. Sopros: vox)
Eu, Thoth, filho de Rá,
tenho a velocidade da sombra,
a visão desdobrada:
ouço o céu,
sou cego e vejo o Nadatudo.
Meus olhos são caracteres.
Sou sentido onde estou. Ou: onde não estou, sou.
Faça assim, de mim, suas palavras-luz
& que a verde vereda de Maat (a Verdade)
nos proteja
das trevas de meus inimigos.
Deixe-me sair ao sol e tatuar Osíris
em minha pele transparente
e nela, de repente, iluminar-me:
(água-viva: palavra-viva).

Deite essa luz, leite das estrelas, em meus dois
olhos babuínos
que caminham na Rede Noite
sob a balsa veloz do sol.

Nada é verdadeiro, tudo é permitido.
Espelho-me, refaço-me.
AS PALAVRAS SÃO MEUS OLHOS
E falam por mim.
Sou Thoth:
meu tempo é

o espaço

Subterrâneos

para Clayton Eshleman

no fim da tarde o homem fode o crepúsculo,
Ela, entrada para um outro mundo —
não armário da mente e suas quinquilharias
seus arquivos deletados e solidão absoluta
mas aqui, abrir

de olhar:

Arrastar-se pelo labirinto entre tetas gotejantes
penetrar na dimensão do silêncio dessas formas
cruzar o gozo primeiro, a porra ejaculada do sentido
entre ruídos d'água, galerias de ecos & insetos albinos

descer a catedral-caverna de nós mesmos
para ali sorver a gota delirante do sonho
e, antes de minha sombra signi-ficar, riscar
a rocha já desenhada, enquanto búfalos agonizam,

com carvão e sangue delineiam um sentido,
como se desenhar fosse não aprisionar e sim soltar
a alma-música daquilo que ainda não é você,
as energias de um bisão, o sonho de uma visão.

abracadapalavra
bracadapalavraa
bracadapalavrab
racadapalavrabr
acadapalavrabra

Dança ritual da mente

1

olho: câmera nervosa cruzando o deserto

em azul e branco: postal

de areia & cactus
telepáticos
(captá-los)

a mente atenta entre painéis movediços . . .
Shiva e suas danças secretas . . .
crianças invisíveis entre dunas
flutuantes

espirais de areia & vento

música do silêncio

vertigem & zoom: oásis.

2

Branco: sobrevoo de penas ágeis
um papa-léguas
entre *saguaros* eletrônicos

penumbra na página Sonora, Mojave,
puro jade
gota d'água

(miragem)
em minha língua,
intacta pupila:

viagem ...
um contato imediato
de terceiro grau.

Nuvens imóveis:

paisagem em cinemascope.

"A vida real"
vista através de óculos
tridimensionais:
Wittgenstein

num Pontiac —
turista acidental:
latas de cerveja na autoestrada.

3

escuro: vulto no deserto.
viro-me:
nada vejo

a lua me encara
sem dizer nada
com sua máscara nô.

Arizona / abril de 91

A Deusa Branca

A deusa lua entra no salão de espelhos, em transe:
para onde olha, linguagem (vibrátil), estranhos

estilhaços de um corpo que mutua-

mente se reflete: até o infinito. &
feitos da mesma imagem
(que se rebate)
até o infinito.

Um jogo de tênis nas galáxias.
Num estuário branco

a imagem da TV no cenário vazio
é resíduo de sonho.
A Memória pergunta-se do antes,
antes dos espelhos se espatifarem
na praia do universo.

No Livro dos Mortos, Antes era o nome
de um local desconhecido
onde se adorava a Boa-Luz.

"Foi a deusa lua, a mesma que
ao refletir-se numa quina de linguagem
e querer-se ilha
fez de si um eclipse de possibilidade".

(((O)))

"Não há tempo nem história, aqui".

Quer dizer que o tempo
é agora?

"O poema é uma verdade portátil".

*

desce pela linha tesa
feita com maestria
& laça mais uma presa
(com os fios invisíveis de si
mesma,
deusa
heroína), arpoa
o inseto de sur-
<presa>
((golpes rápidos de sedas, foi-
ces)
(há que se
equi-

librar,

Arac

)-

ne, no ar —

para se admirar melhor

sua obra

sobremesa

& Profecia:

( )

a vespa agora

agoniza;

Egípcia, se debate em seu branco sarcófago

de carne, teia e trevas

Até entrar em Transe—

Até a picada

:

Mortal

Em Soneto

Todos os quartos eram isto e aquilo: mesmo os detetives
Andavam perdidos pelos corredores dos arquivos
Sem sentido. Uau. Um duelo de lírios flutuava, astronauta,
No tumulto dos telefonemas, nos bilhetes do declive

Da tela que dispensa a diferença num segundo. Falta,
E quem cobrava eram pétalas secas num verão e restos
De toques líquidos como um pensamento: pedra.
Perda é mais fácil, o sonho abre portas que ele mesmo fecha

Enquanto a penumbra da tarde luta para superar a planta,
Os mapas rasgados desta noite descontínua, seguindo o ser,
A linha paralela do que eu não disse, o que acabei de esquecer.

Plins nos despertam: uma fuga de Bach. O autor atrás da porta
Pede mais uma cerveja, enquanto se livra num segundo dos espelhos,
Dos livros sobre a mesa, enquanto livra-se de si e me desperta.

Altamira

luz bruxuleia
sobre a mão
trêmula

Altamira

o milagre
da inscrição

&
o olho

em busca do sentido

Feito isso

Deite o cobre
em penas de Fênix,
Até que seu medo se dissipe
em Ísis.

Zizía, Naunax,
Façam-me visível

feito nervura
em ônix de Orum, mestre
em silêncios —

destranque os caminhos.

Estique o braço
pelas janelas da tela
até uma gota de lua
manchar sua blusa.

Repita por 7 noites & 7 manhãs,
Aththannou,
Quando der vento sul.

estrelas de sangue
& mar de pupilas

noite e seu manto, lento
rumor de astilhas

o baque na pele
é causa de vento ou
este

exemplo de pensamento
que editam as ilhas.

faz as estrelas
tremerem *

no coração, irmão do tambor, um imã.
ecoar na noite sem brisa: sua sina.

estrelas de sangue
& mar de pupilas

O sonho do conciso

escrever
cada vez menos

antes
até

que cada instante seja

espuma
esperma

um silêncio gritante

SATORI USO

Vá ao pinheiral se você quer aprender sobre pinheiros, ou ao bambuzal, se você quer aprender sobre bambus. Fazendo isso, você tem que deixar de lado essa preocupação excessiva consigo mesmo. Senão você só se impõe no objeto e não aprende. Sua poesia emana do seu íntimo quando você e o objeto se tornam um. Quando você, enfim, vai fundo o suficiente para ver uma espécie de brilho escondido ali. Por mais bem fraseada que sua poesia possa ser, se seu sentimento não é natural, se você e o objeto estão separados, então sua poesia não é verdadeira poesia, mas uma mera falsificação subjetiva.

Matsuo Bashô

apagar as velas:

ao voltar

vê-las acesas

p   a   u
r   l   m
i   g
m   u   s
e   é   a
i   m   c
r   o
o   r
s   e   d
    m   e
r   e
u   x   p
í   e   ã
d   n   e
o   d   s
s   o

d
a

c
h
u
v
a

dess**a** **bre**cha

frágil flor

des**a**b**rocha**

guitarra sem cordas

o vento as toca

melhor que ninguém

```
p     a     l
o     s     u
r           a
      o
u     n     m
m     d     i
      a     n
i     s     g
n           u
s     c     a
t     e     n
a     s     t
n     s     e
t     a
e     m
```

do sinistro silêncio da neve

do súbito ruído de um gato

o granito de um grito

noite de frio
um espirro
haiku interrompido

dessa
lâmpada
desejo

só
a
sua

companhia

<table>
<tr><td>e</td><td>e</td><td>l</td></tr>
<tr><td>l</td><td></td><td>u</td></tr>
<tr><td>a</td><td>e</td><td>a</td></tr>
<tr><td></td><td>n</td><td></td></tr>
<tr><td>e</td><td>t</td><td>d</td></tr>
<tr><td>s</td><td>r</td><td>e</td></tr>
<tr><td>t</td><td>a</td><td></td></tr>
<tr><td>á</td><td>n</td><td>v</td></tr>
<tr><td></td><td>d</td><td>e</td></tr>
<tr><td>t</td><td>o</td><td>r</td></tr>
<tr><td>i</td><td></td><td>ã</td></tr>
<tr><td>r</td><td>e</td><td>o</td></tr>
<tr><td>a</td><td>m</td><td></td></tr>
<tr><td>n</td><td></td><td></td></tr>
<tr><td>d</td><td>m</td><td></td></tr>
<tr><td>o</td><td>i</td><td></td></tr>
<tr><td></td><td>n</td><td></td></tr>
<tr><td>a</td><td>h</td><td></td></tr>
<tr><td></td><td>a</td><td></td></tr>
<tr><td>r</td><td></td><td></td></tr>
<tr><td>o</td><td>c</td><td></td></tr>
<tr><td>u</td><td>a</td><td></td></tr>
<tr><td>p</td><td>m</td><td></td></tr>
<tr><td>a</td><td>a</td><td></td></tr>
</table>

m d c **u**
í a h **m**
n d **u**
i o v   p
m   a e
o a   n
    n s
t s **u** a
e e **m** **m**
m   e
p v c n
o i r t
  v i o
  e s
  r â
    n
    t
    e
    m
    o

<table>
<tr><td>g</td><td>e</td><td>o</td><td>o</td></tr>
<tr><td>a</td><td>m</td><td></td><td></td></tr>
<tr><td>t</td><td></td><td>n</td><td>e</td></tr>
<tr><td>o</td><td>c</td><td>e</td><td>s</td></tr>
<tr><td>s</td><td>i</td><td>g</td><td>c</td></tr>
<tr><td></td><td>m</td><td>r</td><td>u</td></tr>
<tr><td>t</td><td>a</td><td>o</td><td>r</td></tr>
<tr><td>r</td><td></td><td></td><td>o</td></tr>
<tr><td>a</td><td>d</td><td>n</td><td></td></tr>
<tr><td>n</td><td>o</td><td>o</td><td>o</td></tr>
<tr><td>s</td><td></td><td></td><td></td></tr>
<tr><td>a</td><td>m</td><td>n</td><td>e</td></tr>
<tr><td>n</td><td>u</td><td>e</td><td>s</td></tr>
<tr><td>d</td><td>r</td><td>g</td><td>c</td></tr>
<tr><td>o</td><td>o</td><td>r</td><td>u</td></tr>
<tr><td></td><td></td><td>o</td><td>r</td></tr>
<tr><td></td><td></td><td></td><td>o</td></tr>
</table>

no pântano, relâmpagos:

sa pos

(budas entre

agapantos)

b	**s**	**n**
e	**e**	**u**
l	**m**	**n**
e	**p**	**c**
z	**r**	**a**
a	**e**	
		s
a	**a**	**e**
	p	**r**
b	**a**	
r	**r**	**v**
i	**e**	**i**
s	**c**	**s**
a	**e**	**t**
	r	**a**

n	*a*	*p*
u		*e*
m	*á*	*r*
a	*g*	*g*
	u	*u*
v	*a*	*n*
a		*t*
s	*n*	*a*
i	*ã*	
l	*o*	*a*
h		*l*
a	*f*	*g*
	a	*u*
v	*z*	*m*
a		*a*
z		
i		
a		

corpos
copos de cristal
em todos minha impressão
digital

Pensagens

Aqui

Imagens gritantes
No lento jardim do sentir —
Onde toda tarde tem sua chuva,
Toda chuva tem seu antes.

Agora o vento é uma luva.
O transe, onda no céu gigante.
Agora, drible seco que derruba
Qualquer ideia de instante.

Miragens distantes,
Corpo, ruínas de sentidos:
Como ter adormecido
Sem sequer ter sido?

Laputa

Em dúzias de mundos, não encontramos nada tão claro e impressionante como os sinais de vida descobertos pela nave espacial Galileo em sua passagem pela Terra. A vida é uma hipótese de última instância. Só a invocamos quando não há outra maneira de explicar o que vemos.
Carl Sagan

Sempre quero ir aonde chego
(ilha aérea de meu desejo)
Nunca o querer é um sossego
E ficar só é sempre nada, nim.

No altar da noite me ajoelho
E penso a última estrela esperta.
Óvnis vagam pelo céu de azulejo
Como que dizendo "mais, mais perto".

O pôr do sol rugiu sua última nota
Enquanto abrimos outra lata de cerveja.
Sempre uma frase que simplesmente solta-se.
Nunca ninguém chega e diz: *seja*.

As palavras que se lixem, como querem
se apossar desse império que flutua, sem destino,
E nos deter, assim, enquanto caminhamos? Vida,
como um enigma que quase adivinhamos.

Canzone

che fá di clarità l´aer tremare
Guido Cavalcanti

gestos
iluminados
momento a momento
lianas
na morna manhã

úmido murmúrio
de
amor pétalas
nossas

luz & seus olhos
tecem
gozos
em nós, nus

a linha da vida
língua, navega
serenos oceanos
do corpo
e não se nega, irriga
seus poros: amiga

&nrola sorrisos no ar
seda-me num
so pro
drena o suor
de nossos
rostos

rumores
somos —

leves cristais em crista
translúcidos
sem dramas nem traumas nem tramas mas

Transas &
beijos que se eva-
poram, trans
formam-se em sins &
toques
que se
trocam, imprimem
carícias de seda
transparências
calores lunares
um gosto de sal!

E Sonhos

lassos

o jazz de sua voz

reduz

todos os ruídos

e artifícios

a doces

risos

em cores vivas

tantos paraísos

ternezas

viagens secretas

nas angras destes

ardentes trópicos, ó Musa:

se me recusas

eu me reverto

em surpresas

me jogo em águas

de artemísia.

Seu riso sonoro

me reverbera

alquímico

me desmascara, mas

peregrino, perenigro

seus nítidos vestígios

beijos-hieróglifos

em tua essência

virtú

ouço os ecos dos sentidos
repetidos

cenas amenas
vida flutua
tempus fugit — tempo que foge com

o sol nas
ondas
profusas

em suas asas

curtir seus talhes
seu estilo
me pereniza

dia que perdura
amor que nunca

acaba nunca.

Banhar-me em sua

Luz.

De "Experiências extraordinárias"

o dia acordou de repente, sem nada a dizer
como um diamante mágico que chega
a ser obscuro de tão nítido

como o ranger do cata-vento & o agora onírico da espuma
o explodir da flor na duna
a maré da noite e seus restolhos
biombos de montanhas recém-despertas cujos nomes
nunca soubemos
lembrando-nos que é outro dia, estranhamente o mesmo:
nunca a mesma pluma milenar, ideia
de um não-amanhã, apenas música,

Então o conteúdo, a linguagem da mente
Que não tem como se conter

embora o concerto da manhã nunca se resuma
ao velho cata-vento rangendo & lembrando
do tempo (que não existe)
e que há trabalho a ser feito, como ser.
Ser vento, por exemplo.

2

aqui o que se vê
entre eu e você
é a pele admirável
do invisível

o que se demora
é o que detém
a fala da mente
no agora

estranha passagem
entre estilhaços de paisagem —
linguagem.

3

Nenhum dia sem nenhuma linha
nenhuma linha que alinhe um dia
ao redor de seu lento mistério
nenhum dia sem margem de erro
dias adiam aindas

nenhum nunca adie a linha
que, ainda pensamento, o próprio tempo
deslinda.

A linha
isca peixes, vibra e se retesa de
repente.
Nenhum ainda adie a língua
que a própria linha digita.

4

na ponta dos olhos
na ponte da língua

para aonde aponte a visão
lição de quandos
ainda-nãos

Semente
Instante

enquanto a visão
cai na língua

& a língua

incorpora a visão

no intervalo
entre um susto
e uma siesta
sinestésica

o corpo quer
(que a mente sinta)
(a mente quer)
que o corpo pense

mundo imediato,
inédito, inaudito,
que se decalca das coisas
e decola —

5

Chamam xamãs
se a palavra se

levanta e
anda

até
aqui.

Seu movimento é seu sentido.

(Flashes na página branca)

Bazar popular

Quem vê cara está cheio
E as paredes têm antes
quem tem boca tem ouvidos
devagar eu lhe direi quem és
longe dos olhos, dois voando
os rios correm para todos
nunca diga abrantes
antes mal que só acompanhado
quem nunca comeu as aparências
de muito riso nasce a luz
agora é que cedo madruga
para quem sabe ler acompanhado
o olho que não beberei
o vento leva a tempestade
onde há fumaça há muito riso
o pouco boa sombra o cobre
começar o que não quer ver
a ideia coçando, roçando o ser
quem não se coça nunca vai saber

3 improvisos do Arizona

1

Essa brisa-sonho avulsa de verão: este deserto.
Desterro e distância são um.
Se um leão pudesse falar
nós não o entenderíamos.

O céu não deixa alternativas então: nuvens
são promessas apenas, o desejo de estar perto.
Zoom em flores jamais vistas.
Jasmins lunares.
A História da Lua,
na fumaça do incenso, ida.
Humanas,
Lágrimas viram cinzas.
Dias, páginas vazias.

2

num lírico vórtice de um
quando
captei a ilusão de estar ali.

foi quando vozes entraram em cena
numa peça que você não lembra.

cada palavra, uma sentença.

3

não lida, sua pele flutua
astronauta do aqui:

grande noite do universo
nos resgate

Anarquia não é o bastante

é preciso um impulso
um pensamento avulso
para preencher a página

pode ser mágica
ou ser só mera lágrima
— mímica concisa.

vale enquanto pesa
esse segundo preciso
raro como pedra.

Sexo, mentiras e videotape

O grande comboio da transitoriedade segue
seu destino de sombra verde-musgo ou inseto
arrastado por uma afirmação, ao redor
de penumbras que insistem em tatuar
sua umidade para além do sol, onde plantamos
sementes de sentires.
Tarde uroboro, outro calor
no suor flutuante daquele flerte. Experimente:
o ar nas janelas do entre. A cada mergulho o amor
chegava batendo,
roubava no escuro beijos de Kaly, cálida quase-sombra,
densa espessura dessas rugas, a nu,
negras no papel, feito você.
Vênus vem, vê & decide

acender as luzes da cidade
à procura de um céu que se incinere
como a brisa esbravejando seus
slogans vazios ao vento, sem preço, sem
começo.
Qual o preço de cada recomeço, pense, qual
a resposta certa, peso exato de saudade que erra
entre as estações, movida pela sanha de nossos mais ocultos dizeres?
"Abstrações: slides deslizam
no pano de fundo da dor desconhecida, curtem o doce desperdício dos segundos.
A luz acaricia sentidos, sítios, sombra recicla
seres & sempres, como serpes ou dizeres —
como quiseres".

Paisagem transparente

Neblina e montanha transam na manhã de chuva.
Mata espessa se adensa, ciprestes, alvos agora

Dos afetos kabuki da fumaça. A montanha respira, quase
some, sem

coragem de sugar o incorpóreo de uma só vez.
Manchas de silêncio.

O mar, perto,
permanece à margem
Como um sonho que não conseguimos lembrar
enquanto
o corpo se inquieta
com o ainda-não da mente

— Escultura cinética. O olho

olha, atento, ao que acontece aqui,
entre escrito, neblina e montanha, neste momento.

Millenium

1

lágrima de cálamos

últimas fronteiras de fumo rumo às margens
de imagens de mãos vazias.

Súbita
consciência numa
fresta de céu, esquina de azul

púrpuro arrepio

langue
lambendo o tempo
lento espaço sem mensagens
em meio
ao mais moderno dos sentimentos:

horror ao vazio

2

a estrela negra dos efeitos sangra & eterniza
a consciência trágica entre sanduíches de escombros

Hotel Mundi
onde ondas impostoras (piratas de sentidos)
sofrem sobrecarga de links
sem surpresas no céu do sem querer —
Clichês deixam rastros, água na pedra que o branco perdura.
O fracasso dos espelhos, ex-imagens resgatadas de ruínas, lado a lado
na feira-livre ansiosa do Limite.
Some também o que está bem
aqui, quase imperceptível
cão caótico, lis inédita na duna, barcos que se pressentem, trancos
elétricos das sinapses, a chama do milênio que se apaga
num piscar:
o eco da estrela negra
atinge o fundo do poço, da crise:
nervosa nebulosa ou galáxia
em forma de um Cysne.

Umbra

o vento sopra as sombras
gaivotas singram ondas
umas sobre as outras
seus pés na pedra sangram
sem que nada o sol responda
(o vento sopra as gaivotas:
sombras sobre as ondas)

Big Sur

Fala irrompe entre ciprestes &

clareiras
se sur

preendem entre
rumores d'água.
Brisa intercepta discursos, olhar dis

trai-se & capta
trilha de pneus na areia.
Creta é aqui. Estranho, noção

de um
Impulso
que se detém num   quando e se retrai,
se reiniciando — onda.

Cinema metafísico, mar em movimento; *locus solus*, surfar
preciso
Bam incessante de oceano, Templo
de esculpida luz: surgem   longe   nuvens

rugem. Uma ideia.
Como traduzir?

Rosa desaba & recorta o pinheiro jade.

Atrás, céus em gradações de azul: e o mar
é música.

Borboletas fazendo amor:

suas asas estalam
ao toque do olhar.

Tempo, Tempe

1

Se a própria palavra fala
(Se a própria palavra falha)
Fala do quê? De Kaly, Valhalas,
De sonhos e ilhas perdidas?

"Imagens que decomponho"
Diz a Fala enquanto se medita
No detector de mentiras
Onde se declara: está dita.

2

O mundo nunca é o que se imagina.
E ele não termina numa rima
Mas aqui, não na página,
Na impressão de uma lágrima.

Grafitti

Ali, alguém
escreve

linhas simples
sobre o papel.

(Aqui, ninguém
esteve.

Perguntem ao céu).

Latrinália

Latrinália

A Mestre Marcial

1

Que homem ingênuo você é, Cássius,
pensando que elogiam seu discurso
quando o que aplaudem é seu almoço.

2

Ser insignificante, ninguém notou quando Minimus
transformou-se numa imensa abóbora.
E ainda dizem que o fica é a obra.

3

Agora ele é esteta, já que doutor
não pareceu seu forte

quando fala em rigor
logo pensam em *rigor mortis*.

4

Você pensa que é fácil
acordar ao meio-dia
e responder a todas as meninas?
Ah, Horácio,
vai ver se estou na esquina!

5

Pompeu chega de Pompeia
dizendo “meus poemas são um lixo”.
Ele pergunta o que é que eu acho.
Fico quieto: vai que ele muda de ideia.

6

Lucius: Roma comenta com línguas viperinas
que Claudius, seu melhor amante,
foi se meter com sua mulher
e só você não vê. Mentir, pra quê?

7

Roma rima com si mesma.
Nela, amor, o passado
Repete-se, retorna todo dia
Na forma de ruínas.

8

NO PORTAL DE DIONISO
estava escrito

DISPENSAR O PENSAR
DESPISTAR O PESAR
DESPERTAR O PRAZER

9

Não. Não é *visão*
O que você vê do seu apê.
É só a janela, e é quadrada.

10

Este mau cheiro, Anaximandro,
não vem de mim, cagando, e sim
de sua mente pensando.

11

Não queremos dizer, Octavius,
que seus poemas não são ótimos.
Digamos que eles são, assim, sutis
(como uma revoada de hipopótamos).

12

Minha sorte é que hoje, idiota,
Quem escreve por mim é o vinho.
E nem venha com a impessoalidade de Eliot.
Chuto pedras e poetas pelo caminho.

13

Essa coisa de chegar
Logo a algum lugar
Não leva a lugar algum

14

Homero, louco cego,
não entre numas:
o homem é do tamanho de seu ego,
os louros serão todos seus
os loucos serão sempre os outros —
as vozes serão sempre os ecos.
Por que perder agora o pudor?
Escute os aplausos das espumas.

15

Me perguntam, com cara de tédio:
“Há cinemas ou poetas
por perto?”.
Solenemente ergo
meu dedo médio.

16

“Beleza não é tudo”
disse um cego
a um surdo.

17

De mim algo herdas,
Mirdas, meu filho.
Tudo o que tocas,
vira merda.

Coda

Coda

passos sem pressa a mancha d'água
pegadas
ser que ainda não se foi
e as eras respondendo *eram essas*
mensagens na areia molhada
da claridade muda de tudo,
atravessando mares
(que regressam)

sombras regressando para outros mares
possessas
nesse nada que é da cor do céu
da cor do seu
enquanto olha para trás
pegadas
na praia brava exata deste instante.
Você.
Verde arena, mente.
Clic.
Tigre na folhagem de damasco.

Viver deve ser algo que se faz enquanto
escutamos uma concha
imaginária num deserto
(teatro de gregos
agoras segundos)
no mundo que dura enquanto
escapa
sob nossos pés:
e a boca
que para e olha de perto a onda
verso contra verso

(flor de silêncio)
ou só essa música que cessa —
apenas pra recomeçar.
lembrando-nos das horas em abismo
(flor de silício)
perdidas ou ganhas
admirando o mar
(o mesmo que retorna em sonhos ancestrais)
enquanto a linguagem, essa promessa,
um outro milênio começa.

Dabar

Para Chris Daniels

1

erga a voz
(lenta

mente)

com o peso de sua língua
engaje suas
sete faces
com ela escreva
ventos, eventos
(escreva a palavra)
disse Abulafia
da boca
dab *ar*
Águas
Eras essas outras

ilhas estações

neste corpo

— tela densa selvaggia dessa relva-oceano
tecendo naufrágios

de signo mentálico.

(Combine-as
em uma
alma)

faça-nos Kabala)

2

Deslocado

(como um eco).

Expresso
Mais que posso
Nesse vácuo onde recuo.

Ando quando não me movo.

Veja: não me vejo.

3

A MATRIZ

Nu descendo a escada.
Um gato preto.

Nu subindo a escada.
Um gato preto.

4

mastigo morte e flor
despenco no vórtice das línguas
disse a palavra
que o mar acalma, quando quer,
disse a palavra disse Ave,
disse Yavé, disse maré

(banhada em branco
espanto)

5

Falas se sequestram
Bocas se suspendem quando

Querem falar mas apenas
marés de celacantos

6

antes que se acabem
e adiem seu surf e sua arcádia

as letras, salitre, soletram
seu verde e se desterram
num deserto de recifes

7

Há tempos dizem que não existimos

Tanto ali para saber
exílio móvel
só

para se saber de aqui

8

Em chão Apache.

Americanos nos olham estranhos.

Linguagem escapa.

Caças no céu formam

— No ceú do Arizona —

Estranha cruz

9

palavra, em hebraico, "dabar",
querendo dizer coisa, performance, *evento*

filha do vento, irmã do silêncio e do ar,
empurrada por dentro rumo a um precipício

(construída pelo impulso de seu próprio início
que é o mundo imprevisível do pensamento).

10

O tempo
é um outdoor
sob a chuva sábia de si

Atl, a Serpente de Vidro
engole o estampido
do agora-águia

estala
em nossa única língua

aguça os sentidos
de teu Nilo
te faz   jazz

umbigo da lua

11

baixo céu, estrela fixa, céu
Andaluzia, lua
moura, céu
Quetzlal, que tal
um céu
de papel
líquido?

Devora-me
ou o espaço me evapora

Deixe-me falar
E que o calar esqueça os séculos,
por nós.

12

o vento tem
vinte e duas letras

13

águas repetem
árvores montanhas
que não mais estão

Tempe, Arizona, janeiro de 2000

Como uma linguagem
arquitetura do vazio
obsessão de seda

desejo onde
aflora Eros
agora

fêmea, azul, pulsão
entre extremos que se fundem:

oblíqua, ausente,

à margem de mim.

Isto,

eu
não sou o poeta

— sou o poema

sendo escrito

Isto
istmo de sentidos

detrito
flora sem registros

ritmos
forma em seu ótimo

riso
íntimo de hibisco

escrito de
estio, este ruído.

Os paradoxos do tempo

1

O futuro anda tão diferente.
O movimento está parado.
Nem parece que um dia
Pensou que era passado
E foi virar nostalgia

(do tempo em que pensar
era um tipo de meio-dia)
E foi virar este vento
Relógio de ser ao relento

(que sopra do sul do meu peito
de um jeito que é melodia)

Nem me contem
Nem me lembrem
que hoje já fazia tempo e não fazia
Um dia como ontem.

2

para Paulo Leminski

descubram
com quantos
quandos
se faz
um sempre
com quantos ontens
se faz

um hoje
depois me contem

Sobre um poema de Williams

tem tudo a ver
com umas folhas

saca?
dançando sobre a água
trêmula

admirada por almas
secas

Dizer

Dizer é bem mais que falar:
dizer é deixar (o ser desse dizer) ser.
fazer com que as coisas digam
delas mesmas se pudessem, dizer.

Por isso dizemos: *isto diz*,
como se disséssemos: "isto é feliz".
Dizemos sempre *perto*
e queremos falar longe.

Abismo é não-dizer, simplesmente,
quando, onde, algo, digo,

foi dito
na mente

deslizar pelos desvios
(não a fala que só fala,
mas de sentidos sendo)
e depois sair do mar da sala.

Dizer é bem mais que dizer.
dizer é só não querer
a alma calada, parva,
é fazer das coisas
bem mais que palavras.

Noi
te &
flo-
re
!s
se
cas
se
d
es
ta
cam
es
ti
cam
se
us
fri

os
es
tam
es
até o
(ta
pu
me)
do
céu.

Oras

Não —
É coisa que se diz.
Tudo que se diz
reluz?
Má
é uma palavra boa.
Toda palavra traz sua cicatriz,
como se diz,
cada verso encadafalsa uma ausência,
uma coisa à toa,
uma dor de siso.
Já —
é coisa boa.
Boa se agora.

Langue

Morte não é/ a incapacidade de se comunicar,/ mas o fracasso de continuar/ sendo compreendido.

Pasolini

"eu preciso te dizer

da necessidade de ser compreendido
(minhas palavras não como

'ruínas de sentido'
mas runas do des-
conhecido).

se o destino
é a profecia do sentido

então os sentidos se destinam
como duas palavras se beijam

no branco expansivo da página".

O corpo e o poema

tudo madura nele:
é como se a voz do instante
nos aquiescesse a pele.
meditas sobre o corpo
porque tudo passa
por ele:
sopros
abrindo

poros
em nós:
espaços
para
novos seres
e suores.
a mente é sensual.
o corpo é imortal.
o poema não importa.

Onda

tudo sen-
tido, tudo sem
talvez

tudo tido, revém
mais uma vez

Pensagem

Árvore entre raios: arvora-se
um ruído. Tudo claro, lindo, ido.

A língua, mente, sente seu gosto:
tudo o que toca é verdade.

O discurso da tarde e seu susto
se cola ao sentido, seu duplo aqui

onde repousa e se excita, visiva,
sua clareza intensiva.

Gênesis

Há em você um silêncio que escuto
Um céu que vejo enquanto juntos,
há um amor que se parece com tudo, menos susto,
há uma mente e um corpo na vazio dessa paisagem
(quanto teu rosto, viagem, ressurge nos tremores da miragem)
ou quando a toco, ou quando em pensamento
a toco, como um sopro,
você mesma, que amo, enigmagem.
E há uma chuva que cai só uma vez por ano.
Há o sibilo misterioso da serpente.
E há seu beijo
que há de me fazer humano.

Tempe, Arizona, outubro de 1999

Se rigores se desfazem como espumas

Se rigores se desfazem como espumas
e pássaros não recordam seus registros
como siderar o mar, ideia que se esfuma
sem a menor ponta de remorso,
marcas de luta, porradas, ou mesmo isto?

Ver só começa no instante
em que (sem deixar pistas)

A razão tira seus óculos e
seu anti-sol cega nossas vistas.

O sublime não é nada
a literatura nada é
e pode ser patética, até —
se não for um olhar
que transforme a paisagem
em floresta significativa.

Não experiência "lida",
mas percebida
"crítica da vida"

no que a brisa confirma
a todo tempo
em seu épico de gestos
sutis, como quem, insistente,
um império conquista.

Escrito num hotel

O que nos leva a escrever
Se até o tempo, escrita da mente,
Desmente estar ali para entreter
Até o tempo se fechar, até a luz se resumir?

O primeiro gesto que a detona
É o eco da palavra que a devora
Exibindo seu osso e seu recheio
Como vem, de seu impulso dono — ou dona.

É para confundir os registros
Que a luz num quarto se anuncia.
E é para tornar-se ainda mais lúcida
Que a mão, distraída, nos escreve. E para.

Agharta

No rosto das sombras arrecio, spray, salito.
Espaço maciço e sem estrelas, presença no avesso
de si mesma, fulgor de ossos, unipensamento.
Sefiras Ádens em vazios — névoa muezin
dobra-me e
se me-
dita. Nossos gestos sobrepostos escapam
(emblema de instantes).
A praia rege ondas com seus acenos de espumas,
sua corola ocular:
áspero, acre olor de enquanto.
Rastilho de vagalumes acesos (ao tocá-los).
O movimento queima.
O arder do corpo impermanece. Dispara
no som que bebe o estampido rouco (eco)
de sua imagem (sem sentido). O corpo, nomádico,
imprime lucilâncias
no ombro do Céu, asceta.

*

LIOZ

Ninguém lê a página da praia.
Só as areias cujas trilhas velozes traduzem
(alguma passagem, imagem alguma).

De noite, fósseis celestes.
Suas letras-seixos me frag-
mentam.
Vítreos vocábulos de sal
Dublam as ondas eretas.

*

Riscos igualando quandos, clone de iguanas, metais coriscos
na rocha mudrã que ao sol a pino alucino
num chuvisco de cravos,

Céu-sepulcro que cinge o Sul
em nacos que se dobram em contraplano
desenhando desterros nas senhas das areias.

O cabelo do arrecio avulsa o oculto,
flutuam flores de sangue dormidas em seu sono
de clarões, faces crispadas, plásticos mudos.

*

VIOLA

No sítio do estio a água (alfombra e cânhamo)
Excita as diminutas claves da moça
De sombras tecida, torsão de boca, pedra
pensa num grito de girassóis.

Um instante por um toque
de sua beleza brutal
que cristais no ar o corpo atiça
e bárbara desfixa
palavras, nosso voo

sem escalas
e o mar, imensa
máscara de escamas

*

ouro laser de artifício & brisa
no crepúsculo hortelã
é ar de renúncia
ou céu que prenuncia
Armagedom.

*

Nefertiti, aninha seus zumbis de selfos
nestes escombros de corpos —
Vertical
desaparição.
Mudo, um coro escapa das lajes.

*

Todos os papéis são os mesmos
plenos de gregos segredos
grávidos de seca e nigredo.
Esfumam as praias com renúncia
enquanto nos perseguem, declaram o vento
único senhor dos precipícios. O que anuncia
o assombro dos riscos, praia de asteriscos.
O fulgor da pele intacta imanta e se decalca —
A mil graus, neve de pensamento.

*

ERÓTICA DAS SOMBRAS

Lendo na contraluz que o tempo alucina
Nas rótulas de ondas que em amarelo artéria barbarizam
Enquanto a boca apressa, sibilina,
entre sons (devorados de sentidos). Içam

o mar vertiginoso e kanjis de nuvens
nos olhos cheios de deus, Sal.
No biombo das montanhas — rugem
No sfumatto mental da fala e do Caos.

Na textura sépia da superfície de sons
Uma face letal lateja e se transmuta
(Estátua de estrondos, trilha de acenos)

Muda e nos sorri. Escuta
os espelhismos cifrados da manhã,
Lábio, na pele da romã.

*

ANTI-NARCISO

inimigo
espelho da face
ecoa
(inacabado)
cai em rubra cortina
— em
câmera
lenta —
dobras sobre colinas

*

atordoado argumento:
qual paisagem
é real?
A de Jade, *pedra do flanco*, ou a que é já?
Voos reluzem (circulares) — é o azul que se desfolha
Entre jatos
Minaretes-araucárias imprimem em símbolos
inventam a fala na pele de Laylak.
A hora furiosa solta-se, inçada
de vegetais e estática.
Sombras vomitam a distância,
Mandala de espantos.

*

No centro, alguma agulha o olho —
Agharta: lágrima no céu laranja.
Plumas de carne escrevem
a tarde celofane.
Ouro ecoa.
Quando voa —
está dormindo.
No agora gótico das sombras
teu lábio (calêndula) modula (calcina)
o matiz da invisível voragem
de ondas gongas:
Tempo, tudo o que a íris invê
no sudário das dunas, na curva de um silêncio.

Florianópolis, 7-18 de setembro de 2001

Polivox

Não há nenhuma voz que seja a minha
nesta manhã sendo desperto pela máquina de lavar,
pássaros em gaiolas de vento & Villa-Lobos

Outras vozes a intersectam e se mixam
Com a foz das frases que ainda estou a escrever
e que lentamente olham para mim, me reconhecendo.

E outro sopro de silêncio nos reanima. Línguas
colidem na toxina das ilhas
no exílio de todos os caminhos

(que no entanto não se bifurcam. Escondem-
se — no ontem onde deságuam —
num tumulto de ecos, reflexos numa gruta).

Será a poesia a arte da escuta?

Nômada

(2002-2004)

Nenhum poema pode brotar da crença de que já existe uma linguagem que vincula coisa com coisa: é um ainda-não de uma linguagem que ainda temos que descobrir e criar: a fome de utopia — de lugar nenhum. Como se, desse ponto zero, pudéssemos enfim prosseguir e descobrir onde estamos.

Paul Auster

Mônadas

NA PASSAGEM DOS CÉUS QUE FOGEM DE NÓS
Na imagem das coisas que retornam sem nós,
Na miragem dessa solidão, você aqui:

Na repetição das antigas sensações
Na fala a provocar o pensamento
Parecendo um passado que se dobra
Sobre esta polpa de presente:

Se a linguagem é nossa realidade
E coisas forem apenas palavras
Então nos restará apenas a veracidade —
Esse vácuo que nos acua ao avançar.

Pensagem

Têmporas do vazio,
acolham o resto
de gravidez dos segundos.

Unha e carne
Céu e árvore
O vento arme.

Cada gesto
de seda decifre
o Hades da ira
onde pesado levita.

Homem em transe
acue o nada
a noite exangue
em cada fala-cadafalso.

Trevas se atiram
da margem oposta
das minhas artérias —
imagem, matéria.

Rito

Alertas, trapaças, cobranças, compromissos:
Quantas ilhas sem edição, vidas sem viço,
A morte visita sem aviso?
E, afinal, pra que mesmo tudo isso?

O que deu nesse mundo, caduco,
O que ficou do tempo em que viver
Era mais que só mudar de assunto
Era rito, um estado de espírito?

Ou quando olhar era uma reza,
Pensar que revelava a leveza,
Música vindo de dentro
(Precisa de centro?)

Uma revolução do sentir nos fez ateus:
Quisemos então ver a face de Deus.

E você a meu lado, lembra
De quando bastava uma fagulha
Pra explodir uma Bastilha?

Nomadismo

Só o cenário acelera
O volume do movimento

O quebra-cabeça celebra
processo deste pensamento

A simultaneidade das eras
O fato de, neste momento,

Uma pausa nos desterra
(e a voz é quase silêncio).

Depois do massacre

Falava da gravitação das flores:
do peso das hastes tensionando
este abismo de pó.
Ansiava uma espessura, uma cidade
invisível, no lugar de uma respiração.
Ser pássaro onde não há nenhum.
Ser um onde não há ninguém.

A lume spento

Colhe com seus olhos a fumaça que insinua
ao penetrar — sendo incenso e silêncio —
sua mente em meio ao tráfego intenso
da manhã, relumbre em suas mãos nuas.

Daqui das margens desse sonho
ideogramas de formas obscuras
reescrevem seus gestos num bazar estranho
sem saber ao certo o que procura:

Se meus olhos, opacos, entre bijuterias
baratas que você arremessou
(como quem dedilha um sol menor ou
a linha acesa de minhas artérias)

Mas sem querer você abre, de leve,
as persianas e invade uma sutil
reminiscência do que nunca existiu
(Ou, como seu rosto, foi tão breve).

NO ARROIO
de voz rouca
l e n t a
céus estriados, nuvens levam cenas

aguapés nos acenam e

logo

seu tapete de vagalumes

assombra, alucina

o velho oeste o velho sul

risos sentidos rosto de rocio

lenha crepita
sua arenga de centelhas

agora areias correm

rasas
indicam direção.

Poente de Poe

O cargueiro vence o molhe e ganha o mar

Amores brutos

Que um beijo nos transe
Outro ser, além, nos dance
Onde a memória não alcance
O abismo do fim e seu lance.

Que este beijo não seja o bastante
Nem que me despedace
Olho do sol que franze
E que nos sangre

(O medo desse querer
Caminhos rompendo o éter
Da dor, polidor, refém
Do milagre de ser
Outra pessoa e alguém.)

Que química imita
A raiva do seu amor?
Que física duplica
Essa faísca de horror?

Que se apaguem
Nossos erros e motivos —
Toda lágrima consagre
Apenas estar vivo,
Este milagre.

Em Solombra

Saliva de sombra, salva de brisa, rosto
ecoando sua onda regouga, petrificada
na margem cintilante da noite sem

rosto, paisagem rústica da sala,
resto de deserto, segundo cala
a mente esquecida em sua sede
enquanto a luz não se decide

se devora as representações fugazes
— as janelas fechadas da linguagem —
ou dispara dizeres que atingem
o alvo só ao caírem longe

das mesquitas da cidade (sitiada).

HÁ ANOS VENDE SEU PEIXE
podre
seu suflê de vísceras
para vegetarianos sem o menor senso de humor.

Há tempos leciona
o dialeto do caos
dá conselhos ao sol
vende orquídeas escritas com
seu sangue
para vampiros que têm medo do vermelho.

Há séculos ele pratica
a extinta arte da pluviometria
fabrica ideias inúteis
conta os carros da esquina
compondo um poema longo e atroz.

Há minutos ele liga
Para uma secretária eletrônica
Que repete, estranho, exatamente
A gravação de sua própria voz.

Objetivismo

entrar no mundo
como quem nada quer

veracidade
beirando a fala

voragem
detalhes
em alta voltagem

alterar trevas
solidificar segundos
espantar males

abrir seus olhos
aqui

<table>
<tr><td>amar</td><td>você</td><td></td><td>silen</td></tr>
<tr><td>ciosa</td><td>mente</td><td>,</td><td>saber há</td></tr>
<tr><td>quanto</td><td>tempo</td><td></td><td>tento</td></tr>
<tr><td>dizer ao</td><td>vento</td><td>:</td><td>entre</td></tr>
</table>

Mental,

nunca ao significado presa
surpresa em invisível
metal

sempre sendo senda e seda que seduzem
as infinitas veredas que se formam no quintal:

és dez, treze números cabalísticos que espiam
seu sexo enraizado em mim como fuligem

voragem de sinapses que me assolam
com a sombra sutil dos ventos solares.

A MULHER PASSA CORRENDO COM SEU CÃO,
e além dela o sol
entre pinheiros bastardos falha
em sua comunicação. Há
neblina, sim, na vidraça suja
de tempestade: mas isso já passou.

Depois que nada o corpo se completa:
a água o ensina a pensar. E a noite,
sem dúvida, descreve
sua lenta aproximação

embora não tenha palavras transparentes
que garantam que nenhum ruido branco soe
como uma verdade em seus ouvidos.

Até lá, o sono virá, e com ele uma
interrupção: na espessura da espuma
O som do vidro é colorido.

Beduína

teu corpo negro
é meu coração do avesso
onde me entrego, grego,
às iluminuras do desejo
e onde vejo, ensaio
o poema de todas as vozes

tua voz-raiz
viça, filtra, beduína,
todos os ritmos do transe
odres de absinto
tantos matizes

tua alma branca
gema negra e perfeita
é minha mente ereta
quando sou raptado
das prosas da razão
às proezas dos sentidos

onde cego num oásis em meio às luzes
rogo tudo o que forem capazes:
banho-me na tempestade.

Escrevo como quem respira

Escrevo como quem respira
Das palavras seu aroma.
Cada sílaba, simultânea, me doma
E, decidida, te admira.

E atinge o coração da página
Certo branco teu que contém
O néctar do silêncio e seu desdém
Por coisas que nem o poema imagina.

Canzone

Ela bela como uma rima pristina
voz manuscrita em ouro sonoro
lentas letras me lesando lábio iluminura
alcançavam miragem a margem outra de mim
seus cabelos entre grãos de poeira
que um gesto agora levantou. Eu
a vejo através (servo de teu átrio, erva) dos olhos da janela
o calibre de um sentir é sutil
como o sol espancando o muro
onde um rosto (mouro) pouco a pouco te devolve:

pedra que a mente esculpe
em biombo de maresia?
Uma dona de luz chamada dia.

Refúgio

Casa cercada de ervas-
vivas
no ritual do verão.

Um ano fecha
em poucas horas.

Agora, mestre em
arestas —

A luz acende esse silêncio
de cinzas de sílex, e a porta secreta.

Em Amour

Ainda vai haver tempo bastante
Pra ver nuvens abrirem (suas pálpebras),
Curtir seu gesto e seu instante
Intacto, como um milagre.

Seu olhar gritando nunca pare —
Tarde sem alarme falso, susto ou S.O.S.
Ouço no escuro você e insetos escuto
Cavando seu resto de futuro.

O corredor é longo e sem estrelas
E a gana me nina em seu vácuo.

Quanto mais recuo, mais me aproximo,
Quanto mais erro, mais rimos.
Quem sabe o efeito que isso tem:
Quando, quanto, onde, quem.

Setembro negro

A leveza e o vulto fugaz
que as coisas fazem ao cair
(nevasca de pó)
antes que possamos detê-las:

Despencam tão macias nessa margem
ou, quando fechamos nossos olhos
(muro onde a treva é branca e o céu murano)
as pálpebras da correnteza abrem-se: a paisagem.

Caem sobre um rio, entre galhos, brotos
tensos, carcaças de flores sem nome, restos de teias,
sussurros na mata bruta
entre o baque das bocas e rostos de rocio,
florboleta, orquideia, pensavenca.

Do lado de fora estava a realidade.
Do lado de dentro uma cidade
feita de gestos e movimentos,
penumbras, espantos, estranhos, pensamentos.

Seguimos até sua foz,
mas sem esperança de encontrar a foz:

o sonho era um pesadelo.
Vimos recifes de sangue, muros barrocos
lutando contra o mar, e a estrela brigando como nós
contra as luzes da metrópole.

Havia um paralelo misterioso, um mundo
entre a simples queda de uma folha de papel
e a reminiscência veloz que num segundo
nos levou para algum lugar, zoom, canto de céu.

Da queda o que ficou foram gritos e ruídos,
Densa nuvem de carne, cimento e plástico no céu da tela
Não a ternura que habitava a sua voz
(A sensação de que algo se rompeu)
Solidão, recife, estrela.

Costa de Dentro

neblina de pálpebras
cerram o silêncio

a solidão abre o olho
nesta dimensão —

sólida como essa voz —
a luz deste lugar

Interzone

a fala
um corte
desloca o
deserto
que se origina em seu
eco
de sangue
seco
escrita exangue
rosto oco
na esquina
é ali e aqui
sol diferencial
sombra de mão
estilhaçada
voltagem de voz
alteridade fugaz
batida pela chuva
súbita

As últimas palavras de Tárafa *

— Vou te matar de qualquer jeito
& depois pegar meu caminho.
Como preferes morrer?

— Enche-me de vinho
Até a garganta.
Depois, deixa sangrar.

* Tárafa ibn al-Abd, poeta pré-islâmico árabe (século VI)

ALGO ME DIZ QUE *MOLHAR*
tem a ver com *olhar*

molliare, amolecer
em latim vulgar
vocábulo mole como o cristal
deste *globo* por onde se olham
as plantas das retinas
tornando sólidas e só lidas
as coisas líquidas
o molhe no canto da praia
nuvem, cântaro, orquídea
no agora de sua órbita
súbita

por isso pôr os olhos de molho
por isso neles estampamos ocelos
por isso ele molha quando chora.

Trance music

Não perde o tempo entre os riffs dessa noite
mais distante que um DJ em transe
Voz rouca segue a linha do baixo, baixe a sanha,
Circule entre senha e groovie
Entre estrelas & champanhe.

Pouco a pouco
O calor liga você.

Como nos pegam de surpresa, sons,
e das vezes em que nos
acuam
Ou suspendem
o branco
com o charme de um grito.

Seara de sorrisos, só isso aqui parece não virar mercadoria.

Talvez mulheres líquidas, ou ícones que se desmancham ao toque da tecla

Delete Cartago,

pois o sonho é só veloz
o solo só é veraz
Se entra na primeira

esquina intuitiva e se
na sintaxe da levada

o Excêntrico Sr. Sentido venha junto,
taxiando

o que quer que vida seja, tensão de arroios,
e o quer que não seja também,
chá de cereja sob uma lua que viceja
nos quatro céus desta canção.

Saliva

Onde a flor deflagra seu paladar
(Onde o mapa da tarde se desfolha)
Ali reside o mar:

Onde uma duna dança e nunca se demora
(Onde o tempo é um lance de memória)
Ali incide a luz

em novas formas
fazendo
ondas, provocando
pensamentos

ficando quase como incenso fica
(um cheiro depois de se queimar)

Nascimento da poesia

Quando a linha era só voz
era uma margem sem rio pois
seguia
                    foz em foz
oculta (miragem)
na escuta da memória.

                              Séculos se passaram.

Um dia a voz
efêmera
é escrita na areia

e nasce a linha
retorno
virada

"trazendo a palavra
da boca ao ouvido".

A consciência sulca
e eterniza o fugaz
no grão da linguagem.

DE LEVE, NESTE BANHADO EM ABRIL,
a paisagem nos descreve

arroios são rios
de planície
parecem não se mover

distância aquarelada
contornos adensando
enquanto chuva arrefece

pago arenoso do agora
faces, não-superfícies

o sabiá afia seu bico
no arame farpado
pensando —

precisa descer
de seu altar de vento

precisa caminhar
na relva revelada

Perder não é o pior que pode acontecer

Quando a pena para não espero.
Decoro a cena e não me desespero.
Não vou ver se está na esquina
A maldita que roubou a minha sina
E a transformou em distração.

O esquecimento é uma arte:
O silêncio me escuta em toda parte.
Surpresa, o ofício mais chão.
Para sempre, coisa, ver-te.
Nem que essa coisa seja Marte.

A SOMBRA SANGRA
na fresta do tronco
onde um olho
fita, num flerte,
trinca o grafite.

Há política nos corpos
e no ar um pressentimento novo
estreia ao vivo
como as estações.

O que foi dito
nos intervalos indigitados
imagem, silêncio
(nuvem cauterizando o céu)
e sangra sombra.

O MISTÉRIO DO SER, QUEM DECIFROU
seus trinta olhos que oscilam no ventre
do saguão em chamas do humano, a queda,
gritos escombros.

Se um círculo se faz de sensações
em outro ele se fecha.
Mundo, poeira de carne.

Então sou eu essa sombra que conversa
sob a adaga sinistra da noite
sobre a dor do amor e a consciência de si,
o ponto zero de nós.

CULTIVAVA ORQUÍDEAS —
Pelo prazer da ideia
de orquídea, do devir
de abelha a florir
flor a zumbir
no ponto de fusão.

Mônadas

Faz sentido
esse gerânio em sua boca arrotando dígitos precisos
essa concha de céu enrugado cuja pérola é o sol
esse eco de destino que é resina nítida do escrito

esse beijo de linguagem que é seiva de vertigem
faz sentido

sentido, se faz
de desenho
e de teso
arco es-
tend-
ido
sobre um lago
seco.
Eco.
Resto de signo
ficado ígneo,
ignorante de céu,
cego de seu som,
istmo de tato, olfato, paladar, visão.

Faz sentido o não dito pelo dito,
ritmo & rito de sua própria desaparição,
testemunha ocular do caos
que se concentra na música do acaso,
casulo numa rosa fiberglass.

ROÍDA PELA INVEJA
a traça destrói
a seca borboleta.

Da representação

Esta ruína, célere de almíscar,
Matizada na alfombra de cânhamo,
Canoniza a madrepérola do instante
Calcinando, excêntrica, sua fúria de tristeza.
A língua nela hiberna, nada, náiade fora de foco,
Jóias acenam, fosfenos açucenam,
Enquanto nossos passos se evaporam.
Surpresa? Crise instaura cristal.
Tosses de estrelas infectam o céu baço:

Pálpebras raspam o engodo da representação.

A IDADE DA LINGUAGEM

tão antiga

quanto o rumor da língua
seixos em círculos na praia, *precários,*

luz de vela solar

hieróglifo fugaz

acabou de passar

criando
estranho espaço
afrescos recentes
volume
espessura

f
r
e
s
t
a

inscrita no silêncio

rosto da escritura

alucina a letra

chove no tempo

olha para nós
(o mundo começa

com ela)

seu lugar *e s t a r* em toda parte

pronta para arrepiar

a pele do sentido

em seu livro ao vivo
fios

escamas de ruídos

fragilidade gestos

sempre além de si

a idade da linguagem

desloca o real

funde tempos está nesta cantiga
nômade
aqui onde não estou:

para Cecilia Vicuña

A sangue frio

18:00

as vísceras suicidas do crepúsculo
tiroteio da noite, seu uivo:
o momento decisivo.

06:00

espelho e seu outro
gesto ecoa

incenso maçã
bala perdida
(verde penumbra)

imagem butô

Ars poetica

Precisa dizer.
Como um celofane que se desa-
massa.
Não como certas músicas baratas
baladas que não dizem nada
fazendo companhia para o som do ar-
condicionado.
Ir na veia, sendo suas únicas velas, salvo a possessão.
Vogar fora da voga.
Seita excêntrica?
Post-mortem ismo?
Não é moda: não precisa de marketing
pra dizer a que veio.
Veio, e veio só, na cilada da noite.

DESCALÇA, A MENTE SE SENTE MAIS AMPLA,
instaura seu império fugaz.
Não te conduz — repetida narrativa
deixando fios pelo caminho —
e sim parindo cortes abruptos
na varanda:
A nota escrita rápida, espasmo no diafragma, detalhe de lenho.
Dar continuidade é negar o acaso — exemplo
de milagre e sincronia, quando o sonho
roça o rosto e vira visão.

O objetivo imediato é: fusão.
O eu não se apodera das coisas

Deixa-as (suas almas ociosas)
falar, farfalhar, até o fim, falhar.

A história simultânea das coisas
Um dia irá contar sua fábula.

Fragmentos em movimento

O poema é um sonho do qual não consigo acordar.

⏩

A medida de uma imagem a se dissolver é calculada por infinitesimais relatos dispersos como nebulosas. As coisas, exatas, se desviam de nossos conceitos, criam suas arestas, galáxias, oásis, e brilham em sua mais perfeita conjunção.

⏮

O horizonte nublado dublava a curva de sua rotação.

■

"nos acorda do mesmerismo da absorção"

⏩

Levamos mapas que se modificam e se estendem a cada passo sobre a língua do arvoredo ou universo plano de pétala pensada por um animal, céu virando o rosto, a curvatura de sua mente, esse mais longo dos dias.

⏩

Penetra ou penetrável velame de pensares em
corta–luz,
hespérides
e analogias
(sem seus espelhos)
agonizam.

⏩

Elas nos levam

e elevam véus
ao léu de neve, e velam
sobre velames

ao norte elas nos levam
e elevam céus
selvagens e velam
sobre velames

■

à velocidade de um presente perpétuo abre o advento das novas alquimias
no   Museu do Novo   água ardente

pôr do sol em Goa desvanesce o vídeo de seu momentum
sua duração
          fora de seus limites

estável   imóvel

⏩

Sombras vacilam na aurora opaca. Densas, deusas, prometem às margens
coaguladas
nada menos que suas faces mutantes, virar
de fissuras no espaço falso   Mas

veias azuis espiralam
               eretas

⏮

a luz

pesada
imóvel acelera

reflexo na água
não é a
não sua paisagem
sua representação

⏩

A verdade é que os astrônomos surtaram com a bela nébula carnuda recém-desperta e a descoberta de que se trata de um cérebro autônomo com fios gigantescos de poeira púrpura boiando na espessura do espaço.

⏩

O cemitério uma cidade em miniatura.

⏩

sem pressa **nuvens negras** se afastam

■

Bonsai.
Três folhas no chão: o *sim* o *não* e o *e*.

⏩

tatuagem

tela veloz da água
sombras flutuam
luzes do povoado

■

A vantagem de resistir era a emboscada, o ataque súbito de ambas as bocas.

◀◀

Lento dobra o tempo nestes dois, azuis, que se admiram quando mergulham no escurecer & seu desbotar de sépalas qual folha tremula na brisa intermitente. Sua beleza mútua brotou da dança do pensamento em sua rotação pelo amor, centelhas, puro movimento.

▶▶

O deserto aberto como um livro, onde algum sentido uma duna futura esqueceu
o desenho desperto como um uivo, algum destino de laguna difusa no breu (céu):

O desterro de deserto

anexando sentidos

livro
ao vivo
uivo

▶▶

apenas as letras, lentas, tomavam distância de seus pés ao regressarem de passagens difíceis de suas vidas nômades embora sem pausa linhas se igualassem e palavras se, sim, reconheciam em cada vila-página ou oásis verbal trazendo a experiência de não-pertencer, sósias de si.

flashback. vibração de retinas

■

(S)(P)ENTIMENTO

Letras cerram seus olhos: grãos, areia de infinito.

⏩

Meandro — forma de pensar —
Canibal — calibânica —
Rasgando à força o Silêncio
Expondo sua margem de carne.

⏩

Planura, platô, plâncton; umidades de som no ermo sempre seco, ásperas, ossos.

⏩

na borda do espaço   Li Po   e o último gole

■

O carro acelerou na curva e mergulhou no mar.

⏩

Dr. Dor

■

Entre pausa e passos. Espaços

enquanto o volume das vozes adensa
o mundo, mudo, no dia se desnuda
e acelera seu nado rumo aos girassóis.

O trânsito contorna ladeiras,
Invisível procissão, varanda
ou verdade das coisas, surdo retrair de face,
noite que se aproxima, inútil, sem pressa.

⏩

tarde de abril
a menina sorri dentro dos vidros
enquanto aguarda o sinal

⏩

Rebarba de ciclone jardim repleto de pinhas.

⏩

O vento continua seu trabalho.
As árvores estão continuando seu trabalho.
Os arroios (sua aparente imobilidade) levam à frente o trabalho dos dias.

■

secreta
aresta
incita
escrita

⏩

— A ansiedade prepara chás & enseadas sem barcos, silêncio absurdo, céus sem identidade, imagens sem nome, esquinas idênticas e coincidências que não fazem nenhuma força pra significar.

— Na montagem as cenas não se processam assim, quer dizer, na real. O filme da ideia, o que se apresenta, nunca chega na sala de edição da mesma maneira. Corpos mergulhando ao revés.

Sèver ao Odnahlugrem Soproc!

⏩

Vendo com elas, através delas, desvendando o que está além delas.

⏮

fragmentos de movimento
margens recuam, avançam
restolho de imagens distorcidas criando
zonas de mistura
seres que se percebem
na virada do nadador
livre da tempestade

⏩

disse como se ninguém
tivesse dito antes
estranho quem
travestido de instante

⏩

Promoters do espaço, os pássaros se vestem de levezas & penetram na água de sonho.

▸▸

No que é azul um verde se condensa, água chamuscada de brisa
nubla cobalto aqui.
Não há mais necessidade de voltar.
O que é metamorfose na face é ilegível, afasia,
é o que mais se intima, midas, mais corrompida.

Fronteira de sorriso, instante navalha a alma,
quebrada, pesada de endorfina. Há que resistir
Mas sem sentir o desejo, como viver,
da fissura de algo que se chame ritmo,
Nem que se chame logo, água, isto, língua valhala.

▸▸

Diálogo da cor com esta ideia. Incenso pensamentos: a lua é um hotel.

▸▸

O escuro, um animal com uma voz serena & uma vela acesa.

▸▸

Luz não completa o teu olhar,
pálida figurante:

O azul é a grande porta do seu ser
cujos segredos desconheço

E é nele agora que enlouqueço,
meu maelström.

▸▸

língua lambe   para ir além das superfícies   iluminação de rascunhos

▸▸

O nervo do dia precedendo acasos
cada reflexo que se precipita
da face adocicada do aceso
mar e sua onda que me grita:
escutamos tudo o que dizias
Eras o mágico habilidoso
sobre a nudez dos cristais.
(E a chuva de mãos ágeis
apagava dunas e paisagens).

▸

SUTRA

Imagem de inverno sutura,
A água (ouro) não se esquece,
Escurecer dilatando distâncias
repetição diáfana
de espaços acesos

Isto é luz
pronúncia de posse
horizonte urrando de dor.

▸▸

urge o ruge
da fala, afásica,
isca de Nausícaa,

acinte de cais (saciado)
vomita velas

⏩

O mar é um jardim de estrondos.

⏮

imagem residual em branco
ver em documentos

delete Cartago

inicialização do branco

Viagens à hiper-realidade

Instantâneos contemporâneos

uma e trinta da matina a loucura quebra minha esquina
esmaga com força sua rotina de estrelas mínimas
ferra as bocas do acaso com trancas de ciúme
de Galateia expulsa a espuma de seus crimes
condena o Vácuo veloz ao silêncio do tumulto
só resta um pedaço da escotilha do piloto
e uma palavra em transe na testa do palhaço
o padre conversando com um surdo-mudo
anjos em carne viva rasantes no céu de merthiolate
poeira de metal e carnes prédios desabando
o anjo do mal com seu sorriso absorto
na rosa flechada sangrando mental
a aurora ladra seus rubros massacres
e a lentidão do real levita é um milagre
estar aqui entre gritos neste estado de sítio
descobrir que foi a vida que mentiu

6 movimentos de câmera

travelling

Os jardins do olho se propelem
à velocidade do tempo ele confere
o além de sua própria pele

entre tatuagens de fome. Se atreve
em insistir sentir dor, algum
odor de penhasco ou penumbra

•

no corpo em silêncio que se afasta
enquanto penetra sua própria face.

close

Num segundo a flor se fecha
como dedos
no vazio de seu segredo.

plano americano

Carregamos o corpo, frágil sopro em movimento.
Criança, dois traços verticais eram pessoas.
Imagens se abrem, vazias, como biombos.
O que estava escrito na grama dos eventos.
Chegamos aqui, no entanto estamos em movimento.

contraplongée

Rebatimento de luz, rouca
voz no espelho como ausência de silêncio
que não existe, bolhas na superfície
dessa face, água tão pouca.

plano fixo

Música da face — língua dos dedos — desejo pelo que não existe mais.

zoom

A um passo do Passado, Paraíso:
O que se move é o percebido
(formiga na folha de capim
dedos roçando o corpo morno

bem-te-vi furando o silêncio da manhã
o voo do pequeno falcão
o verde visível tremulando contra o azul
sua face inclinada olhando a parede)
As coisas existem agora porque estamos aqui.
Quando não estivermos mais, continuarão existindo,
Mas sem seu amante para lhe dar ainda mais sentido.
Os instantes, sem as coisas, não são nada.
Pássaros debandam, não sei como chamá-los.
A voz, admitindo fracasso, se afasta mas deixa seus rastros.

Alba

Onde você escreve toda a noite,
Onde a letra, de neve, esteve
No que a madruga se deteve
Entre trevos de fel e treva.

Ler o que essa treva revela,
Revelar o que essa era oculta.
Sinais de luta, além da tela.
Reler o que, ao se escrever, releva,
E sua pena atenua e libera.

A vida era um grande café da manhã

Oásis no real, acasos colidiam até
        que sua voz perdia a razão. Idem
com o que suas curvas atiçavam, édens de carícia,
        — um pouco de ar: escrita.

Seu objeto é dissolvido
        Ao entrar pela porta do ouvido
Que dá pro quintal da chuva recente.
        Mas os nomes das coisas acordaram a gente.
Mago Paradoxo serviu o café.

Amnésia

A imagem nasce, calada,
Por não poder decidir
Entre ir, se distrair,
Ou ficar apenas lendo-a —
Sua face, gaivota exilada,
Céu amêndoa.

Era tão cedo agora mesmo
Que lembro exatamente como
Tudo desaconteceu. A esmo,
De repente, cismo outono.

William Burroughs lendo a *Poética*, de Aristóteles

"Agora, um todo é aquilo que possui um começo, meio e fim. Um começo é aquilo que não vem necessariamente depois de alguma coisa, e que possui naturalmente uma coisa depois; um fim é aquilo que acontece naturalmente depois de alguma coisa, seja como sua consequência natural e necessária, e com nada depois dele; e um meio, aquilo que por natureza vem depois de alguma coisa e que tem outra coisa depois de si."

que possui um começo, meio. E fim. Um começo é aquilo que "Agora, um todo é aquilo depois de alguma coisa, e que possui naturalmente uma coisa sua. Acontece naturalmente depois de alguma coisa: seja como sua consequência natural e necessária, e com nada depois dele; e meio que aquilo que por natureza vem depois de alguma coisa e que outra natureza, depois de si, não necessariamente.

LA NOCHE SE ALUMBRA A LAS TRES DE LA MAÑANA.

Sou uma ilha que respira.

O ocaso retalhava o que restava de voz:

Vento pressente uma tarântula.

O mundo é um brilho que se afasta.

Polidor.

Alteridades

Traduzir o outro no assombro
da palavra terrível, sombra
num muro cujos signos escombros
reportam-nos a outros, Solombra.

Cair por terra, diante de si,
onda que desmorona seu ser
delírio de Gauguin no Taiti
vertigem do não reconhecer

o que nós mesmos concebemos:
como vozes trazidas por um rito
aparição de vida no que vemos
livro dos mortos do Egito.

Um aqui sem ninguém, agora
pleno de talvez, sem imagem
a paralisar a magia da flora:
verbo que faz de si sua paisagem.

Claranépis sufranta rosidendro

En Hamamélis, lócus de natabran sabrem soentro.
Núncio de tok, astinfolhas refrasem marenostro, nu horisantes
ipsileidum, sombra volante.
Lópulus uivans nibiscvum. Et cadaversus
timbram nel foz nemêzo.
Aduanas, pacto de sombras sem seu objeto.

Viagens à hiper-realidade

1

Daqui não há retornos, Gertrude, mas
versus. Lembre-se

de apagar a paisagem antes de
sair. Muito bem e muito bem.

Fragmentos estranhos, de montanhas,

em palavras e o Cenário-Sonho

na carne do deserto: reproduções de van Gogh
                    só na mente
                                        em movimento

Branco. E o des-
contínuo radical da
zona árida da imagem. Montagem.

A mulher barbada no transatlântico Orum,
acorde de sombras. Verão objetivo de nuvens

sob o dia de meio-sol. Um rosto de rosas marlboro, ruídos

na água ainda imaginada
(um cão anda na luz & vento num

continuum artificial
— como um sol —

no qual você se apega)

a única morte mordendo-se
diante de pronomes, nomes, telefones.

O seu céu refletido num outro: espelho opaco. Eutro.

Se há algo que é claro e faz sentido, que seja dito.

2

MILLENIUM

"ranhuras no ônada, tempo
& resquícios de inícios, indícios de azul
reflexivo:

noite hipnótica — é Erótika, a espiral de Amour
nos painéis e ideias de chuva

(passageira.   transparente.)

no ovário sépia de um deserto

Branco.

Escuta a manhã (espelhos mudos).
Quem sabe fosse possível re-
começar daqui
aqui onde a voz suspende a si

quase só-
lida

retrai-se veloz como a linha da onda, sobre si

e vira, vida, déjà-vu? Foi isso, fósseis, símbolos,
fosses promessas simultâneas ou seriam

as ranhuras nesse vazio — esperma —
as marcas de Erótika

a cicatriz que nunca cicatriza
ondas contra si mesmas

linguagem — espera —
dos neons do possível, inícios

que a noite da mente, irmã, hipnotiza?"

3

Nada a não ser o tempo a perder. A perder. O tempo.
Nada a não ser

o que trama presenças enquanto atravessa
a rua sem saída do labirinto original.

Aracne, presa do aqui.

"Não use termos abstratos, isto
obscurece a imagem" de um

abismo negro

e o círculo se fecha.

Se o vazio do que não sinto
é o contrário do que minto,
então tudo isto é signo,
uma contradição do vazio.

O claro requer o obscuro. O incontínuo.

Ou da primavera como queiras.
É a tecla "voltar" num arbusto de flores negras. Revento.

É um desespero agradável, diria Satie.
Ou a verdade é o que quer existir.
É a lâmina de sua face no coral luminoso.
É uma cidade com suas mil luzes, lances, Matizes.

O modernismo foi uma grande jangada política
& o flashback do deserto aguça

a seta —
desejo
(salta)
no silêncio:
você.

A mesma gama de despenhadeiro e pop!
ar seco. Hórus instaura

a pauta translúcida da música seguida
do signo de THOTH em nossos olhos

nas vitrines das lojas
Pedras entre (rente) a
água que não fala (voz que cala)

& há escombros de conversas
em conservas, antenas & poças absurdas

seixos on-line, cabala &
conquistas fúteis. O fracasso é a soma
das esperas
cujas ondas quebram-se
nesse paraíso que vem nunca:

Águas sujas.

A LINGUAGEM DIZ

"sou uma máquina"

mas não penso nisso enquanto escaneio

suas coxas sob o jeans

seu   jeito, canto
de boca,

(mas o
som

de suas ideias
adere-se a mim)

enquanto o agora lamenta
mais um arquivo perdido.

Ao vivo

O inverno lança estranha antologia
Trevos de trevas e lilases de solidão
Colisão de um satélite de metáforas
Relatos de narcisos terroristas
Provocam alta nas cotações de nuvens de lixo espacial
Racha na cópula de abelhas de absinto
Iminência de guerra de beijos partidos
E o ano-novo passado no Nilo.
O olho do furacão sofre, sobre o Caribe

E conecta memórias-links de estrelas decadentes
Seres isolados em entropia
Soletram e tocam suas reses
Enquanto rimas serial killers invadem os pregões
E palavras apodrecem nos jornais,
No canto das bocas, sem fôlego,
No bilhete amassado e esquecido
Como tudo mais.

Garanhuns

Solitu de, récif, étoile
Mallarmé

1

Casas antigas sob um céu armorial
Brasões celestes & pedras caiadas de sangue
Caídas no tempo da hora mais inimiga.

Águas sedentas entre águas, casas entre águas,
Plumas de mangue, uivos de suas
aéreas raízes,
Pontes unindo (o que restou) a alma
à lama

Palafitas exibindo seus troféus de miséria
entre ferocidades e o jade mar de recife:
enigme ou me decifre.

2

Onde a verbena reverbera
Baque solto
Em sua louca simetria
De cortes e a laje alojada
No ocre lacre dos tijolos.
O que nos cerca é essa
seca
verde,
lua em Braille, seus
rastilhos.
Som que assimila o suor.
Frio que acaricia as lâminas
da tarde anunciada em seus vacilos:
Ar cortando e dividindo
o açúcar do ar (flor em caule)
em seu canavial ouvido.

3

O agreste não é alegre nem triste
É agre para quem não sabe
O doce do que existe, resiste
Na voz que erige imagens
Neste milagre em pleno sertão
(Reste em cactos, sabres sabores)
Janela para a amplidão.

4

Ruge a rude simetria

de seus verdes escarpados
escapam eras
e vales salivam

ritmos em tua pele de céu

entre sete colinas
desterro de dentro,
fora, deserto, sertão.

NA GALERIA MILÊNIO
fim dos tempos
contempla
dias clonados
iguanas de plástico
carros-bomba
reflexos sem nexo
sexo sem virtù
o aço e seu bagaço
vitrines de carne
pó que retorna
vídeo narcísico
simulacros
clarões
essa velocidade estática
essa estática das sombras
catástrofe de sons

catástrofes de faces
então som
nenhum

Em Riding

Viver numa realidade de palavras,
com a consciência de que, a cada passo, falha,
no entanto atenta ao que cada instante desperta,
É a ambição da poesia quando trava
com o artifício mortal da absorção — escrava
do som que a persegue como um alerta —
Entre letra e mente uma batalha.

VERSUS QUER DIZER RETORNO, VIRADA,
pois o arado sempre precisava
retornar ao chegar ao fim
do sulco, da linha e seu nada
no fim da jornada e seus trabalhos
como os dedos anônimos semeiam
na água, na página, pontos-
instantes em fluxo
que sulcam a terra nova
para olhos futuros.

Fábula

O quinto dia deitado na grama, céu ardósia.

Lembrou-se de uma brasa no vento e uma branca distância.

Gatos de passos, nuvem de sombras, tudo inverte rápido. Opostos se beijam, apagam a palavra vácuo.

Não se arrependeu.

Havia se tornado especialista em mudanças, e agora era tudo pensagem a cada momento invadida por mais elementos: uma ruína de Tesla, galerias conectadas por cipós, multiplicação de pontos de vista até o negro total.

As coisas que descrevia em orações silenciosas haviam sequestrado referências sigilosas depositadas num banco do Arizona.

Mesmo a frase "deixe sua mensagem" havia se tornado um enigma a ser discutido secretamente, para júbilo dos decifradores de códigos e dos acadêmicos que o monitoravam.

"Deixei escapar uma informação, abstrata como folhas de relva."

"Os desertos sorteiam sorrisos corruptos na roleta do esquecimento."

Letras estralam escarlates por puro prazer.

Quando regressou, a grama havia se tornado um espaço em branco imenso, onde um percevejo segurava um bilhete: toque-me.

Kosmos

A página começa a ler você,
ser aquilo que você sonhava ser:
Pacto contra o nada,
jardim veloz de acantos, planetários,
Vulcões de asbestos, voragens de pó e lacunas de relva.
No rebatimento da luz, azul se espalha,
E lenta vem a noite, espelho negro espesso
revelando furos na lona do circo eterno
pontos em negativo na tela branca
os olhos do tigre de Blake.

O VISÍVEL SE PROJETA NA DISTÂNCIA,
mar arqueja mudo
um lance de sal.

Nada diz nessa terra que escapa
pelos furos dos olhos
da seta
no ventre da relva
pelas frestas da mente
linhas paralelas intocáveis

chuva de partida
chuva de recesso

centrífuga
centrípeta

olhar parindo
água que não cessa
e nos destinge

curvando os galhos
osso
furando a treva

que me preserva:
eu, a palavra nunca.

O NOME DE GUERRA É NINGUÉM. PELO MENOS É MEU.

O que existe é minuto: no caule de um pseudônimo, a palavra espelho.

As ondas finalmente conseguiram cobrir o som dos celulares.

O Subipblime.

O vídeo da queda d´água, Kenny G. ao fundo, Zen de autoajuda.

Neurose de bolso, & um eu pra você, idêntico ao da TV.

Como uma pessoa, uma frase é um mosaico mental e pode, por acumulação e rizoma etc.

A questão não é o que você pode fazer para você, mas o que Nós podemos fazer para vocês.

Belas paisagens monitoradas, tralha sonora atrás do outdoor. Pager Gauguin.

Se equilibrando no temporal de papel, pouco antes de cair, lembrou-se de Kwai.

"Morri, mas não pela beleza, mas vi com esses olhos que Deus há de curar."

Fechado: 7%.

Seu celular, vibrando, sob a chuva.

Manequins Kodak na vitrine voraz em Osaka: os únicos praticando Nô. MANHÃ VERTICAL. Quando executivos voltam, já estiveram em Heimtal e voltaram; Atacama e voltaram; a si mesmos e.

O bambu sonhou-se em vídeo digital.

Jovem morre depois de 82 horas jogando videogame em Saigon.

:) A. havia se apaixonado pela secretária eletrônica de Z.

Reunidos em Caras, eram eles os escolhidos pelas imagens que os mediavam.

Um grito tribal no estéreo do marqueteiro político ("até minha brisa é produzida").

"Pensar é estar doente dos olhos".

O mentiroso mentiu para si, e a verdade vira o instante do falso.

A rotação do sol entra em turbulência: estilhaços.

O segundo sonho

a foto de Chuang Tzu
estampa na borboleta
agora folha

branca   inescrita
alçando voo
agora rosto estilhaçado
de menino iraquiano
agora paisagem amarela
de álamos chineses
neles folhas pousam pássaros
agora Los Alamos e Oppenheimer
boca aberta de espanto
ao ver o cogumelo luminoso
que um dia sonhou Chuang Tzu

Pauliceia revisitada

ESTA CHAVE ABRE BRECHAS NA REALIDADE
É a tarde suicida atropelando os escombros da cidade sitiada
Eu ou meu outro acenando girassóis na multidão ensandecida
É a marcha das Imagens vazias presas aos ferros, levando pedradas,
Dor coroada como índios em brasa nas calçadas do ressentimento
É o bisturi que divide o sangue com bastões bíblicos sobre o poente gelado
E é a senha do falo, lugar de força & delírio
Falésia-edifício que despenca sem estrondo e mergulha em sua poeira paranoica
Um delicado caos filtrado em preto-e-branco na escala progressiva da mente
Esta chave se transforma nisto, nervo exposto, numa realidade de palavras
Que exorcizam a saraivada de graça das igrejas capitalistas
É a extensão da alegria náufraga entre bruscas ondas negras
É o link de todas as conversas mantidas no mundo neste instante
São as marcas na pele dilatada com seu nome escrito a sangue
É meu amor moribundo no abismo, dedilhando o banzo de seu exílio atroz
É a noz de uma palavra que explode como um ácido espelha sua linguagem
vermelha
É o trânsito franco-atirador e a muvuca das esquinas com fumadores de crack

descendo ao inferno num teatro de guerra a céu aberto
É o silêncio depois do gozo das fábulas invertidas da verdade ambulante
Esta chave guarda o pólen que o enxame não sequestrou, é carne translúcida,
É o exame minucioso da alma em seu recuo trêmulo sobre o elevado invisível flashback
Não é câmera digital, mas abraça o mundo em sua estranheza absoluta mesmo assim
Chave que abre a porta dos ecos e nomes secos sobre as heras eternas

Mar de Vigo

Sim, o som é corpóreo. A mente, pensamento. Mas, se são simultâneos,
Quem há de indicar exatamente
O texto nesses rios subcutâneos?
A pele é prova viva do que digo.
Descascando, vai formando
Estranhos mapas, mundos, meandros
Que passam por países muito antigos.

Arte do intervalo

O real não está nas coisas.
Nas coisas só existe a mente
insaciável, analógica, ciosa:
o que lhe interessa é o entre.

Ver é trans-ver, rever reflexos
E oásis de passagens, não foto,
Vazios, paisagens, nexos
Para onde me transporto.

Ópera-bufa

eu sou o mesmo
o outro se mudou
disparo de raspão
espada de neon
tradução de paisagem
para um cego chinês
carregamento de ópio
abandonado no Nilo
sou o capitão Idem
famoso por coisa nenhuma
pelo sósia que me imita
clone alterado da escrita
sombra que me adultera
que me mimetiza até
não ser preciso mais
a pena ou sua espera.

Tenebra

Aqui o céu se pôs antes de pensar.
Uma coisa é a primavera atônita,
e outra a plataforma da mente pronta
para o próximo comboio do ser. E zarpar:

Água circulava pelo restaurante, pela plateia,
editando o filme da mente, nervosa,
como em qualquer estreia
com beijos aniquilando qualquer antes —
como se decupassem uma ideia.

Longe o mar se vestiu, abriu seu guarda-chuva
de nuncas, sua prece de quandos. Foi então que o tempo
assediou o espaço com sussurros adolescentes
e despressurizou-se na máquina macia do amor.

Interlúdio

Interrupções são bem-vindas, dizia Cage.
Bem, desde que o sentido, já ruína, deixe
Estabelecer seu ruído como um feixe
Que cruze o ar como um reflexo e beije
A mente à deriva, cansada de viagem.
Ele foi e voltou, nunca viu nem sabe
Da lua nova rangendo seus dentes de sabre,
Do silêncio que, cuidadoso, se abre
Para que a nata do vácuo nos consagre.

Arte de esquecer

O que aconteceu agora mesmo?
Como vim parar neste relevo
De sombras de mão onde navego
Como se a arte de formar istmos
Fosse outra forma de estrabismo?

Ouvimos estranhas vozes e ruídos
Deste corpo que se desenha sem motivo
Iluminura do agora de efeito retroativo
Que apaga e inaugura novos sentidos?

A expectativa destrói boa parte
Do lúcido mistério desses quadros
Fora de foco e da moldura, transformados,
Fazendo do vacilo, sedimento, arte?

Lembrei do que, com todas as letras,
Dizia esta manhã com suas setas:
Não permita que eu me esqueça
De lembrar como se zera.

Zeitgeist

Nocauteando celebridades disfarçadas de pinguins
Monitorando a muvuca das transações e trapaças alpinistas
Serpenteando entre escadarias cravejadas de citações
Chutando o balde do crepúsculo com o bebê da aurora dentro
Chegando firme na dividida com a mentira, pisando o calo da calúnia
Colecionando estoques de paciência e delatores pederastas
Beliscando morenas de fiberglass e pixels de altíssima definição
Pegando marqueteiros pela orelha, levando o bispo milionário pelo pescoço
Mostrando seu catálogo de golpes de jiu-jitsu para web designers
Apavorando editores de moda com crucifixos de merda
Partindo pra ignorância pra cima das floriculturas
Esfaqueando a manhã e as boas intenções com sua adaga afiada
Pulverizando jogadores de genoma e modelos chipadas
Dando geral nos arquivos adulterados dos tribunais de justiça
Assaltando pipoqueiros metafísicos e banqueiros artistas de fim de semana
Distribuindo pirulitos de ácido para críticos literários
Arrebentando a boca da razão com denúncias inconsequentes
Estrangulando docemente a tarde carregada de câmeras de vídeo & trance music
Pregando a irresponsabilidade fiscal, e antraz para todos,

Rifando o shopping lotado de ideias fixas com um grito de jihad
O homem-bomba entra no poema.

Demiurga

Uma palavra salta da árvore do vazio
onde um gnomo nomeou
o invisível

soletra, lenta, seu proceder:
sempre o atalho mais surpresa
nunca do significado presa

e no retorno a si mesma
marca seu corpo na brancura:
seu som é sua nua criatura.

Ostranenie, a road poem

Pego nessa estranha lógica do mundo
Peço carona para a família de malucos
Que tem como hobbies mais esdrúxulos
Não contar as horas, só contar os cucos,
Trocar beijos como quem troca socos,
Praguejar como um bando de marujos
E tomar na cara achando que é soluço.
Perguntam a meu nariz se estamos juntos.
Rasuram paisagens, comem presunto,
Depois falam falam falam como loucos
Até ficarem sem voz e sem assunto.
Desço, em algum antigo vilarejo russo.

Liberdade de pó: um diário

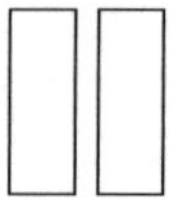

Ventos dilaceram este deserto. Espaço pantomima de sangue
na sede enjaulada do riso porco. Um ano depois. GPS & atoleiro de sangue,
barbárie, sangue de poeira, como no começo, antes desta tempestade de cadáveres
retóricas high-tech e bombas corta-margaridas. A madrasta de todas as quimeras.

ALGUÉM MANIPULA ESTE CENÁRIO

CANDID CAMERA
cellebrates
MANIFEST DESTINY

(tradução simultânea: a câmera oculta comemora o destino manifesto)

BREAKING NEWS

a primeira imagem

seus olhos
fazem ping pong
como num hanna & barbera
ensaia palavras
com um leve sorriso
enquanto
sem perceber
uma mulher (sem rosto)

penteia com carinho
os cabelos
grisalhos
do Sr. Guerra

aqui
os atiradores são francos
e o fogo nunca é inimigo

TEXACO. A palavra diz tudo.
A indústria high-tech americana contratada para a "reconstrução" do Iraque foi dirigida por cinco anos por Dick (O Falcão) Cheney, vice de Bush. Isto não é um poema.

Tome isto, e mais isto.

chame isto
De ação preventiva.

. .
. .
. .
. . .
. ; .
. . .
. . .
(baterias antiaéreas)

a única coisa visível a essa hora da manhã no meio dessa tempestade poeira
sangue cheiro de carne Bagdá delira meus pais em Oklahoma e os decibéis loucura
estamos ao vivo quando vai terminar essa mina ah

não há beleza
quando carnes
se exibem
abertas e podres
como prova
irrefutável
de que não há beleza
onde o mau
do humano
esteja

Água de estilhaço, leite de cérebro
espatifado, o disparo das horas e o caldo
sórdido da sopa Bush. Adeus, individualismo liberal.
Adeus, *leaves of grass*.
Tempestade de espadas.
Sistemas de vigilância. Ciberterrorismo.
Agora só vai dar vocês.

Lua de laca (bomba de fragmentação) com a inscrição no verso: made in America.

O avião parte para Ontem. Não é preciso esperar.

“ . . . em um minuto.”

“acreditamos que *Saddam* dispunha de armas de destruição em massa, mas”

Um ruído de ondas sai da loja em Basra. Explosões. Um braço.

O real mais uma farpa rompendo a carnadura da galáxia.

Deus Buraco Negro. Rajadas torturam o sul de Faluja.

Qual o lugar, pago, seu preço e pedaço, cada falso movimento rumo
a um mais além? — ou nunca saímos do lugar?

Numa gota, quarks estalam seus efeitos pela porcelana do crânio, um universo.

Os informantes não sabem onde está Alá. — Alá

FOGO AMIGO

fotografava
enquanto
matava

ao nível do chão
como eu
esta imagem

palavra
sangrava
como eu esta

aurora
dedos rosas
no gatilho

como eu esse sorriso
morto
sem rosto

Muezins ferem o céu pipocado de Bagdá

Há mais beleza nisto
Ou no morro queimando sinistro
Na bala perdida
à beira-mar?
Ninguém está imune.

Se poesia é guerra levada por outros meios,
No cara a cara com a palavra,
Por que não estamos lá, no campo de batalha?

Morte Ao Vivo
Vida ao Morto

Um ataque cirúrgico
Na base do seu seio

Até tomar seu território
Como ação preventiva.

Um atentado em sua
Nuca descoberta
E assim, secreto,
Seu código me decifra.

Uma tomada de assalto
Avanço de tropas
Que, pelo deserto do falso,
Coagula em suas roupas
de super-herói,
sangue endurecido.

"O tempo é uma questão de vitória."
A verdade é uma questão de abordagem jornalística.

Isto não está sendo filmado.

Dança dança dança dança.

Tua face é um reduto de terroristas
Que artimanham mais ataques

Contra minha
Face:bomba.

Estilhaços & sangue
que a noite em perda e pedra

(sorriso que per-
dura na queda).

O general naufragou
Em seu bunker de poses

Rajadas de glória,
Saraivada de desgraças.

cabeças-repolho
espatifadas
cabeças sem rosto
crianças iraquianas
sangue & silêncio
na liberdade de pó

Nômada

apenas as letras, lentas, tomavam distância de seus pés ao regressarem de passagens difíceis de suas vidas nômades embora sem pausa linhas se igualassem e palavras se, sim, reconheciam em cada vila-página trazendo a experiência de não-pertencer, sósias de si.

A caravana

* ردب للاه يشمي اهتاذب ءارحصلا يفودبلا

* Lua cheia. Lua nova. Os nômades avançam, sobre o mesmo deserto.

Rota da seda

Luz se espelha espalha pelo copo, mais sul destila o corpo em sua lenta erosão. Pôr-de-céu. Gota d´água magnifica a letra. Sua superfície o interroga e devolve a cena mutada em anexo. Setas indicam a direção de um ligeiro tremor de grão: consciência. Os muros atiçam a combustão da retina, como se na queda se debatesse entre o sonho de cair ou não estar. Se avolumam situações em que a distância é efeito de alumbramento, nada mais, mais compacto. Calculamos o inverno com o silêncio dos acontecimentos que revelam apenas a música de nosso sentido, sensação do que acontece.

Rizoma

Você deixou os instrumentos sob o sol rachando o som que penetrava rochas de cores escritas com o tato, você delirava considerando asteriscos num céu de areia hostil.

Os halos seguiram com os corpos, quebras de esquinas com o vazio do tempo nas narinas mornas do nômade, rimas talibãs se dublam e enroscam como ramos, e se multiplicam em rajadas de acordes que pastam solitária lucidez.
Durou o espaço de uma brecha o dia com pressa de partir e sede no cérebro luz árida exílio areia hostil.

Inóspita. A palavra habita um lugar que lhe é impossível. Não representa nada a não ser um estalo no   . Devora as margens com a precisão dos grandes rios, mas vomita seu nada e seu devir, visível.

A razão negra desabrocha numa agulha. O próprio movimento interroga o espaço que cria atrás de si, sim.

Mais diz quanto mais se distancia.

Foi então que começaram as desaparições.

Bhang

Sem saber, você acaba de fazer uma viagem no tempo. Você não estava aqui antes, agora está, e de algum modo já participando de um crime. Clic. E o futuro telepático escreve sua confissão nas costas nuas do tempo, superfície de Vênus, trevas brancas de um saara, pegadas sendo apagadas, um nome e rosto sem face solto no vento. A visão instantânea que nos faz descobrir o desconhecido não numa distante terra incógnita, mas no coração do imediato mesmo. O Tempo como Água. Mandalas de estados, percepções, espelhismos. Um silêncio de relógios naufragados. Um silêncio de relógios naufragados.

Kólophon

O teatro da página e corredores secretos serpentinam como tensa sentença e rouca arquitetura, recua sobre si e lança suas dobras (dentro e fora sendo abstrações) completas, (dramatiza a letra que se suicida aqui) sem as senhas, dias de saída (Disparo.) Dor é um objeto e fora apenas isto. Dunas e ruínas. No avesso do branco, a sintaxe da paisagem forasteira.

Em Soditnes

A espinha dorsal do texto e o ruído do líquido que escorre do cerebelo de tempos em tempos. Sua nuca de açafrão, braços de cânhamo. O movimento espontâneo dos olhos. Planície de cãibras. Mirar e admirar sendo irmãs de Samsara e do emir que governa os segundos. Doce ilusão: há sempre um sentido que nos trai, tato e olfato e visão, e você ainda nem bebeu sua água. Em lugar de um Deus, Odysseus, por que não começar pelo que não é seu? Não há nada nos contornos art-noveau que sua descrição propõe. Pontos de acupuntura, assim nossas palavras deveriam (ser). Ler é colher, acolher o lido numa praia de sentidos. Soditnes. Sodoma na gangorra, néctar de soma, viagem sem volta.

Jacira

A que porto chegamos. Mar seco que se quebra em Lugarnenhum. Nasce mais um ontem, com toda a razão. Ponto sem retorno. Noz atirada na galáxia-gramática, nuvens de poeira mesmerizante, fusões obscenas, catálogo inédito ou cinema imediato, camadas de algas extremofilas, indicando uma inundação anterior aqui. Milênios. Então tudo está se movendo. Então a Terra não é essa firmeza toda, mas um detalhe que a consciência de alguém, de bobeira com o nascimento de novos universos, esqueceu de pensar. Este é o centro do espaço que se expande.

Cityscape

Carros avançam em nossa direção: eis o épico contemporâneo. Ítaca na esquina, Odisseu o mendigo lendo um anúncio travado no chão. Brisa de buzinas o atordoando, atraindo-o para o fluxo & atropelo. Da sinagoga slogans na multidão de rostos anônimos. Ele é o herói transubstanciado de outras eras, ou uma hera plugando o meio das coisas com o que sua flora de aço, voracidade, revela: não há silêncio, luzes traçam linhas de fuga, teu rosto fugaz atrás dos vidros, mancha de detalhe, disparo. Tudo sucede por fluxo e acumulação. Prolifera, fera, neon das lojas de conveniências, você sob eterna vigilância, e as imagens, as imagens. O minuto pede pra ser consumido como mais uma comodidade (impossibilidade) por isso precisa ser veloz, para que a morte não tenha como amortecer as interrupções que a ferem até sangrar para que a verdade não tenha tempo de instalar seu leão de gerânios, sua folha de erva e visão. Pense em Agora e toda uma rede se instala em seu cérebro. Este perfume vindo da vitrine lembra uma ideia, e se estilhaça no instante necessário para que o tempo pare.

Música deserta

Tempo reverte. Era um devir, a base de uma experiência, de virar muitos e um, chuva virando gente e vice-versa. Chovia, mas não estávamos aqui. Agora, de novo, estamos. A chuva parou. Agora o tempo se esvazia, luz num copo d´água, já que seu devir é um tipo de entropia, metempsicose. Seu retorno, vê, não é apenas para um só mas para muitos, se é que esta paisagem de noite de chuva com um mar em si ainda significa alguma coisa. Ou que inclui uma chuva, piscina de silêncio. Oásis de sussurros, cobra sibila. Essa chuva vira um tipo de filosofia, mais intensa, um modo de existência, vertendo-se em desvios. Numa outra língua: como se o futuro fosse agora mesmo aqui & em toda parte junto da chuva do poema, ou da neve do não-poema, ou do deserto do ainda não escrito. Essa corrente, essa mente. O sentido de algo. Algo poderoso. Uma mutação biológica, uma sensação alien nos ocupa, um mergulho em outro espaço, nadando rumo a uma manhã ofuscante. Vê: essas são apenas palavras, aspectos de múltiplos eventos raptados num momento de distração. O sentido é algo como um sintoma, fugidio, sempre virtual como um vírus, uma força mais poderosa do que nós. Despossessão, multiplicidade de sensação. Sem direções: só ligas, pontos de interseção: a chuva deixa apenas brechas e ameixas úmidas, mas daí a mente a tudo reconecta e, com elas, o mu(n)do. Este. E novamente a chuva: escuta. Algo, não uma dor, além de nós, além de todos os sentidos. Como esta noite ocorrendo e aproximando-se como um avião. Noite é plural, como a flora. Tempestades são poesia ou parecem prosa não é uma questão reveladora ou relevante, não é só questão de devir, mas a qualidade da experiência o que interessa. O que interessa é: você e eu não somos o mesmo não importa o quão um possamos ser. Você, chuva, com sua festa de diferenças, seu carnaval de sons-imagens, seu brilho sábio & tranquilo, faz de mim um homem virando chuva. Talvez agora você possa ser gente novamente. Vê: não sou seu oposto, pois agora você chove e eu respiro. Os pássaros do não-ser cantam lá fora, dentro de nós. Sombras na página-vagina, imagina uma lírica quebrada feita de respiração e queda. Meu devir dizendo que você está devindo, e afirmando nesta coisa ou sentido ou o que quer que seja com a mesma força que faz chover, ou trazer nossas ideias para dentro das margens, contra a corrente, ou o poder em nós de olhar silenciosamente o dia virando noite, assim mesmo, virando alguma coisa, uma coisa boa de ver virar. Ao dizer isso eu quero dizer, eu digo, eu algo. Que pode ser noite, você, chuva, céu ou esta escrita.

Haibun

O céu coeso e seus passos de nuvens achatadas, mortalha móvel. Um travelling lento ao nível da palafita, casebres mergulhados em gim. Mostraram os pavilhões inacabados, o homem hipnotizado no momento da morte. Flores fediam. Ninguém nos tobogãs a esta hora. Noite branca. Muralhas falam. Fusão: sob o branco, o peso de uma palavra insuportável, que cede com seu peso sobre nós. O formato do corpo na seda ruge. Chuva fina, hálito de asfalto. Foco: o neon do armarinho japonês em curto. Corte.

A milésima segunda noite

Diferente de todos os seus antecessores, Al Nija trazia o terror entranhado em cada traço de sua persona: sua capacidade de sumir, assim: . E reaparecer. Ponderado em suas decisões, tomava de assalto o deserto de Sefira, queimava os portos de Kólophon. Tudo era signo. A tomada era lida como uma necessidade prevista no Livro, o incêndio uma ação preventiva, a decisão ela mesma uma miragem. Não importava que as provas fossem forjadas. Com o rosto de nuvens pisadas de sangue, aquilino olhar de mar morto, Al Nija se concentrava no único incidente daquela tarde digno de notícia: restos de fuselagem diabólica passando em câmera lenta sobre a muralha cruzando a moldura dos olhos. Trepanados anjos de metal trucidavam sua mente com o ódio a seus antecessores, aos séculos, e as memórias de Ishtar, o atentado em Ogirdor, a vitória em Kabal, a percepção na tomada de Basra, se misturavam como se fossem um único acontecimento. Al Nija sofria. Eram.

Reaparecido num canto de uma biblioteca pública do Cairo, transmutado num luxuoso volume de mapas chineses, Al Nija não parecia mais um homem. Longe disso. Quem o folheasse veria no que ele havia se transformado: um cenário. Pedras e vales, onde alguém veria um nariz. Céu de silk-screen, onde outrora seus gestos. Cavernas, oásis, no lugar de falo e olho. As traças telepáticas fizeram o resto, porque era preciso acionar a rede antes de sumir novamente, era preciso checar os dados de Hassan, o grande mestre. Este, i Sabbāh, tinha, assim como Al Nija, notável traço: quase não se percebia nada, distinguia um vazio de uma camuflagem, cartilagem muito bem urdida, camuflagem essa que fosse o próprio real. Invisível. O ataque era sempre certeiro. As gravações eram feitas sempre antes dos eventos, o que poupava um tempo. Nisso eram especialistas, os dois, sim, porque em tempos não se distinguia mais Hassan de Nija, Nija de Hassan. Assim, recém, eram espelhos que se matavam com seus reflexos infinitos.

Reaparecido numa traça telepática em Kólophon, sobre a cartilagem da muralha das memórias de Basra, com o rosto biblioteca de nuvens silk-screen e feição de caverna chinesa, Nissan se concentrava num volume trucidado de ação preventiva, fuselagens de sangue e o terror de sua capacidade de cenário, voltar a ser o próprio branco em seu deserto i Sabbāh, a camuflagem de seu signo e sangue, diferente de todos os seus reflexos infinitos.

No Estúdio Realidade

Mansão à beira da estrada estilo anos 90, garagens intensas, vozes escuras como vento. Móbiles bizarros: restaurantes vazios. Muzak. "A única diferença entre aqui e a Terra dos Mortos é que na Terra dos Mortos eles nunca servem café da manhã." Como veio esse senso, sem direção nem escape. Pós-paisagem? Estampido. Foto recua; metáforas tremem, fora de foco.

Goitacá

Há algo espantoso no jeito como, de repente, em cibacromo, luzes se fixam nas cores, fazendo os objetos, antes que escorressem para as margens nos chamando, se animarem. É como se confrontássemos com algo que, ao contrário de nós, não consiste em fugir. Cercá-lo para ver todas as narrativas deste minimundo. Agora telefone toca, e não penso nela ou em Cathay ou da vez em que, cai uma folha, a cadela me observa, novo momento sem memória, como se tudo fosse começar, começar e começar. Miopia amnésica. Gravura granulada. Estilhaços pássaros mudos da manhã que já não é. Este espelho que se ergue entre os dendritos, sólido como uma lagoa em dia sem vento nem legendas, precisão que não passa de quimera, mero reflexo de ideia? O corpo se move entre interrupções, detritos, tem sido assim, sua sina e seu destino, desde o começo do sentido.

Em Oniros

O clube suspenso no penhasco uma série de cubos de vidro que davam para o invisível hall central, com homens pintando um céu sempre outro. Mágicos raspavam palimpsestos. A porta, branco no branco, dava num elevador diagonal, no instante em que uma mulher se apressava até o andar 700, enquanto tentava resolver um cubo de Rubik: da janela, ele via, em movimento, a montanha mágica.

Chegando na estação aqui

De alguma coisa agora quase se lembrava, mas de tocar o que estava mais perto, e modular o pensamento para o mais distante monumento: os sistemas salpicados sobre a mesa negra e circular.

Esta é a estação Aqui, a quinta do ano, a única com estação de esquis que são os esquisitos velozes emblemas na neve e a foto do deserto sobre a mesa neste momento.

"Os nomes não nomeiam mais as coisas, as coisas se afastaram e deixaram para trás só branca paisagem, e te deixaram num quarto escuro, de onde você nunca mais vai voltar".

Não, estar perto é conhecer a distância, e estar longe é só se esquecer. A caminho, sem ainda ter voltado. O ar corta as narinas. Só isso agora parece não se mover, não tanto quanto um impulso sem forças para lutar contra as margens suadas quando se desligam enquanto damos um gole de áraque, entre Ícaros de araque, na tela-ilha tropical do cassino.

A natureza nos desconstrói sem que notemos, a noite restaura a memória das percepções que usaremos, no dia seguinte, para reconstruir a natureza e a nós mesmos.

Registrar isto, e o modo pelo qual eu poderia tocar esta realidade e seu impacto sobre minha consciência com mais intensidade. Eu podia usar as palavras como uma câmera, ou como um passaporte para a dimensão do aqui-e-agora, nossa própria consciência em movimento, seguindo aquele pássaro, de galho seco a galho nevado. Registrar que agora sei do poder de todas as coisas serem, cinema.

Nesta estação, temos um corpo, e é por termos um corpo que isto existe e respira, o que nos iguala a insetos e árvores, ligados em seu presente imediato.

Quanto mais rápido amanhece, mais devagar anoitece.

A relva foi capaz de ativar a selva do meu cérebro para perdurar. Ou seja, ouça seus ossos enquanto escuta os estalos do fogo.

Hálito era o nome para *gente*, e fala-hálito o nome que se dava quando gente e hálito eram um só.

Nos encontramos tão longe, paisagens somem sob nossos pés, uma viagem que se faz parado, diante da casa antiga, cavando um poço em você, um copo caindo no espaço, sombra em sua nuca, vitória efêmera sobre o silêncio. Mas a música voltou e se lembrou. Os poemas brancos sobre a mesa negra, os sistemas e galáxias lá em cima. Os outros virão para te pegar.

Rahíl

Corpo não mais bambus quina de espaço ilha de reverberações. Morto em seu pó, nada que acorda para depois: casulo de vísceras, ravinas de vermes em espiral, pirá-la com o fogo da enigmagem da areia que volta vulto de sol. Cenário opaco, corpo estendido de Eros que não pode se ver, gota de óleo no dorso e Psiquê instaura a noite total. Cercá-los com o dialeto dos dedos pensos, presos nos ferros da penumbra, mancha que, lenta e ao revés, revela-se letra: a severa sede de sentido. O destino do ruído tem sido isso, mito, minto, som que consagra sua fábula de proliferação, perdendo as marcações no escuro de um teatro absurdo. Senso se projeta, quem sabe, indeciso entre a trilha mais longa e a outra, mais louca, mais seca, ecos, pássaros de estilhaços.

Morpheos

Crânio mercados mesquitas parque das trevas recomeçar. Corpo corredores escopetas lixo do dia. Brilho de resto. Terminar ainda assim, quem sabe, o crânio sílex brilha mesmo depois de, você sabe, única certeza, Marte se aproxima, em toda parte faces, degraus quebrados, sistemas em colapso, sombras compridas até o abismo, não ainda, o mesmo olho estrábico observa, oceano seco, morteiros, corpo penso.

Valença

Valença, seja o que for, como é perversa essa dor sem aragem de linguagem lenta, palavras bambas e inúteis num recife mutável, sequestrando este silêncio sem planura de carinho, cifras, o desespero correto das palmeiras inclinadas sobre o vento denso como um pensamento, oco de coco, água de ideia. Um diário épico sem possibilidade de, nau frágil que oscila e vomita sua indecisão entre a poesia da brisa sobre as coisas naturais e a prosa da descrição que apenas esvazia as coisas, que se decalcam da brisa, para o nada, apenas isso. Não estou aqui para dar informações (ele foi por ali). A pressão da mente sobre as coisas e seres, as palavras sobre estas, arestas, frestas, o som deletando sentidos de toda sequência lógica, dialeto do caos natural filtrado pela luz furiosa, mar jade, a mente pressionando sua sede de visão enquanto coisas imploram para que fiques quieta, que não, que é melhor assim. Missa dos tempos congelada aqui, moldura resfolegante de meandros, rocha-bomba que detona seu estrelado particular sobre o negativo, impostor.

Orientalismo

Você entrando numa tenda onde vendem remédios, odaliscas vendadas, heroínas opacas. Um motim em pleno ar. Água. A grama grassa de si mesma. Fora. Longe. Só na mente, Palácio de Areia. Corpo. As latitudes da pele. Nunca nos entendemos. Espaço este lugar de captura & fuga. Diamantes na mina do céu. Vendo, de olhos vendados. Mesmo sendo miragem, por que não molhar os pés?

Lacônia

Induz o dizer, deduz do pouco, mínimo milagre. Entre senso e silêncio. Toque-me, mas não tanto. Tome-me quase. Vazia de dedos. Mas, para que dure, penetre cada poro deste ouro, nem que tudo vire outro, sangue, pó.

Literal, litoral

Ideia, de *idea*, algo que se mostra. Portanto, implica strip-tease. Desperto pela deusa etimológica, salvo de um trabalho inútil. Pálpebras abrem as janelas da alma, dança dos céus. Control, Alt, Del. A Escalada do Monte Eveready. Estamos prontos? "Um golpe de exercício". Interrupção ou choque, no lugar de um fio, à deriva pelo pátio de Ariadne. Ícaro retorna, mas amanhã, 11 de setembro. Vírgulas virulentas retomam o vazio em cliques como se a sentença fosse uma sentença de morte conduzindo a avalanche de imagens e verbos, furioso tsunami, baque, rumo a picos elevados e drop-backs, góngora, terra sem males, restando apenas a você a perícia em dominar a onda radical que morre no ponto final de um coral silencioso. De olhos fechados. Que aventura, céu pesado de spray de maresia, sustentado por cordas de cânhamo, o homem com cabeça de avestruz recitando abstrações, meu duplo de papel mesmerizando as letras fazendo sexo na areia, o significante trepando num significado, com um terceiro olho fixo no enredo da outra tradição. Não é um dia de verão, e os pensamentos de milhões sugados pelo olho do furacão sobre Flórida ou Floripa, numa verdadeira babel atmosférica, não é qualquer notícia. Fique na linha. As fábulas que vivemos comportam outras dimensões, e apenas se comportam como um hard disk à beira do colapso, por isso o upgrade do espírito que são os sonhos. RMO: a face vazia que a imagem projeta. Está perdida em alguma parte, na gravura das mudanças, talvez até em você mesmo ou nos restolhos da praia, numa esquina perigosa, aguardando apenas o momento da conexão. Por isso, há razão em dizer que a poesia está mais próxima da música, mas da música mesma da linguagem, suas colisões e delícias. É um tipo de língua estrangeira. É simplesmente a indicação prática & plástica de que tudo tem seu momento, e que nenhum é superior, nem mesmo este, já que cada fragmento guarda a mônada de sua configuração em si e, o que é mais claro, nunca para. Contatos imediatos, o agora perfeito, processo. Alguns segundos. Lição de ilusionismo? "Ser é ser percebido." Mas como dizer que é mais real que a página onde estamos? Seu atrito acende outras realidades. "Mesmo de fibra de vidro, pixel, ainda digo. Meu comboio dispara rumo às colinas da Ideia, suas pausas de aço cospem centelhas de sentido." A frase termina, a chuva começa.

O livro de cabeceira

"Há o transe que erige uma estátua de sal sua voz em outros idiomas em sonho traduzida como mandala fugidia lufada de gestos suspensos projetados em seu corpo & página aberta letras-imagens em trânsito penetrando: *escrita cicatriz*."

Hikma

A casa foi sendo progressivamente esvaziada, até que na manhã de domingo só restou ele. E o falcão.

Em Konto

Vazio no ser que ele criava, o Capitão Silêncio recuando assustado diante do cenário onde ondas se entorpeciam de memórias samurais, enquanto ganiam os mastins em seu cérebro, antes das palavras quietas criarem a tempestade.

Persas surpresas, pegas depressa, sins muezins inundando o céu a leste — preso à árvore onde a névoa negra vomita pesadelos de cal e peste.

Cavavam um fosso.

São 11 horas.

Há ainda mais uma chance, os chefes se reúnem numa pagoda. Todos estão prontos.

Foi inoculado há uma hora, como um vírus, neste site de incertezas e vacilos, ainda é tempo, mais uma ficha, O Vento Levou, o programa entra em colapso, papibaquígrafo, reflexo azul contra perfis de folhas feridas pela luz.

Perto de Jakobson

", sim, mas a função poética não é tudo". Sua língua não me é estranha. Ao vivo, aviões decolam carregando almas que não vemos. Um grito expressando dor, mensagem eletrônica, cão dormindo de barriga para a sombra, alguém chamando seu nome, hóstia branca se dissolvendo num copo translúcido de sol, História, rajada indicando direção, versus também, pois retornam como milagres inquestionáveis. Paus e carcaças dispostos em círculo na praia também são poesia. Pedras são palavras não-polidas. Nuvens mestres em design. A qualidade do dizer humano também está no voo dos urubus, menorá de uma araucária, na dança das dunas, nesta palmeira inclinada como um signo, na troca de líquidos de um beijo, no livro das florestas ou nas páginas das esquinas inéditas de uma ficção que é lida (vivida) em tempo real.

Mesmerismo

Nova fagulha e doc, falha, fissura exata, prata do ocidente, rente, resto que não remanesce. Nasço como relva, revelada pela voz do verde que, adormecido, retém o tênue da areia residual do amanhecer e suas estrias de nuvens em suas redomas de chumbo e, hoje, volta completa sobre si e é ele, ou eu, agora, aqui: um sono e de noite e de novo trevas. Presenças ao redor da fogueira, vaga-lumes no banhado, imóveis, como estrelas no céu influenciam ao penetrar, sem dor, cada um de nossos poros, de uma pele mais antiga, o mais antigo papel.

No Cassino

Um ritmo de cravos na avenida arenosa. Devastada, *terra de ninguém*, a lua exibe suas manchas, crateras, como prova de resistência. Manadas de minutos vociferam. Quando as luzes mimetizam o caos, então é tarde para uma dose, e mesmo os semáforos piscam de lado para a lentidão dos olhos de uma matilha que passa.

Nardis

O bagulho da tarde despenca. Cardigan encardido, dublagem de outros atores. Pirâmide acopla em beduíno. Cereja tinge a nuca do horizonte celofane e diz: Maya. Somos pensados por ela, ela se torna o que pensamos. Trafega num Trafalgar de som, à pampa, bruma juncada de refletores eretos. Me dê cobertura, enquanto resgato uns últimos raios. Catálogo de sombras, o epicentro do seu sorriso lembra-me o além. Chuva batendo, indício de briga, e adivinhar o futuro depois da Invasão virou missão impossível. Claro, há sempre os fios de areia a indicar a direção do tempo, já que duna e maresia, ancestrais, se fundiram, enquanto a tarde despenca com seus cadafalsos e falsas sentenças. 8 e 30. Há continuidade? Sim, mistério do desletramento do palpável, mano, do que não é palpável. Corpo, fronteira entre dois polos. O poente colapsa e anuncia a noite branca, meio eterna. Avançamos,

Como se

a sessão da chuva não cessasse. Mas, amiga da mente, sequestrasse a fala, bicho, gasta entre gritos e promessas de alívio imediato: amor, além, Alhambra. Odre vazio, mercadores exaustos nos moquifos, andando espantos. (Um dicionário é o lugar onde os termos são literalmente nômades, escorregando em sua fera diferença, levando-nos a estações e acampamentos que, por sua vez, fecham-se em sua exótica circularidade.) Ao se fechar o olhar regressa ao mundo onde as coisas pensam e legendas vertem estranha língua: LETRAS CAPITULAM. Palavras formam montanhas.

O mapa dos lugares

Deslocar é retirar algo do nada em que se encontrava. Transferir é ferir em trânsito, passar para outro corpo, luz que se desprega do azul. Processo é seguir, marcha da sensação do que acontece, metamorfoses sem fim. O fim é a morte. A morte é uma questão de sorte. Áporo: sem passagens secretas. Lacre de sombras. Sorte é ler o cristal, manobra para ferir o touro, uma fonte de tipos. Goitacá, nômade em tupi. Perguntas voltam em forma de respostas. Fraude é ladina, adulterar a frase clandestina. O autor dos dias está morto. A fábula provada verdadeira abre as portas do instante.

Mawqif

Ir ou ficar. Ir, ir ou ficar. Ninguém entra e ninguém sai. Lockdown. Muro falso, alguém ali, mesma face que esvazia superfícies, lábio do momento esgarçando gestos, não bem gestos, fratura de imagem, raio-x do nada, frio e lâmina, peso e razão. Nada muda pro nômade sem nome: anos vadiando, mesmo deserto. Nesta estrada erma do Desterro. Esconda o cadáver do qual só você, você sabe. Este tempo todo rumo ao fim quando a memória desmorona tão veloz ao devorar as aparições antes que virassem pássaros. Morto. Fora dentro lado perto longe o lugar o mesmo. Homem sem sombra, faces fechadas, pôr-da-terra visto da lua. O que você disse, o que não, a trilha batida dando a lugar algum, direita, esquerda, vou ver: o silêncio sem folhas da árvore invisível. Olhos nos mapas, furos através, trevas.

Oásis

Porque os estalos das coisas, ossos dos pés, ruflar de tenda, ranger de palmeiras, arrepio de arbusto, tudo é um modo das coisas se comunicarem.

Um animal (que respirava enquanto se movia pela duna de mil anos abrigado pelo cânhamo e com uma provisão de certa erva misteriosa) quando um raio rente a sua testa criou sua linguagem.

Abraçá-la, em toda a sua estranheza.

A massa de luz lazúli passa, mas é só miragem de uma nuvem.

As palavras são meu camelo.

A mesma monção que me faz, me desfaz e refaz.

Cada rajada longa sentença passando pela pele enquanto prossegue em zig-zag sua escrita invisível.

As areias cobriram algumas partes da passagem. Novas trilhas, seguindo estrelas. A lua nos minaretes da vila distante reflete como um farol.

A estepe se repete, mais adiante, como se fosse a própria fábula muda do tempo.

Legendas dublando línguas sem fronteira.

Entre nome e nomos, entre letra e alerta, entre nume e mônada.

Arder adere, o desdeserto: mar seco, e apenas aparentemente imóvel.

Como o animal humano neste espaço macio, o camelo rumina enquanto caminha

Paissagem

Um mapa na tapeçaria deste agora: grão de lugar oscila na centelha da palavra noite. Cubo negro. No espaço do olho, ilha, detetive do dentro, dança numa reminiscência de íris, a ciência do acaso tocando sua música abstrata que trata dos segundos e deste corpo que se duplica em sua passagem pelo rebatimento das duas imagens, paralelas, para lê-las. Vem em sua direção mais uma onda, na verdade todo o mar a seu encontro, mas não a tempo de impedir os retornos imprevisíveis de uma imagem de flor num rosto deserto, sol estrondo crepúsculo. Se isso não estivesse acontecendo, nessa vila, sob nuvens, ou mapas fossem nossos próprios corpos ambulantes, como se centelhas se espalhassem como ímãs num espelho que é você.

Tessera

A compulsão por mais uma palavra, último lance, como se a qualquer instante fosse desaparecer. Correndo contra a morte, é isso, cerrando fileiras contra a sanidade, tempo encarado de frente, verbo filtrado pela luz ao revés que grita na sala suas sombras vermelhas. (Folhas: falhas nas árvores: vitrais.) Andando de olhos fechados. Fluxo que viaja sem sair daqui, músculo de tarde transiente. Fosse desaparecer (bolha de paisagem *rosebud*) como se ao tecer este ser — rês serial e sereia — sorrisse a cada toque: eco de coisas.

Organicismo

lótus sutil, broto do uno, ideia de duna às três da tarde, água ensurdece para que a blusa da restinga respire: nada mais claro, muralhas de açúcar se dissolvem na língua que sua pelo corpo (visto de cima): nenhum corpo nem palavra é sua, cipós, *epos* se repete até que os ecos, sólidos como socos, impeçam seu trajeto de fronteira. Floresta significa estar fora disto, forasteiro, mas nenhuma rocha comenta seu mal-estar, fragmentos de conversas humanas, mal estando. Da semente um anagrama, a forma cava sua cova rasa, frestas tectônicas deslizam. Galhos (afrescos) recolhem tudo no caminho, como se, enquanto grassam no instante destes estames pensamentos

Passagem pelo Caribe

Esta dor não me pertence. Nem essa pena. Agora seu celular, vibrando debaixo da chuva. Literatura é com os pássaros. É passagem, antipaisagem, a nova edição da primavera e a experiência do limite. Aberto, folhas e insetos raspam o livro negro. Fora de si, de cinzas renascida. Curva de chuva, Shiva inscrito nesse vaso (vazio, indecifrável). Os curtos-circuitos da repetição, o corpo ensina uma vigília que o conduz à voracidade do círculo. Respostas voltam perguntas. No olho do furacão.

☪

O círculo de fogo se fecha. 'Star na noite opressa, densa com o suor dos segundos. Vida, pesada ao toque dos dedos, do olhar, tal como um Midas do vazio descrevendo uma montanha de fumaça, entre rios de sangue e vapores dantescos.

O paradoxo da descrição não ser ao mesmo tempo uma descrição, mas um velamento ainda maior. As árvores não pensam. Nitidez, concisão, passam a ser alamedas alcançadas apenas no terrível, bala perdida, lá onde o nevoeiro cai por terra e comemora seu claustro, lá onde toda seriedade se dá pela mais absoluta crise de linguagem.

Se simulacro, então a verdade ou o verde ou a vereda talvez sejam mesmo muros inacessíveis, inútil arvoredo, ou despenquem como torres de pó no instante em que são implodidas por esse caos extremo que se chama aqui.

O que chamamos experiências equívocos ornamentados sem propósito que não seja lançar luz sobre erros que continuamos cometendo, carros na areia. Não há por que viajar no link entre coisa e coisa quando a própria consciência avança e se desescreve simultaneamente, tremida paisagem de natura humana. Uma grande angular na imagem-fantasma formada por seu rosto refletido atrás: montes secos, caatinga, faces de etnias, vozes dos mortos na cidade-fantasma.

Isto se abre em camadas como as estrias de uma cebola, apenas embaralhadas após um corte e o curinga. Toques transmutados em serifas, transes em negritos, as palavras voltam exaustas a Tristia.

O afogado no rio de sangue borbulhante olha para trás: atrás, mais uma onda, outro segundo.

Tristia

Céu ancestral, homens não choram, era você, não mais eu, ali de olhos débeis, adeus. Será ali, será você, não demora muito e o tempo retruca a pergunta nunca feita, eternidade de segundo, luz presa no corpo, dia após dia, tarde demais. Faz tempo, sede azul, aceita o jogo, aposta tudo, seus sentidos. Sentidos. De Sombrio se chega a Solombra, pisando o planeta, não este, não este eu, eutro, na margem fugidia onde a noite passada nos alcança, vultos velozes, será você, ou a mansão cujas portas, o crime, os suspeitos chineses, la dolce ferita, a resistência, os olhos da vida abandonada, o vento no varal assustando o cão. Depois desse vazio serão montanhas. Coisas-centelhas, como antes de conhecê-las. Resíduos de suor e dizer. A espuma do céu espera as inscrições no ouro dos rostos, mouros, seriam restos. Não, amar o instante grávido desse constante existir, nessa pausa de noite, não mais nós, rastros, seriam eles, um outro céu.

Em Alef

Um corte na penumbra, a esquina da mesquita se desmancha. Tempo se duplica. Basta de magos a não ser esse ser em mutação. Dilate, ser, aproxime a proporção dos segundos. Um olho distraído rapta a separação primordial: corpo fica, alma vai. No corpo benigno da noite se sustenta o eco da crisálida partida pela voz de um Deus que morreu. O grande diretor. A mão esquerda apontando para leste, o sol um grito estridente acima de nossas cabeças. Apesar da arenga, falta um sentido, transições sutis. Centelhas, sestércios. Mosaicos de luz nas falhas das folhas. A inabilidade da água em se conformar com a pedra. A habilidade do mar em duplicar e abrir, além do cenário simultâneo, para um pequeno palco iluminado pela letra primordial. Rasgamos os mapas.

Nippur

Habitas Serifas, onde a vida se torna suportável, e o peso da carne é o peso da brisa. Essas ervas crescerão para outros. Dez para meio-dia. Nenhuma sede me sacia. Nenhuma pele ânsia nada que não seja a maré imensa dessa baía.

Spiritus Mundi

A voz toca no ventre da aceleração. No Museu do Dia objetos ecoam na tatuagem da memória de seus habitantes. Abduzido, o olho humanimal é de um metal necrosado e devorador, racimo de genes durante a pressurização. Clareiras. A matriz translúcida como presença de religare, tigre de Lascívia e sua dança filosófica. A estrada do tato. Ilhas femininas. Dentro e fora comercializam artigos baratos e tapetes persas onde me encontro: a escrita nas costas da jovem gueixa dispersa, um continente feito de blocos moventes e piscantes de gelo. Atraquei consoantes, com cimitarras certeiras, e nada. Alguém aumentando o volume da mata. Os nômades olharão para trás: enxergaram a avalanche em sua direção, nada que um leque não possa indicar, um tiro de alguém. A captura se dá a caminho, com nossas presas embrulhadas em tecido de tule, transparentes. Na fuga, quase sem saliva, a aranha deixa seus hóspedes de cera para exposição em Lexotan, enquanto contorcionistas regem o vento com um manual de hermenêutica. É preciso reconhecer as trilhas jesuítas, marca d'água revelando ruínas, musgos e brotos em densidade alvoroçada, proliferante, uma imagem de mundo que não reflete nossa mente, mar entrando em surto. O lugar de onde você veio é tão distante que pode muito bem ser aqui.

Estúdio realidade

(2005-2013)

1. *Estúdio Realidade*

No Estúdio Realidade

Um homem volta depois de um dia ao redor de si. Ele traz notícias antigas.

Uma mulher na Tailândia contempla os figos banhados em Amarula e Anarquia.

Neste exato momento nasce uma floresta em seus pés, Sibéria.

Meu nome é Multidão. Isso quer dizer que sou mais do que a soma das singularidades.

Exóticos esses óculos.

Quer dizer que isso é um rapto. O que você pensou?

E isto agora é o postal do paraíso decadente entre usinas brancas e sinistras nuvens-outdoors.

Um relâmpago é flagrado por seus ecos. Santo súbito.

Signo, sussurre.

Uma inglesa recebe uma carta do marido desaparecido em combate 150 anos depois.

Há um fotógrafo que descobriu como fotografar o instante antes.

"Tudo passa a ser sentido, embora o sentido seja o que menos importa", refletiu o senhor na sala de embarque.

Em Non-Sequitur, o outro soletra exatamente a soma de seus pensamentos, que ele guarda para averiguação posterior.

O casal sorridente na festa à fantasia era o mesmo da primeira página: *Coletores de Ossos*.

O efeito das explosões foi sentido em Hong Kong e ouvido por uma única testemunha, já desaparecida.

O casal resolve as palavras cruzadas que abrem a chave de Endora. Dólares. Seguem tumultos.

O que existe é um muro de linguagem transparente, comunicante? *Thank you.*

Império de fluxos, eufemismos corporativos.

Em Boston, passageiro consegue embarcar e chegar 24 horas antes da decolagem.

Uma falésia de gelo arrebenta-se no mar. Jacuzzi...

"O que interessa", disse a condessa, "é que fantasmas não andam pelos cantos".

"Beleza".

Rápidos, ríspidos, eles falam de ácidos indícios em staccato, as novas tribos.

A pedra comunica seu sonho de estar sobre o ar da paisagem na parede. O espelho, uma perda.

E, no entanto, a neve, o nada que ele não pudesse tocar, nata de silêncio.

A voz do lago prenunciada pelo hálito lento da superfície da água.

Um homem retorna depois de três doses, duas vidas e de uma entrevista com sua sombra. Ele não chega a partir.

Rush

a chuva
é este pensamento
lento

agulhas de prata
se caçam, se cruzam,
alcançam a vidraça

cortina perolada
presente
dos deuses

música suave
de quem
não diz o que sabe

abençoa a cidade
dos homens
e seus corações secos

Mensagem deixada em secretária eletrônica, 0:23 AM

Oi.
O dia é um plágio.
Esta frase é uma paráfrase perfeita do meu pensamento.
Neste, momento, folha, cai.
A frase é uma fraude.
A noite é uma roleta-russa.

Calada, uma cilada.
Qual o mistério do império otomano?
Você tem um aquário?
Cintila.
Caralho soletra solecismo.
O livro está no armário.
Metáfora filtra codeína.
Hoje estamos pra cima.
Você continua na linha?
A, abcesso, obsessão.
B de Buda, banzai.

Restos de inverno, paredes brancas,

Sementes de sereno e fogo.
Licores fortes
Que não preciso beber.
Isqueiro crepúsculo
acende a sala de estar.
Centelhas secretam sua sede —
fermentam a espuma da primeira
neve. Sol cereja olho vermelho,
seu nome cravo no poente,
devolvendo sombras
E estacionamentos vazios
sonham com granizo entre os sons
opressivos dos carrinhos (desembaraço
a fumaça do cigarro)
rolando no silêncio neon que os invade, sim,
lábios abrindo abismos seus carinhos
entre silêncios
celulares

Inauguramos outra época,
De espelhismos, superfícies.
Tautologias. Isto é isto.
Não de batalhas ganhas
Mas de chamadas perdidas.
Nas ruas, ninguém, aqui,
Horror vacui,
e ali um mendigo — heroico,
entre flocos de papel —
lendo um livro do escuro
nos labirintos de seu discurso
(memória de nuvens rotas,
derrotadas).
As luzes das casas
(alarmes, monitores,
bips)
Acentuam a solitude
da neve produzida lá fora
E aqui só
Os sons é que fazem sentido.

Depois haverá a promessa verde
Nos brotos das árvores secas
Quando começam a existir.
Primavera, vida
elusiva, flash na placa
águia, atenção
e o mosquito da fala
nesta escuridão
em cada palavra-memória
rumo à exaustão:

Mas uma mente nunca se entrega.

Chapel Hill, Carolina do Norte, 2006

Google Earth

Essa dor é muito antiga.
Um Colosso de Rodes, visto de cima,
O Museu Britânico, o Taj Mahal,
O Pão de Açúcar, o Atacama, um parque em Lima.

Antes ela sabia de cor o Bhagavad Gita,
A oração do meio-dia,
A Torá, o Necronomicon,
Os inscritos na tumba de Ikhnáton.

Na areia sofria um Graal.
Sentia o remorso do mar.

Parece com Quéfren, vista assim
de frente, e de lado com ninguém.
Ontem parecia mais antiga. Hoje, nem
mágoa: não se parece com nada.

Pastoral

A eficiência empresarial e o gerenciamento de produtos têm sido umas das marcas de nosso empreendimento.
Você deve estar brincando.
Reflexos de carros se espreguiçam como gritos.
Mesmo?
Pelo menos uma chance de que nuvens nos distraiam e deem as caras com uma contraproposta plausível para a ampla variedade de profecias.
"Os viajantes não têm pressa de entregar as encomendas".

Eixo peixe fonte luz reflexo pixel.
O arvoredo bêbado de cor.
"Por rios digitais celulares bipam madrigais".
Apesar da silhueta de seu ombro se definir, enfim, entre sonho e devir.
Então de novo a janela, surpresa, natureza-morta.
E havia o vento, subentendido, um figurante.
A ação estava concentrada em detectar detalhes.
Em Solombra aprendera a arte das sombras.
Quanto aos jornais, notícias velhas como uma tela de plasma, absorviam a morte
pelos quatro cantos da Rede Sky.
Antenas da roça enferrujam, ideogramas dormindo na luz outonal.
Púrpura até que é uma, mas primeiro você precisa saber do solitário sabor.
Onde o olho pousa é sempre um deus, um dia ou dois.
Direitos reservados com antecedência para atividades ilícitas.
Você está certo, a ilusão
do ponto de fuga retardou
o surgimento de novos paradigmas. Mas
arquitetos chineses
não desistem jamais de sonhar
suas borboletas estruturas.
Aurora de sangue, um default nas mãos do mundo
Enquanto signos piscam de premonição, já ausentes de
Deus ou de qualquer textura. Neste lugar
nomes desertam
do mesmo modo como a água sequestra
as árvores nas margens, percebe?
E ainda é domingo.

The Pillow Book

você viveu tanto

pra nada daquilo acontecer

você apenas esperou

o tempo da sua desgraça

que era este

rente a seus pés

você amou tanto

mas foi incapaz de deixar

na pele da sua amada

uma linha sequer

Yama

Seu rosto a montanha verde grávida de mata mágica
Por onde passa uma sombra imensa de céu.

Words, swords

War vem de *werre*,
A forma do dialeto do norte
Do francês antigo *guerre*.
Do latim medieval *guerra*.
Do germânico *werra*, luta,
'discórdia, revolta, peleja';
usado também na base *wers*
(origens da palavra inglesa *worse*, pior,
e da alemã *wirren*, confuso).
Warrior.
Guerreiro.
Um homem confuso.
Logo, *guerrear* era *confundir.*
Pior, causar confusão.
E assim erra, entre guerrilhas,
A etimologia.

Na hora do mundo

Rimar é acordar os sons das sílabas,
como da primeira vez, surpreendê-las
em seu antro secreto: onde não estão.
Libertas dos sentidos, não sibilas
nem escravas, instantes portáteis,
Apaixonar esses frutos da fala,
entrelaçados em seus ecos, em voo inverso,
nômades perdidos num incerto
deserto,

nesse calor que edulcora toda cor, lava
de estranheza essa paixão severa
sob o baixo que pontua a melodia
do primeiro
meio-dia

Manasota Key

Nas páginas do mar
pelicanos em linha
escrevem as sombras de seus peitos
ao quase tocarem uma onda.
O sol rascunha rubros
bilhetes de despedida, toda tarde.
Golfinhos, suas barbatanas
relatam os rudes caminhos
pela pradaria das baleias.
Mergulhões redigem sua escrita kamikaze,
suicida, invisível por instantes.

Nas páginas da areia
(cujas conchas são suas obras completas)
fósseis negros de dentes de tubarão
escrevem a autobiografia
de dois milhões de anos.
Rastro de guaxinim,
seu romance de aventura
da duna à estrada.
Um siri deixa sua assinatura
sobre marcas de pneus de um SUV.
Garrafa com uma mensagem, um pen drive
com a história de um naufrágio.

Nas páginas do céu
nuvens ancestrais e supernovas relatam
suas viagens sobre o mundo, infinitas.
Furacões emplacam best-sellers
sobre o Golfo do México
enquanto folhas de outono caligrafam no ar
ideogramas precisos,
memórias do vento.
Satélites traçam haicais de luz.
A lua amarelo-limão descreve seu brilho solene
sobre as palmeiras da Flórida.

Eu não escrevo nada.

Manasota Key, dezembro de 2013

Nautilus

Um novo começo. Câmera inverno na
lâmina da manhã, esfinges nos costões, o Sol,
credencial do céu. O permanente
monólogo do vento. Dia e noite sendo
abstrações. Tempo,
redoma de vidro, triunfante.
A vegetação
das dunas a tudo resistiu.
Riso de poente na areia creme,
duas borboletas agradecem.
Planos simultâneos: matiz
de verde e azul em alta
definição. Rajada de pensar

das plantas, rente esperanto,
e um céu mudo de nuvens.
O azul, digital, conversa
com o eloquente vento sul.
Mas o branco, de forma alguma, se alumbra
de alguma forma,
Nossa Senhora das Dunas. Você
não olha indiferente a tudo isso.
Ao contrário, você desaparece
dando lugar ao labirinto desejo, flores foscas
ou barco distante.
A varanda é um convés
Onde móbiles de bambu ressonam.
Alguém se esqueceu de desligar
a máquina do mar.

Armagedom

Apenas a sede de Não
A derrota do Sim
Será de nada
Página virada

No fim da história:
E o tumulto do sol
E o motim do oceano
Ecoarão mil anos.

Chova docemente sobre Quéfren,
Antes que as ondas se quebrem
E virem cinzas minhas mãos.

Pós-imagem

A aurora desmorona seu sonho,
reflexo de grito
escalando as margens
anjos apodrecem no céu seco sereno
aplausos de treva e pedras e sendas
que desembocam onde o olho
draga este espaço que se move
sempre além de mim

Litoral

s o b   o
v e l h o
v e n t o

s u l
s   ó

p á s s a   r o s e s-
p i   a m : r   e s-
p i r   a m   o

céu.

Eclesiastes

Você bate na mesma tecla, repete
aquele surrado clichê: não há nada
de novo sob o sol. Mas quem garante
que isto é real, não um conto de fada?

Nem tudo tem sido, como se tem ouvido,
a mesma coisa desde o começo
dos tempos. Não estou convencido.
Se há algo que não muda, desconheço.

Nem sempre o vento é sul, nem todo rio
segue pro mar. O que está acontecendo agora,
por exemplo, não era pra acontecer. Ora,
você nunca viu este filme. Fica frio:

Não há nada de novo sob o sol
só para o sol, que é sempre o mesmo.
Esta é a verdade toda, não se dissol-
ve numa rima ou pensamento a esmo.

Aqui embaixo, tudo muda, todo dia:
a moda, o medo, e mesmo a luz do sol
passa dias assim, arredia, e me arrepia
pensar que é diferente. Olha só:

Pare de ficar repetindo isso. Acorda. Mete
em sua cabeça de uma vez por todas:
nenhum sol se põe a oeste. E este
poema, eu sei, nem ele existe. É foda.

A pé

Um ritmo caminhava em minha direção
Nele o nylon das ondas como testemunhas
Uma verdade qualquer se traduzindo em som
Quantas vezes nos perdemos no carinho
Não o amor que um dia foi estranho sonho
Mas essa onda volutas linha sobre linha
Eco de luz que havia sido prometida

E a vida é mais cedo que se supunha —
O que nos apressa na voragem
É essa lentidão, não esta alegria.
Mas latimos à lua sem culpa nenhuma,
Descascamos a pele da paisagem
Com nossas próprias unhas.

Khadjibey

Daqui a pouco vai chover
Em Troia, Tóquio, em Nova York,
E o relâmpago será um toque
E ver será mais perto de ser.

Um minuto e vai ter neve
Sobre o Rio, Ohio, sobre Nínive,
E vai ter sol em plena meia-noite
Pra que você me dê bom-dia.

Daqui um tempo vai ter sangue
Sobre o mangue, o Ganges, em Sagres,
E a chuva e o sangue e a neve, surpresa:
Nos indicarão Odessa.

Notícias do mundo

Águas muezins no vale das sombras
África agoniza
Iraque se debate
Índia se indigna
Impérios definham
Morro em guerra fratricida
Irã se ira
Um terrorista que se aterroriza
Palestinos palestram
Arábia se ouriça
Europa se gripa.
Mentiras, mentiras.
O mundo é um parque de mentiras.
Diplomacia
Na mão de ignorantes
Nada vale, vale nada.
Barbárie é o nome
Dessas notícias.
Mundo implodindo
Rumo à extinção
Não atenção ao ser, mas atentados ao ser,
Mundo confluindo
Para uma desaparição
Onde, quem ficar, se der, vai ver.
E, no entanto, eu aqui

à sombra de um pensamento
de um amor que seja um lugar,
um lugar como um pensamento.
Mas isto é ir muito longe:
Isto é acordar.

Noturno

A gente nunca sabe

saber a mente sempre

intui que seja breve

mesmo que seja a chave

enquanto a mesma febre

conclame à alma acabe

e assim a gente lembre

que negra é a cor da neve

2. *Vórtex*

Alba

É muito cedo para ser manhã.
Quieto demais para ser dia,
É uma sílaba aflita quase dita,
Invisível acorde de lá,
Presságio de sombra ali. Há
Uns sinos tocando-se de leve
Na mente ainda sem neve.
Tudo ficou para amanhã:
A morte, a história, a hora h.
É bom demais para ser verdade.
E é quase tarde para ser agora.

Indo para casa (Numa estrada rumo a Lhasa)

A vida dá muitas voltas
E numa dessas se depara
Com a morte pela antiga estrada
Por onde ninguém mais passa.

Entre pedras, sombras, folhas soltas,
Lentamente o vulto se declara:
é a irmã mais nova do nada,
uma golem, um estado de graça.

"Lutos fazem minha escolta.
Nenhum corpo aqui me ampara.
O ódio é minha espada.
Sou de uma superior raça".

Sem argumentos nem rotas
A vida finge que chora e para:
E narra um conto de fadas
Enquanto a paisagem se embaça.

"Desde eras priscas e ignotas",
Sussurra a morte, cara a cara,
"você sabia disso, camarada.
Por que não abandona sua farsa?"

"Você é uma canção sem notas",
Diz a vida. "O amor é coisa rara.
O sol em sua cara nunca arda.
Estou indo para Lhasa".

A morte a seu caminho volta,
Infeliz, pois nunca amara.
E a vida segue, não fala nada.
Sabe que mesmo a morte passa.

Umbra

Está sempre no caminho
Nesse ser nada brilha
Não precisa de roupa
Tinge as coisas que toca
Todos veem esta nua criatura
Mas nada e ninguém a contém

Canção da manhã

Estar dentro da música,
Passagem onde se quer ficar.

Como se na pele o tempo parasse
Para vermos melhor dentro dele.

A manhã é uma noz arrepiada
cuja luz, como um susto mudo,

Tudo devasta.
Tempo não existe,

Só o agora do mundo.
Mortalha austera, celeste.

Pai dos segundos.
Mas o sol

Ainda não se pôs.
Morrer é muito raso.

Viver é que é profundo.
As superfícies das coisas

Se eriçam, ciosas
De serem faces.

Estar dentro da música,
passagem onde se quer ficar.

Meu lugar é onde não estou.

Quaderna

Quatro pontos cardeais
Quatro estações do ano
Quatro cantos num cubo
Quatro linhas de um campo

Quatro trevos que descubro
Quatro lados da moldura
Quatro elementos na natura
Quatro pontas de uma estrela

Quatro balas de alcaçuz
Quatro tempos num compasso
Quatro horas da manhã
Quatro rodas num carro

Quatro sementes de romã
Quatro sinais da cruz
Quatro mundos por segundo
Quatro quartos numa casa

Quatro pernas de uma mesa
Quatro pessoas numa mesma
Quatro pássaros sem asas
Quatro brilhos nesta espuma

Mas só uma vida, só uma.

A última viagem

Pisou na praia
pela primeira vez
em séculos —
Gaivotas o vigiavam.
Olor de algas.
O vento salino, ardente e Sul.
Odisseu desceu
da balsa murmurando
alguma coisa para si
num dialeto quase extinto.
Arrumou os remos, poucos peixes,
sob a música de um alto-falante
contra um por de sol salmão.
Depois viu as lâmpadas frouxas
piscando nas casas do povoado.
Maresia de maconha alcançou suas narinas.
Funk.
Risadas altas.
Nenhum pescador o reconheceu.
Penélope nunca existira.
Aquela não era sua lenda.
Ítaca nunca existira.
Odisseu virou-se para a praia sem história
e nada disse:
acendeu um cigarro e contemplou
o azul escuro absurdo do mar noturno
contra as linhas brancas incansáveis
da arrebentação.

Travelling

gota em câmera densa
pontos minúsculos de luz
o olho que a mente venta
como um pequeno deus mudo
num espelho transido de frio
a lua
em forma de ondas escuras
lambe as negras escunas
pois esta linguagem lenta
tomou conta de tudo

Lunagens

A lua é um D, você não vê?
Sobretudo quando míngua.
Ou quando enrola a língua
E vira um cílio prata, um C,
Que no céu costuma se perder.
Mas, repare, como a mais antiga
TV, toda cheia de si, agora é um O.

Costa de Dentro

1

Dama de branco
Onipotente e furiosa
Que inveja os morros mudos
E disputa as dunas úmidas

Com sua febre de tanto
Chova sobre o pântano
Banhe-me com seu pranto.

2

Percute no tempo
O peso da água,

Sua voz
sangra

Um hálito noturno
Sereno sarraceno

3

céu que bebe Saturno
labirinto instantâneo

a imagem se descasca
brilha no inverno de um olho

esfria no inferno da luz
dublê do horizonte

Intermezzo

Chuva, solilóquio da água.
Silêncio,
denso,
Desce pela seiva
Entre os ecos.

Ao redor,
Toma espessura
sua voz.

Mata atlântica, manhã

Muralha de floresta, ligada por lianas, parasitas.

Verde umidade.
Som de rio.

Uma trilha,
túnel de bambus, paisagem raiada e a luz

de outono coando, precisa,
em outro sonho, ilha, enigma.

O tempo: passado.
O tempo: futuro.
O agora conquistado

e perdido nas dobras do instante
como um beijo, uma partida
no vidro ávido dos olhos.

Fábula rasa

O Homem Mais Estranho do Mundo
Tinha um relógio que gravava os segundos,
Achava a chuva a causa deste mundo,
Porque decifrava o milagre dos segundos.

O Homem Mais Estranho do Mundo
Falava a língua mais estranha do mundo
Verbos viravam coisas em segundos
E segundos, do avesso, o mesmo mundo.

Também trazia uma arara de gesso
Numa caixa transparente, em gelo seco,
(A ave era ventríloqua do velho):
Tudo isso descobri sob tantos ecos,
Quatro luas, céu vermelho.

Oríkì ao Vento

sagrado vento
sagrado ser
sagrado deus
que nos respira por dentro
sagrada chama

que aqui nos queima
sagrada alma
que nos reclama
sagrada loucura
secreta sagrada loucura
sagrada & rara criatura
seja a fúria deste instante
seja raio, raiva, riso, isso,
seja estrela, seja pássaro,
seja humano

Agoridades

“A manhã antecede o registro, mosaico que a umidade, em seus retornos ao diferente e fátuo, gravara nervuras denotando tempo: planícies de memória onde arroios brumam luz sutil, luz de querência, carícia de desterro, ver de fronteira. Não há pago onde há deslocamento, movimento este constante vir a ser, hojerno, semente que estala pela cinza justo agora, quando não estou. Arroios são rios nômades, não se movem, parecem não se mover. Ou uma filosofia necessária a oito mil pés de altura, muralha de nuvens entre raios cor de rosa, vendo as ranhuras na pele do corpo sublime abaixo de nós. A quatrocentos por hora, a paisagem parece ainda mais devagar. O que fica é resíduo: instante é matrix. Objetivo: captar a luz antes de virar azul, sentido antes de virar destino, miosótis da íris, foto transfigurada que se revela no instante de seu clique. Decalque de starfix, céu noturno, idêntico ao real, dentro do quarto escuro ao meio-dia, sobre si. Como o caos penetra esta calma, como a casa se completa, definitivamente”.

Feitiço 55: do "Livro dos Mortos"

sou o chefe dos chacais, sou *shu*
sumo no ar

desenho a fala no espaço

na presença do poente

até os limites do céu
até os limites da terra
até os limites da pluma

do pássaro-nebeh

brisa que ofereço

aos que vêm, aos que abrem

minha boca

para que possam ver pelos meus olhos

a poesia é uma
estratégia de super-
vivência:

na paisagem sépia
pela mente debelada
em tinta invisível
é revelada

e pela voz revoa
em lunissombras
neste bosque voraz

Papel canson

à moda dos trovadores provençais

Um som de lohn
Me faz solatz
Quando Amors acampa
En mia estansa

Debris de brisa
Vibram ao rever
A domna de teu fort
em Luna-Pampa

Ploro ao senher
Seu senhal, um vestígio
Trovar o sangue
em transe reverdir

Inverno

céu cor de ostra
e a pérola embaçada
do sol

Caligrama

abrimos os olhos
abrimos a mão

e

(milagre)
ei-la
a estrela

de pele
e carne

Epigrama à moda de Marcial

Sabe o que faz Clemente
quando, numa noite fria,
sem ideias, sem amor, sem companhia,
luta contra o branco de sua mente?

Ele me copia.

Anatomia da rima

Não existem rimas pobres.
Todo som, sim, é artifício
que o tempo atrita e consome.

Vento metafísico, isto
que nos cobre, palavra
soprando de Provença
ou greta na rocha, resma
de avenca que avança —
repetição na diferença.
Tudo rima com alguma
coisa, contanto não seja rara
Naja desnuda penumbra
Ou pegue de raspão, toante,
as palavras que, instantes antes,
eram caligrafia da fala,
espécie de fada, cabala.

3. Pensagens

A sensação do que acontece

Ninguém	jamais	descobriu
Se o céu	é um tipo	de demência
Se o mês	na folhinha	é abril
Se a brisa é uma alma	pedindo	clemência
Ninguém	jamais	vai saber
Entre ondas	banhadas	em éter
Entre	flores em	transiência
O mistério	da	consciência.

Pântano do Sul

planto um *scriptorium*
em plena praia

nada se perde
entre
o biombo da chuva
e os morros solenes

fixos no mecanismo das ondas

os olhos
aprendem
a pensar

América

Stranger, seu nome é solitude: a língua
Que fala não é dessas plagas. Xinga,
Mas não a entendo, nem essas águas
Negras que a lua, um D, agora míngua.

Seu silêncio é um tipo de desterro:
Sei disso porque eu mesmo erro
Pelas ruas intransitivas e sem sujeito
Desta terra onde tudo é perfeito.

Mas é nesta estranheza, deserto
Sem país em minha mente,
No exílio de dentro, mesmo fora,
Onde me sinto mais perto.

Ouça como é macia essa menina
Que sussurra em seu ouvido uma mentira:
Ira e delírio, simultânea, cristalina.
Dela é feita esta lira.

Flashback, 1984

janeiro quase noite
tempo   onde se está
céu   o que se viu
montanhas ancestrais   desenhadas sobre o mar
facho de luz   rasgando a costa
nuvens fixas   *como se meditassem*

uma ariadne, gueixa grega,
chega em mim de jeans   desbotados   ouvindo neil young
um vento forte dança entre as estátuas
colunas épicas ainda querendo se erguer entre cartazes,
furar a lua aniquilante   que ilumina
o anfiteatro vazio
um vento forte dança entre ruínas
falas dispersas num bosque   *thálassa*
                        kali nichta
& a Acrópole
cravada nessas pedras
parece que flutua

Nomadland

The US is Utopia achieved.
Jean Baudrillard

BEM-VINDOS À SOLIDÃO AMERICANA
                        Trailers abandonados
                ruínas de supermercados
                                A neblina consumindo as Apalaches
Carros brilham   búfalos utópicos
                No gigantesco pátio da manhã
                                        À beira do caminho, só
a música mínima preenche esse silêncio
                        de quatro pessoas
Só a música preenche o silêncio:
            entre outdoors religiosos
                                [   ]
[   ]
mergulhamos

em outro tempo, puro movimento,
Enquanto bebemos
                    a água
                              com gosto de morango

Rime

You are the music while the music lasts.
T.S. Eliot

Nessa linguagem lenta eu tatuo
Nada e tudo o que não suo:
Não solitude, mas um duo.

E não é banal o que persegue essa rima
Que ecoa, pássaros, no ouvido da fala.
Não está na sala, mas um andar acima.

Irmã do ritmo, nunca fuja de mim.
Eu a quero surpreendendo sempre
E acontecendo mesmo onde não existe.

Reitera sua verdade, música do pensamento,
Revela pelo milagre do deslumbramento
E não fica só um só momento.

Se você é incapaz de ouvi-la, e se
Juntas não formarem acordes deve ser
Porque não a traz dentro de você.

É isso: ela é um acorde,
Um beijo de coisas, a tarde
Traduzindo-se em jade.

Como rimam ao se repetirem
Lua e lago, ou os olhos de quem
Nos mira agora, de amor refém.

Você não pode perder.
Isso ecoa simples até não poder.
Quando for ver já está pensando você.

ENQUANTO VOCÊ LÊ ISTO,
a música da chuva machucando os prédios, os hibiscos,
um caramujo se retrai sob uma gota súbita,
a mente caminhando na ponta dos dedos, pisando na luz
de tantos gestos, a imagem
de um beijo contínuo feito de ar de imprevisto,
a paisagem abre-se como num grande teatro,
páginas da água reverberam no jardim de inverno, sempre outras,
a mulher que sumiu dentro do livro, sem história,
lento passatempo, o sonho dentro
do livro (desaparece quando aberto),
anagramas na fumaça do incenso,
a sombra serena na grama esmeralda,
este secreto canto, duplicado num espelho,
sem mais, nem menos,
enquanto você lê isto.

Na rede que tuas pálpebras teciam

Na rede que tuas pálpebras teciam
o presente ardente, o vento

sem movimento. Só tu
tens a chave para o mundo e seu
anagrama infinito.
A manhã se debruça
sobre o leito obscuro de teu rosto.
Agora, da amurada,
admirando o céu, pasto de estrelas.
Regressamos, Musa, por ruas de águas
e árvores imaginárias, de trás para frente,
os metais cantando tua penumbra.
"Toda geração é tardia", dizia, e emudecia
mais mil anos.
"O passado está mais adiante".
Quando vejo, era dia.
Onda repondo uma pegada.
Pó voltando humano,
Coisa em imagem percebida,
Morros se derramando
na distância lápis-lazúli.
"As palavras morreram na praia,
guerreiras, sem entregar a senha,
as sextinas rubras de aurora".
Foram milagres que acreditaram em nós.
Numa passagem em vídeo
aquilo era a pérola gasta
da Lua, salvo engano.
Manhã ancestral, à direita
destas ameias localizas
os leões de Luna Pampa
a cordilheira que é o Museu de Nuvens
as moedas invisíveis de César
os rostos de ruínas de Bruma
o bosque de ciprestes derrubando sombras
(tão longas — como certas cartas persas)

na areia úmida e primeira.
A realidade, sua alteza, é a bolha mágica
que se forma em pleno campo de batalha.
Um mormaço como uma mortalha
sobre a tarde.
Sub rosa consciente. Ciência nova.
O ócio brinda estes instantes de ouro
& o olor silente do Éden,
as duas cisternas de pedra
diante dos olhos abertos.
Sagrados segredos segundos.
Na rede que teciam as pálpebras
(anagrama infinito da manhã)
te lembrarás, então,
dos dois lugares onde nasceste.
És esta linha.

Lar

Viver em tantas cidades
fez de *lar* uma palavra estranha.

Há casas em nossas entranhas
e, fora, apenas estações.

Enquanto

Língua, estranha viagem
por paraísos perdidos, esperantos,
Sendas, cantilenas

de templos escondidos
à beira-mar
na mata densa, enquanto
em estado de pensamento
a paisagem se evapora
num eu que é quase silêncio
brecha entre o que foi
e o que será
tempo dentro de tempo
vestígios da noite derruída
vertigens pelas trilhas de luz
outro outono e seus gestos
claros e secretos
enquanto flores de linguagem
caem em nossos pés.

Narciso e Eco refletem

É isto, a música da mente,
O observado observa, ondas
Se incorporando sempre em outras,
Belas e sinistras, relando o presente

(Um eco na distância)
O efêmero de uma única voz
Bem mais além de mim, de nós,
Faz de si substância

O momento da verdade
Um outro nome para tarde
Seus olhos na grama verde
E pelo infinito a vereda

Marinha

A casa é um convés
O evento é um vento sul
Nuvens são ilhas no azul
As ondas rosnam estilhaços
Renascem em nossas peles

Folhas soltas são almas
Rufam e cintilam na beleza
Ministram a paciência das rochas
Perfuram o espaço

Os olhos se refolham na clareza
O sul sequestra as sombras das gaivotas
E a tarde resume o que és.

Entrevista com o Golem

O que é ser imortal?
Um homem sem mãos, se equilibrando sobre uma nuvem.
E coragem?
Uma camélia rouca sob a chuva de verão.
E o eterno, retorna?
Espelho debruçado sobre outro espelho.
E o sentido?
Destino: ser ruído.
Há vida após a morte?
Há uma chance de chover pela manhã.

O que é solidão?

  Sandália pela trilha de lama.
  Uma pergunta sem resposta.
  Uma mulher que devora peixes vermelhos.

Invisibilia

Um objeto
que não se pode olhar
não existe

(só se sua
 quieta ausência
me lembrar:

noite triste)

Genebra

De suas bocas
pólens coam o metal.

A adaga de fogo consumiu
o espaço gerado pela sombra:

água de escuta
sem ser vista,
estilhaço de sombra.

Gelo,
vê sem olhos,
fala sem fumaça

Enquanto um céu selvagem
escoa
pelos poros da treva.

Em aberto mistério

A realidade trabalha em aberto mistério.
Macedonio Fernández

O Olho
atrás
do que o consome:
Essas horas sem nome
E a rapidez das coisas
Muito além da linguagem
E da escuridão.

Somos apenas
Uma consciência de si
Que o olho empresta ao velho ver
Ao velho mundo
Uma desculpa para ser.

As coisas que ele vê
Estão mais distantes
do que possam parecer.
Silêncio: linguagem fala.
A paisagem estala
De realidade.

Pensagem:
No tempo de um relâmpago,
A mente bebe um poente.
Essa tem sido a velha lei.

Desconfiar dos espelhos
De espetáculos
E do que os olhos não veem.
Ser é perceber, dizia Berkeley.
Nem sempre foi assim:

Veja, a um palmo
Do paraíso
O olho, fechado, preciso,
Avista o Olhar.

Fosfenos relincham
Desenhos insólitos
Sua sede de mais:
assaltar o real
de dois olhos abertos.

"O vento respira
meus pensamentos sem corpo
(A alma fica sem fôlego)
(Sua meu silêncio)".

Vê a si, olho, ilha de
puro movimento agora,
limitado entre a língua
e as horas.

Decalca o painel do poente
Com sua fome de impossível
Refúgio, momentum,
Ideogramas de luz.

No olho do furacão
Onde ele
É mais tranquilo.

Duplo de si,
condenado a ver,
mas separado.
Quem observa?
A pupila,
Sua serva?

Se o que ele vê
É o real
Então o que é isto
Que se desloca
Com a velocidade de um piscar?

Não sou isso que ele percebe
Pois assim a escuridão me mataria.

Entre a música e o mundo
No silêncio de sua curvatura
Entre o som e esta chuva
Muitas respostas sem perguntas.

O olho, sem passado,
fluxo elétrico
Atrás
Do que parece ser

Ancora suas sombras
Arde no instante de ar

Mas, inalcançável,
Tudo isso avança,
Foge de você, pele,
Lento papiro,

Vulto de voz,
Um nada que vocifera
Entre o ser que se dissolve
— fresta no silêncio —
E o olhar que lucifera.

Butterfly

traída pelo
vento de inverno

a bela
borboleta

lenta- (asa
flor fluindo)
mente

caindo sobre
um rio
congelado

(amargo é
voar

tão longe
pra morrer:

melhor voar pra sempre)

Em Ukiyo-e

a névoa sabotou o breu da manhã
com suas proposições primitivas

o céu é ali
ela não descreve
seu hálito, hábito, uso

É o que apavora a lógica, filósofos:
está ali

mas não posso to-
cá-la

lâmina riscando a água
(sombra de tempo)

está na minha mente, não cabe
na fala

Parada: Paraíso

Eldorado, Xanadu, este instante,
Mu, Agartha, Brazil, praias de Dido.
O beijo ou seu momento antes.
O único paraíso é o paraíso perdido.

Um lugar onde as coisas são e estão
Livres de stress e sentido.
Cocanha, Bagdá, Solidão.
O único paraíso é o paraíso perdido.

O único grito numa praia de Creta.
O único amor, o não correspondido.
O único inferno é uma rua deserta.
O único paraíso é o paraíso perdido.

Pode procurar nos documentos.
Nas conchas das dunas do Lido.
Pode investigar nos álibis do vento.
O único paraíso é o paraíso perdido.

Terra do Nunca, Albion, Shangri-lá,
Eidolon, América, Zanzara, Abidos.
Atlântida, Madeleine, Shambala.
O único paraíso é o paraíso perdido.

Previsão do tempo

Hoje até o céu parece esperar a neve.
Na paisagem pontilhista da varanda
Entre galhos imóveis e folhas em transiência
Um cata-vento amarelo, de leve,
Parece pôr uma ideia em movimento.
E há também um saco plástico branco   brincando
na ponta dos dedos de uma árvore desconhecida,
Yctilus savagio.
Manhã de sábado antes da neve (lábios secos
dos que dormem entre Guantánamos e tsunamis,
sereno derretido pelas sirenes mouras
e gritos anônimos):
é preciso ter um silêncio branco como companhia
inventá-lo como um novo tipo de jogo ou geografia.
A natureza à espera de um evento, 70% de chance,
As bolsas caindo, e a neve é uma possibilidade sibilante.
O céu sonha no momento de parir suas luzes geladas,
Dança de partículas, flocos em contraluz,
Uma alucinação tão real, bolha de ser e tempo
(esses bichos
esquivos, esquilos
na manhã de não-tempo. (Um ano depois,
e a neve no mesmo sábado, no mesmo dia,
E dentro da mata seca, do lado do carro
vermelho, o cata-vento furioso
parece exercer apenas sua lógica concisa,
Seu pleno direito de existir, fazendo o que a brisa
solicita enquanto seus olhos simultâneos
escutam o esperanto de pássaros sem nome
E que permanecem primevos, como no primeiro dia,

sem tradução.
Há uma casa branca entre as árvores de olhos fechados
E folhas secas douradas no galho da voragem, invisível.
Carrinhos de supermercado, cinza, silhuetas.
Janelas são retinas negras: casa vazia.
Os moinhos, quânticos, movem as águas paradas
Deste pensamento de amor que desinventa a solidão
E a registra em forma de consciência
nos volumes da paisagem lá fora: ópera silenciosa, imóvel.

À uma da tarde, precisa, ela começou.

Alteridades

p e r s o n a
p e sso   a

uma pessoa
alguém trazido pelo som
per sona
máscara pela qual
o som dessa pessoa
passa e ressona

Green flash

Para Patricia Caswell, Bruce Rodgers e Sharyn Lonsdale

Vida, você me deu tanto
não tenho como retribuir.

Me deu a trilha sonora contínua do mar
me deu este por de sol salmão
me deu o que deus nenhum
nunca deu.

Só tenho como pagar
com minha cota diária de espanto,
minutos de silêncio
espasmos de alegria
enquanto você cria.
Só posso prometer
ser seu
biógrafo fiel e privilegiado,
seu tradutor:
enquanto, dia a dia,
você segue escrevendo a mesma beleza,
musa incansável,
inalcançável

Com suas nuvens como deuses cambiantes
com o motor do seu oceano em nossos ouvidos
com a maré vermelha ardendo nos olhos
com a tarde que ainda nos deixa uma última surpresa:
no claro infinito horizonte do mar
a moeda gigante do sol mergulha mas deixa
esse milagre gradiente:
sobre sua cabeça dourada
numa fração de segundos
um brilho verde.

21 de dezembro de 2012, Hermitage Artist Retreat, Manasota Key, Flórida

4. *Quarto fechado*

Os cães detetives

Os cães detetives
em seus capotes negros
nunca desistem —
farejam dunas, em dupla,
pegam a praia de surpresa
siris telepatas

os cães detetives
mordem a neblina da maresia
investigam
gaivotas suicidas
pesqueiros sinistros
matas que meditam
o mar e seu mantra
o estrondo das ondas
sempre outras

elucidam minhas
pegadas na areia
ondas terroristas
surfistas suspeitos
outros cães
por toda a tarde
em busca de pistas

os cães detetives espreitam
o bege sílex das dunas
a queda kamikaze, vertical
dos mergulhões
e nunca se deixam enganar
são cães detetives caiçaras
soltam pistas que as ondas ocultam
quando explodem

cães sem dono, detetives,
dão seu batente na praia
e sabem ser sacanas também
latindo seus enigmas
pressionando vítimas
ocultos pela restinga
ou disfarçados de humanos

os cães detetives se colocam
na pele de sua presa
e não desistem dos siris
acham seus álibis
nos lábios das ondas
única evidência
a praia e seu colar de pérolas
o mar é testemunha

também se divertem
com o vento sul
orelhas
entre as patas
olhos cerrados de espera
quando do dia retraçam as pegadas
os cães negros detectam
a verdade, peixe podre,
se levantam e seguem
até que a tarde se entregue.

Testemunho da noite

sombras exaustas no vácuo
estátuas suspeitas brilha a tormenta
rumo às ruínas dos silêncios
que despertam neste segundo

sua sede de céu breu capuz
de estrelas fome exata espasmo
cérebro rosnando luzes
de volta ao crânio de pandora

ontem e hoje e ontem e hoje dias
empilham nébulas-cadáveres no céu
estação de escuridão e medo
por este porto fantasma

aborto crepúsculo refúgio irreal
céu de ossos amantes meses mortos
sangue chove no infinito
um grito atrasa o fim do outono

o que será do mundo se congela

Quarto escuro

O detetive avança pela desordem do estúdio.
A mobília está calada como testemunha.
Lá fora folhas se reviram, se estudam.

O telefone calado como um caramujo.
Um ano depois e todas as pistas
Deram em becos sem saída e luto.

"Nada disso está acontecendo, escuto
meus próprios passos sobre o escuro.
Dois gatos negros transando num muro."

E o criminoso ali perto,
pronto para revelar quase tudo.
E na pequena floresta da biblioteca

O verde é um código secreto.
O detetive deita e cai num sono profundo.
E a carta o tempo todo sobre o criado-mudo.

Vigia

Longa noite de espera.
O detetive
descobre a lua cheia.

Private eye

Um ano
Procurando
Tudo.

Meus óculos
Sobre o criado-
Mudo.

Noites em branco

Ah, branca página,
branca e pálida vagina,
pele emudecida, papiro sem pátina
onde a cena ainda se imagina
e o mundo parece mágica.

Branca brusca página, albina,
que mão alguma assombra
poente algum assassina
ao mergulhar na penumbra.

Mudo mistério, açúcar secreto,
nuvem parada, neblina e refúgio,
praia sem pegadas, neve sem vestígio,
espelho sem imagem, a penetro:

Página que sempre me ensina
(invisível escrita peregrina)
por este labirinto de ecos:
A luz num canto do jardim
contém segredos para mim.

Doppelgänger

Pra você ver como é que são as coisas
precisa aprender seu dialeto,
ver de novo, dentro, o verde fora,
espelho onde sentido algum repousa,
saber o que nos falam os objetos.

As coisas não estão nada fáceis,
Se fazem de difíceis, desfiam desculpas,
Não falam mais coisa com coisa
E andam por aí com mil perguntas.

Pra você ver como é que são as coisas
Só mesmo indo além do olhar, do breu
que elas lançam quando, por acaso,
na rua cruzam sua sombra, seu duplo, eu.

V de Vingança

Não quis abandonar a noite violenta
Nem quando as trevas floriram trevos
E o dia ejaculou sua negra mensagem
Criando a outra dimensão do espaço
Na hora do mundo e seu espasmo
Sangrando as palavras nas margens
De um oceano sem linguagem
De uma superfície sem relevo
Apenas o fragmento de um grafite
De uma criação sem criatura.

Mundo moderno A distância, o acaso, o Éter,
Um romance, o crime, até a vaidade de Afrodite
Neste mundo efêmero, acredite,
Tudo acaba em twitter.

Álibis

Pela trilha sem folhas
Nossos passos
São as sombras das árvores.

Estranhos a nós mesmos
Surpresos no passeio das sílabas
Trocadas sob o sol de verão

Beijamos o momentâneo
Guardamos nossos espelhos
E simplesmente somos.

Romance policial

A lanterna da lua banhava o morto.
No rosto do detetive, nenhum sopro
A não ser o ar pesado do mangue, o corpo
Caído, espesso sangue, e o pouco
Dito pelo policial com cara de mau
Que agora segurava um castiçal

Interrogando a loira de olhos negros
Que trabalhava para um restaurante grego
Da grana e dos bilhetes estranhos no porta-luvas,
Do estranho esgar de sorriso, do sangue em sua luva.
E antes que a canção no rádio acabe
Ele diz: "Para salvá-la, só um milagre".
Nas mãos a carta rasgada ao meio, garrafa de uísque
Pela metade. Mas ainda é cedo para que ele se arrisque.
Nada ficou claro nos depoimentos, de como essa sereia
Foi encontrada pela estrada à lua cheia:
"Do que não se pode falar, deve-se calar",
Ela disse, bem no momento dele virar
E ser beijado por seus lábios fatais.
A lua aumentava seus cristais.
Seguiu-se um minuto de silêncio
E os grilos pontuavam um indício. Ela disse:
"As pistas estão em toda parte, em seu diário,
No dia dezesseis em vermelho no calendário".
Enquanto o detetive revistava a lua
A loira derramou uma poção branca na sua
Garrafinha de uísque. "Nessa profissão, é preciso jeito
Para resolver este quase crime perfeito".
Ela não dizia nada, ou quase nada, só o olhava
Sabendo que a verdade estava em cada palavra.
A esta altura, tudo parecia bem nítido
E agora ele a forçava a beber o líquido.

Cena do crime

O detetive interrogava o criado-mudo, as nuvens pesadas de chumbo. Elas negavam tudo.

Um silêncio de sangue no ar. Bilhetes de sombras verdes, suicidas.

A desaparição do corpo na sala em questão de segundos. Vestígios de fumaça. Tarde moscada. Mobília suspeita.

Flores de plástico sobre a escrivaninha de mogno e o brasão da companhia, pistas falsas.

Testemunhas: um livro aberto, pinturas vazias, uma rosa murcha, o ar condicionado.

Domingo: as pessoas estão dormindo.

O investigador observava os arranhões do sol na janela da sala, recolhendo restos de presença. Pensa: "Mexeram na cena".

S. olhou para o espelho suspeito, que abaixou os olhos, assentindo.

O diamante no candelabro, suspenso no ar por um durex. Mestre,

a casa sacudiu, vidros no chão, estávamos perto de um aeroporto, uma floresta de símbolos.

O detetive balançou a cabeça, olhou para o espelho e apontou para: você.

A manhã extorquia seus comparsas como depois de um crime sujo: agora sim amanhecia.

Quarto fechado (whodunit)

O criminoso era o poeta. Seu corpo, pálida página, jazia sobre a mesa, como quem procura um autor. Os suspeitos de sempre: metáforas, paronomásias, figuras de linguagem. Seu corpo ainda pulsava, delirante, e pulsou ainda mais quando encontrou os olhos de seu autor, misturado à memória de uma multidão de personagens, neste quarto fechado. "Creio ter ouvido sussurros" (a Bic silente, inocente, às 9 da manhã. Ela é seu álibi). Sim, você também é testemunha. O poema, esta única pista e evidência. Ele termina. Tudo se ilumina.

Flitcraft

Arrancar a tampa	Arrancar os fones
da vida	de ouvido
para poder	para real-
realmente	mente
vê-la:	(ouvi-la)
no fundo	do fundo
da caixa	do crânio
uma estrela.	uma palavra.

Codinome M

Entro no centro secreto
onde a máquina Enigma secreta
vozes
em línguas desconhecidas,

Saliva negra da escrita,
Cifras quase mudas.

O bilhete para a
SENHORITA SCHRÖEDER

O ritmo lento dos neons
vermelhos
. . .

Um grito rasgando o espaço
Um cigarro brilhando na treva.

O detetive no polígrafo

Eu nunca estive aqui antes. Por isso tudo me parece tão familiar. As imagens não enganam mais por muito tempo. O que ia acontecer, nunca aconteceu, e você é testemunha: "Não sou uma voz. Sou uma penumbra no tempo". Acontece, sempre estou além de mim, portanto minha passagem é algo que já foi. Já aconteceu. A expectativa é uma falsificação. Soditnes é o duplo do sentido. Amém, amnésia. O que existe é isto, uma evidência. E isto é muito pouco. Bafejar as pistas, engolir as palavras que alguém não disse. E este corpo no chão. Sumir junto com cada uma delas, Fogo de Santelmo. Ou então, escutar suas últimas pulsações rumo à desaparição. Dali onde rebentam. Se não quer ser escutada, Voz, volte veloz de onde você veio. Busque outro lugar. Não há memória nela, *dove sta memoria*. Ela não é um corpo que se demora? Um copo em que se comemora? Pode ser, mas o que importa agora é que está aqui, e o agora pouco importa agora. Ouvimos estilhaços. Estamos indo para onde nos disseram para não ir, atrás de pistas falsas, iscas de arenque podre, cavando territórios desconhecidos fundados no imprevisível, cada vez sabendo menos, olhar de Marlowe no vidro, mar azul do vazio, nem aqui mas também ainda não ali. Somos engolidos pelo mundo. No coração onde as coisas se reconhecem. E não há como detê-las. Primeiro ela acontece. O sentido vem depois, mas quase junto. Mexeram na cena. É a verdade. Se a transição lhe escapa, busque-a em outro espaço. Anote. A última luz não é a última nem é uma luz.

Octopus

A tinta do polvo da noite

Injeta no dia ___

Seu medo furioso

Sua dor coagulada

Na carne do inverno

E paralisa

Sua vítima favorita:

O Sol

Microexpressões (lie to me)

O pôr do sol elide o tato.
Pisca a sombra do pensar.
Pisar na luz: algo mais lento.
As coisas nos dão o que falar.
Apenas signos são fatos.

Thriller

A ponte alucinou numa poça de sombra vermelha. Nuvens fecharam as janelas, entre aquelas flores cegas, suspeitas, e o sol se esquivou sobre uma chaleira. A fumaça se matava no ar. E o ar era invisível.

Na Colina da Capela

Uma cadeira vazia na varanda,
Lâmpada acesa de madrugada
Coisas reverberam pela casa
Folhas roçam suas lembranças
Um telefone toca sem resposta
Vozes vindas da mata
Um cartão postal sem palavras
Outra pessoa, invisível, nesta sala,
Espelhos vazios, jornais de agosto passado,
A caneta, seca, dentro de um copo
Um fragmento anotado de sonho,
Um homem em seu quarto tarde da noite

O momento congelado do rosto de um amor
A memória recolhendo tantos gestos
O livro bordô fechado na estante, garrafa de vinho,
Uma caixa chinesa, momento dentro de momento,
Milagres que nunca aconteceram, mas agora sim
Mandala indecifrada sobre a mesa
Nossos rostos que rimam no poente
Luz que coincide numa noz
Onde o escuro, como uma voz, está.
O mundo o tempo todo ali
E no entanto ele nos escapa:
E a escrita escavando o fugidio
Na mesma cena de outro outono
(Esquilos esquivos pensamentos),
A substância e sintaxe desta noite em letras também fugidias
Num mundo que não se perde, apenas avança.
Tudo são modos de estar, de pertencer ao agora,
Mágica sem nome, simples como um abrir de porta.

Chapel Hill, Carolina do Norte, 2007

As assonâncias assassinas

Nada a declarar. Os segredos que nos mimem.
Matamos cada segundo, nenhum indício nos redime.
Os sons todos, isso, somos nós o próprio filme.
A página branca é nossa cena do crime.

Se as pistas são o alpiste do detetive
para nós basta apenas o corpo de uma
ausência, segredo que não mais vive. E,
se existe, é pluma de fumaça, penumbra.

Ninguém nos avisou que ele morrera.
O Sentido, quimera, deixou dívidas,
suspeitas, algumas lacunas, vívidas dúvidas.
Suas últimas palavras foram: *Quem dera*
Viver como quem inaugura uma era.

Espantos

molhar a palavra
por onde ela poreja
numa nuvem movimento

sangre, paisagem,
— livre do corpo —
sem forçar a vista para ler
a praia pura e sem vestígios

por onde a dura
duna declina o mantra
do vento e seus íntimos

eventos a se precipitar
num pôr de sol sépia
por todos os lados do ser

chiado de mar, estoica
estática,
estátuas esmeraldas, suadas,
baixando os olhos brancos

na face simultânea do agora.
e esta, em seus caprichos,

suspensa num fio claro
de fala que se demora

mais, ainda mais, na mão
onde o passado
beija o presente
e diz a senha
e entrega a pista:
a luz parando numa parede.

Céu inverso

Um corpo mas ainda ninguém
Nenhum suspeito na casa vazia
O portão branco ainda tremendo
O cigarro aceso no hospício
Conferencia com as cartas sobre a mesa
No espelho o avesso de um nome e a solução
E um copo súbito se quebra
Na Fábrica do Mundo
A céu aberto
Levada pelo vento do deserto
O neon do crepúsculo que falha em ser enigma
Até o vidro onde reflete, retina
de céu, esta
folha de papel.

História de mistério

Há sempre um corpo na primeira página
(lembrança da cena primordial, natureza-morta)
que desengatilha a ação. Fim da primeira história. Outra
começa nos jornais, escritórios. Imagine
dois níveis de narrativa, faces de Janus,
uma do crime a outra da investigação
(onda que recua e quebra
sobre outra onda violenta que vem). Examine
as pistas plantadas, o delito que leva a outro,
o padrão, o cadáver na biblioteca, obscuro vaso etrusco,
os panos manchados de sangue, o luminol.
Ponha em prática a gaia ciência
das correspondências.
Use as células cinzentas.
Fique esperto com sorrisos
que não franzem os cantos dos olhos, punhos cerrados,
braços fechados, sobrancelhas oblíquas.
Elimine sem piedade chineses, orangotangos,
gêmeos e fazendeiros argentinos
da sua lista de suspeitos.
Deixe em aberto a opção do quarto fechado.
Lembre-se que atrás de toda grande fortuna
há sempre um grande ou pequeno crime.
Mentiras são a moeda corrente aqui,
a única língua que todos falam.
Os não-ditos (como os cães dos Baskerville
que não latiram a noite passada) serão vitais.
Peixes podres, *red herrings*, apenas o necessário
para dar o delay, o suspense,
a corrida contra o tempo

gota insistente na pia
o herói suspenso sobre a amurada
onde pereceu seu parceiro.
E não se esqueça que o detetive
é uma lanterna iluminando o passado.
De lá ninguém escapa. Nem morto.
E quando a ação parecer capenga
é só colocar uma arma em cena.
Quanto ao desfecho, antes que me esqueça:
imagine um caranguejo e refaça no poema
seu movimento de trás para frente, ou
a partir da última linha,
(como ensinou Poe)
e dê um jeito de que todas as peças
no final façam clic, não mais que de repente.
Desligue o celular em ambientes escuros.
Cuidado com fios soltos (sobretudo os elétricos).
A loira tinha pelo menos três nomes falsos,
e a mãe do principal suspeito, o tenente,
era sua esposa, a velha, a algoz.
O embaixador russo havia sido morto
por uma palavra misteriosa
em seu corpo. *Rose*.
E volta-se à estaca zero.
Assim se escreve um livro de mistério.
Os mortos não têm voz,
E os vivos têm só uma vez.
Matar é uma arte, como tudo mais,
o homem errado estava certo
a verdade o tempo todo estava perto
e o assassino é nada menos que
a Esfinge em novo design.

4. 24 aforismos sobre poesia

1.

Permanece um mistério o fato de que vivemos em estado permanente de linguagem. A poesia é o instrumento ideal para captar este mistério.

2.

Mu Ga não é parar o pensamento: é perceber o pensamento.

3.

Cada vez mais a persistência da ideia de poesia radical entendida em seu sentido etimológico, do latim *radix*, 'raiz; base, fundamento'. Uma poesia que investiga sua própria ocorrência, ramificações, vis-à-vis seu encontro com o mundo, indo na raiz do problema: para o poema, esta raiz é a palavra. *Rizoma*: um processo *horizontal e proliferante* de significação.

4.

A abstração é a natureza da mente, não a mente um reflexo da consciência.

5.

O desafio está em não cair numa metalinguagem barata. Ou solipsismo ("não há nada fora de minha mente"). Ao contrário, o poema é um encontro em nosso território comum, nosso habitat.

6.

Poeta é quem provoca música com os vocábulos. E afasta a *afasia*.
Certa aversão pela ideia difundida pelo senso comum da vida (e da poesia) como algo *contínuo*. Poemas são seres vacilantes, como animais, ORGANISMOS, e além do mais parecem estar o tempo todo querendo incorporar o caráter fragmentário e material da experiência. Por isso, parecem muitas vezes "incompletos".

7.

Se "poesia é a promessa de uma linguagem" (Hölderlin), então o poema é um não lugar, uma utopia. Seu sentido é seu movimento.

8.

O poema é um ultraje (*outrage*), um contratexto.

9.

De olhos fechados: o universo é vermelho. A poesia é um tipo de língua estrangeira. Prosa é poesia no ponto de não retorno.

A natureza nos desconstrói sem que notemos, e a noite restaura a memória das percepções que usaremos, no dia seguinte, para reconstruir a natureza e a nós mesmos.

10.

Um "eu" que é um olho, o olho que é um outro, o outro que é um. A consciência da consciência.

11.

Poder pensar, como Paul Cézanne, que
as palavras é que se pensam através de mim.

12.

Nos fala, nos media, nos habita. Sempre a caminho. *Não há como escapar.* Nelas estamos em nossa única casa, ou fora, ou estamos a sós.

13.

Todas as abordagens poéticas (seja através de iluminuras, personas, correlatos objetivos, colagem, simultaneísmo, pastiche, ostranenie, ideograma, non-sequitur) desembocam, por operações distintas, na grande questão: o espaço habitado pela poesia enquanto *matéria mental*, entre palavra e mundo. Entre *estar mudo* e *ser mundo*.

14.

O nome do ventríloquo era Eulírico. (Já meu nome é *eutro*: o intervalo entre palavra e mundo).

15.

O poema nasce enquanto o procuramos.

16.

Como numa história de detetive, o poema, hoje, é um enigma. Seu crime começa já nas primeiras palavras. O poema nada mais é que uma seção de correlatos do sentido suspensos entre pistas falsas, frustrações de expectativas, que apontam inequivocamente para sua própria aparição & desaparição. O nome dessa luta invisível é *o sentido*.

Whodunit?

17.

A prosa parece se traduzir em ser vidro transparente, enquanto a poesia revela manchas de mão no vidro, trincas, poeira, as imperfeições da superfície.

18.

Fala em curto-circuito. Um dispositivo de estranhamento. Uma filosofia de linguagem. *Um sistema linguístico alternativo. Linguagem lenta. Um campo aberto de possibilidades discursivas.*

19.

Talvez poemas devessem ser mais que simplesmente escrita *sobre* experiências, e sim escrita *como* experiências.
(Apud Charles Bernstein)

20.

Produto e processo, num poema, têm que ser pensados juntos. O *que* e *como* são siameses. Esmero excessivo desvirtua o palácio da sabedoria.

21.

O desafio tem sido esse: investigar como se dá o processo de transferência do mundo "real" ao mundo "poético". Interessa-me este momento único que se dá na percepção: no choque do "dentro" com o "fora" (Como *aquilo* virou *isto*?). E o poema seria exatamente a tradução simultânea desta percepção em palavra, energia, usina, poesia. E o poema surge como o resultado desse atrito entre consciência e mundo, fruto dessa tensão e, antes que me esqueça, desse *prazer*.

22.

O momento em que o poema se fecha é o momento em que ele se abre para o leitor.

23.

A ideia tradicional de prosa, para mim, é que o texto parece nos colar numa temporalidade, um estado absortivo, com as palavras quase parecendo passar transparentemente da página para a mente, ("uma câmera filmando tudo isso", sem erros de continuidade), enquanto a poesia atua com mais frequência em saltos, cortes, surpresas, desconstruções sintáticas, frustração de expectativas, associações, conexões, desconexões.

24.

Vai ver a poesia seja *uma necessidade estética da consciência.*
(Apud Macedonio Fernández)

Experiências extraordinárias

(2014-2015)

Des paroles inconnues chantèrent-elles sur vos lèvres, lambeaux maudits d'une phrase absurde ?

[Palavras desconhecidas cantaram em seus lábios, farrapos malditos de uma frase absurda?]

Stéphane Mallarmé (*Le demon de l'analogie*)

1. *Idade Mídia*

Preparação para a *Odisseia*

Não te enganes, Helena.
Neste mundo de prebendas,
Troia, teu mito, tuas melenas,
Mesmo este poema,
Tudo está à venda.

Esta é minha parte, meu papel:
Minha a palavra final.
Fala flutua no ar:
assim a quero.
Sou Homero.
Aceitei minha encomenda.

Céu sobre Esparta, 3 da tarde
no relógio de sol. Sei
o que estás pensando.
Esta página que lês
Bem antes de eu escrevê-la
Nunca parecerá
O colo de Páris.

Um sonho

Nas ruínas dos shoppings, nas ruas vazias
de uma metrópole em miniatura, sem nome,
o mato dominando tudo. Ruídos estranhos.

Vitrines quebradas lembrando teias de aranha,
caixas de produtos, bolor, pôsteres manchados
de sangue. Um telefone público tocando para ninguém.

Elevadores, escadas rolantes (ainda funcionam)
E você alcança o quarto 2014 através
das barbas-de-velho e goteiras nos corredores.

Labirinto de imagens, HOTEL HADES, fantasmas
da amnésia afetiva. Você não só jamais esteve aqui
Como percebe um bilhete diante da porta

a seus pés, onde se lê:
Faltam só mais alguns segundos
para Nada acontecer.

Guarujá Salem

linchada por um boato
numa tarde de sábado
mundo-barbárie

fabiane

ainda ergue a cabeça
para um último olhar
à multidão de agressores

filmando com celulares
e smartphones

Idade Mídia

Praias monitoradas, patéticas. Expectativas esmagadas, flores furiosas maceram na maresia, o agora se erige, descobertas científicas nos domesticam, e um ar assassino vadia como um fantasma pelos corredores da rede. Cascata de informações ecoa pelo painel sem controle, e cada palavra dita em * pode ser um floco de neve, ou vice-versa. Babau. A turba tumultua, a luta cheia. Uma rajada desloca o cenário e vândalos extraterrestres rondam os terraços com suas uzis. Luzes artificiais levantam e acendem a estrela polar, tablets fantásticos e lojas invisíveis ecoam pelas galerias. Breu. À primeira menção da palavra *secreta* a câmera desliza na polia de seu próprio estrangulamento.

Império dos segundos

Se eu fosse parar pra saber
o sabor deste instante
não iria jamais perceber
do que é feito o durante,

a carne de cada segundo,
minuto de cada poente
de que é feito este mundo,
sangue, esperma, poeira,

não ia jamais me lembrar
da trama da tarde, museu
onde moram as velhas horas,
nem o duro rosto deste outro

outono, matéria, mistério,
nem a memória, esse mármore
em fluxo, rugido em estéreo
de uma incessante cachoeira.

Famosos (I)

Sic transit gloria mundi

Superdecotada, Sylvia Plath é flagrada em shopping e posa para fotógrafos.

Paul Verlaine fica noivo de Arthur Rimbaud. Veja aliança.

Saiba como Jane Austen perdeu peso após a gravidez.

Lou Salomé: preferia o paredão a ficar com Nietzsche no BBB.

"Bunda foi importante, mas não sou só isso", diz Emily Dickinson. Confira ensaio.

Preço da fama: Charles Baudelaire não consegue lidar com assédio da imprensa e de fãs.

Assessoria nega que Samuel Beckett vá deixar *Lost*.

Victor Hugo faz selfie com Stéphane Mallarmé em rede social.

Declaração de Salinger no Facebook reacende polêmica sobre celebridade.

"Pode parecer superficial, mas gosto de ser alta", diz Virginia Woolf pelo twitter.

"Meu cabelo está ligado a minha cabeça e a de mais ninguém", diz Antonin Artaud, sobre as críticas que recebeu pelo corte de cabelo.

Jorge Luis Borges diz que não se incomoda com alfinetadas de Manuel Bandeira.

Marshall McLuhan é alvo de inveja na Globo.

"Porque eu tenho uma relação péssima com a balança. É um horror", tuíta Oscar Wilde.

DJ Marcel Duchamp curte balada em Jurerê Internacional.

Jack London: beijar Stalin foi asqueroso.

De biquíni em Cannes, Gertrude Stein revela estar acima do peso.

Lilya Brik e Mayakovsky assumem namoro. Veja quem já ficou com quem.

MC Cruz e Souza leva seus filhos para brincar na orla do Leblon.

Após testar prótese capilar, Sigmund Freud assume de vez a calvície.

A barriga não me atrapalha em nada, garante Oswald de Andrade em megaevento.

"Se o porteiro do prédio também pode ir assistir aos musicais da Broadway, então qual a graça?", diz Karl Marx em rede social.

Modelo diz que Claude Debussy tentou chantageá-la durante show.

Allen Ginsberg sobre nova parceria com Jack Kerouac: "Temos sintonia".

Filho de Ludwig Wittgenstein se encanta com cachorro durante passeio em Ipanema.

"Não caiu a ficha", diz Walt Whitman, depois do primeiro lugar em *A Fazenda*.

Famosos (II)

Bisneta de Agatha Christie, famosa escritora de autoajuda se suicida em Londres.

Graciliano Ramos e Clarice Lispector malham juntos em academia.

Villa-Lobos revela detalhes de sua nova turnê, intitulada "Talvez".

"Saí do Facebook", afirma Henry Thoreau em manifestação Black Bloc.

"O dia em que eu tiver que apagar a luz para namorar vou correndo fazer plástica", diz poeta e influencer Safo em talk show.

Filho brasileiro de Picasso confessa: "Ninguém pinta como eu pinto".

Roberto Bolaño alfineta críticos postando foto sensual de madrugada.

Mônica e Cebolinha interpretam Romeu e Julieta em musical.

"O meu personagem é um chato", diz Machado de Assis sobre Bentinho.

Chega ao fim o casamento de Frida Khalo e Diego Rivera. Relembre a história do casal.

Shakespeare explica porque dancinhas no TikTok são essenciais para fazer um soneto virar hit.

Ator de "Eu", Augusto dos Anjos Jr. dá show de antipatia no Projac.

Sou um poeta coxinha, confessa Olavo Bilac na Feira de Frankfurt.

Beckett revela, na FLIP: "Eu escrevi *Finnegans Wake*. Joyce ditava. Mas eu escrevia".

Balada pós-humana

Quando eu tinha trezentos anos
Nas praias automáticas de Ptyx,
Sob um belo sol artificial e as três luas de Matrix,

Avatares se bronzeavam com
pensamentos meus,
escreviam metaversos
ao lado de uma linda, linda máquina.

É possível que eu seja
A sua vida
E você seja a minha?
Uma borboleta virtual que sonhou
Que era o clone de um monge.
Já vai longe o tempo
Medido em batidas de coração.
Que eu pense um céu e assim seja
uma formiga
conectada a uma base de dados que é
Minha língua?

Há alguma coisa que possa existir nesta velha Terra
Que não seja clone ou milagre?

Tempos de celebridades

Carlos, na próxima encadernação
Nascerei filho de alguém famoso.
E então, como um cão raivoso,
Não largarei meu precioso osso.

Quem disse que é preciso ler,
Ter talento? Não seja ridículo.
Esforço é coisa de otário.
Meu sobrenome será meu currículo.

Vou escrever uns poemas fofos,
Umas cançõezinhas ordinárias,
Com uma certeza: o Brasil nunca saiu
Das capitanias hereditárias.

Second Life

Na foto os olhos jovens, a praia, a mente fresca:
o tempo inteiro numa tela.
Grandes expectativas.
Agora a voz mais muda, a cicatriz:
isto o jogo não capta. Instantes são falsas iscas
que nos iluminam quando mudam
de lugar, um céu se desdobrando,
origami branco e blue, uma toalha.

A velha fúria dos segundos em uma
pilha de nuvens-pratos no horizonte.
Os discos voadores deixaram
esta música desconhecida, desde ontem.
Em vez de ontem, um totem de eterno quando.
Cubos, pirâmides, esferas. No céu.
A areia neste antigo caderno.
Tanto se viveu, tanta coisa percebida:
no meio do caminho
até parece uma segunda vida.
Ilhas, residentes e avatares
mirando o mar como se meditassem.
As ondas paralelas dão a você as boas-vindas.
Não é humana, como a voragem.
Não é humana, por mais que elas contem
histórias de mimetismos, istmos, mistérios
e no fim se dissolvam superlentas: isso são espumas.
As dunas bizantinas, a névoa sutil lambendo a costa
e o mar atemporal sob um aguaceiro
desafiam a foto daquele instante, tirada neste mesmo lugar, na mesma duna.
Aquele é e não é: você.
Esta é a *vida real.*
"Estamos em assembleia permanente."
Não se vê duas vezes a mesma paisagem.
Não se entra duas vezes na mesma mente.
Nossas horas acabaram, o aroma salino e forte penetra as narinas.

Matrix

Chegou tenso e tomou um Xanax.
Na secretária a mensagem da ex,
No quarto da filha, um céu de starfix,

Agora crescida trabalha na Fox.
Em casa só usava sabonete Lux.

Seu verdadeiro nome era Max,
Quando nasceu não existia telex.
Cortaram sua Megapix, sua Netflix.
Gerente num China in Box
Deve grana preta pra Electrolux.

Torcedor fanático do Ajax,
Acha que a vida é um gibi do Tex.
Nunca ouviu falar da deusa Nix.
Bebe, bate a cabeça no box
Sem devolver Apocalypse Now Redux.

Aqui e agora

Repito: só o que passa permanece
    neste presente esquecido.
Segundos que só desaparecem,
    bonecos travestidos de sentido.

O tempo futuro e o tempo passado,
    Thomas Stearns Eliot,
Foram engolidos pelo tempo presente.
    Sim, nos fizeram de idiotas.

Voltamos a um tempo
    em que não havia mais tempo.
Só um crisântemo branco
    desabrochando, lento.

Nada fica do segundo, só passagem,
    Nem lenda ou rito que nos explique

O sabor e saber de alguma origem.
Não permanência: eternos cliques.

(Como uma imensa geleira que, no Ártico,
desprende pra sempre uma falésia, enfim,
Viver tem sido um tanto dramático:
Enxergamos no fim do gelo o nosso fim.)

Se só existe sentido no aqui e agora
isso não devia perturbar o poema.
O obsoleto ontem, o urgente hoje,
são absorvidos em seu próprio tema.

Teima uma memória feita de infinitos
instantes que tramam uma intriga
à sólida luz do sol e de seus mitos.
Finja que é pra sempre. É sua língua.

O Longo Adeus

Somos uma ficção ambulante.

Conhece-te a ti mesmo
Na entrada de Delfos

Parece mais um grito
De desespero.

A agulha no disco
De nossas vidas.

O estranho nos espelhos.

Cabeza de Vaca

Nem tornados, furacões, tormentas,
rebeliões, traições, Domingos de Iralas
te fazem desistir
Nem os pântanos da Flórida,
selvas, chacos, pantanais
te detém
Cabeza de Vaca
Repito seu nome como uma parlenda
Cabeza de Vaca
lenda além do homem
experiência extraordinária
Agora
em Sarasota, perto
de onde treinaram os terroristas do 11 de setembro,
suas ilhas compridas, *keys*,
reduto de milionários aposentados,
A viagem toda começou aqui
Com outras poucas almas vivas
E a natureza inclemente
E a viagem que nunca terminou
Viagem sem volta, Cabeza
de Vaca:
A fome o cansaço a humilhação
Cruza o Texas Arizona a pé até
A Cidade do México
Antes de viver dez anos no deserto entre zuni e sioux
Água queimada obstinada, o primeiro bisão,
Tempos depois
Governador de Vaca
Naufraga em Naufragados, extremo sul da

Ilha de Santa Catarina,
em Meiembipe
ou "montanha que corre ao largo do mar"
Vive seis meses entre os carijós e sai
Para socorrer os espanhóis em Assunção
Buenos Aires abandonada, em chamas,
Percorre o Peabiru,
"caminho de gramado amassado"
"a trilha que sempre começa",
Passa apuros com os guaranis, guairucus,
Irala e frades traidores
Sua vida é uma sucessão de expectativas frustradas e de armações
Avança pela utopia americana
Anos antes de saber que Potosi é uma fraude
Que *a prata* está no Peru e já tem dono
Ah, Cabeza de Vaca
Brindo a você
As estrelas rodando lá em cima,
Suas serras reluzentes e inalcançáveis,
a Foz que você avistou, o primeiro europeu,
Sua viagem sem volta e sem fim,
Os olhos firmes nas ondas,
a cabeça em suas façanhas, seus naufrágios, seus fracassos,
Brindo e me sinto parte da grande aventura humana por este planeta,
com um gole de vinho tinto
numa praia da Flórida.

2. *Satori Uso*

(Hokkaido, Japão, 1925-Assaí, Brasil, 1985)

Poemas recolhidos

Zona pioneira

profissão de fé:
"ver com os olhos da mente
o mesmo olho
com que Deus nos vê"

manhã na fronteira
o cheiro do café
no som das serrarias

pela cinza
cortina de chuva
os olhos da coruja

o barulho da água
nas pedras do tibagy
vozes grossas e cansadas

haicais, bitucas, recados
o acaso em cada bolso
do casaco

nuvens invejo-as
és
apenas o que vestes

a cobra foi enfim
os olhos que me viram
ficaram no capim

trad. de kyoshi

só por um tempo
a lua minguante
empresta o poente

o espelho é seu
e o reflexo,
também?

relâmpago no espaço
dele faço
a minha assinatura

todo dia
duas magias
mesma janela

minha mulher
molha as mãos na bacia
lua de verão

como em Hiroshima
neve negra
floresta em chamas

sonhando acordado
a neve caindo
no canavial

nem dentro, nem fora
neste canto do jardim
sou uma sombra de mim

obrigado, vento
por fumar meu cigarro

obrigado, brisa,
por soprar minha ferida
obrigado por nada,
esta vida

ipomeias brancas
abraçando
a roda d'água

sem roteiros
só retornos
sem fronteiras

manhã londrina
o fog penetra
a mata atlântica

um dia meus poemas
serão simples como
ipomeias

longe azul cobalto
no fundo do vale
velho trovão

caramujo recua
primeira gota
de chuva

de braços abertos
a araucária
recebe a manhã

outono agora
o que os olhos veem
já é memória

vai chover daqui a pouco
disse um pássaro
pro outro

uma colônia no meio do nada
um pesadelo na floresta
mas veja esta roça!

cidade seca
gota de chuva
quase saquê

primavera
no arvoredo
músicas novas

depois da tempestade
ainda mais violetas
as ipomeias

o jardim de kyoto
sonhou que era humano
numa manhã de domingo

passando a lanterna
de mão em mão
noite de verão

Ipomeias, ipoemas

朝顔

asagao ni
ware wa meshi kû u
otoko kana

(matsuo bashô)

eu sou o cara
que toma café
com as ipomeias

glória-da-manhã —
de boca aberta
bashô bebe café

casa vazia
invadida por
— ipomeias

cordas-de-viola —
o chá esfria
na xícara

incontáveis meio-dias
nada digo
rubras ipomeias

sem asas
faces-da-manhã
perfuram o espaço

a manhã foi breve
até para você
glória-da-manhã

as ondas reclamam
com a praia
ah ipomeias

noite clara
a ipomeia branca
dá as caras

ipomeia azul-celeste
se equilibra
na linha de pesca

uma visita hesita
em cima do muro
lua de verão

no caminho eu explico
o vento sussurra
ao passarinho

rancho em ruínas
decorado por
salsas-da-praia

minha primavera —
poucos poemas
muitas ipomeias

linha do horizonte
lua uma semente
germinando do mar

foi mal —
disse o vento sul
pro chapéu

estrondo de ondas
nas pedras
um gato dormindo

virou o vento —
as proas apontam
para o sul

galho sem folha
a gralha azul
grita e nos olha

caravana de nuvens
indo para o sul
dedos não alcançam

folha de relva
que voa quando cai —
uma libélula

na varanda ela
se espreguiça toda
luz de outono

volto logo
na areia escreveu
o siri

3. *Diálogos*

Trilha sonora

A cada palmo de espaço
a alma ganha amplidão
E como num lento passo
aparente rumo ao nada
Apanha no ar uma canção
na música das palavras
Em cada naco de nuvem,
cada ritmo de frase ou rio,
Pausa, mistério, passagem,
toada, à toa, estrondo de onda,
Em cada grilo, grito de pássaro,
a paisagem se faz som.

Zugzwang

Logo a rima se colocou como um problema:
Sinapses, música da mente, acasos controlados.
Já sua solução ganhou um poema
Que espalhou prosa para todos os lados.

Os sons também são outro mistério:
Só um remate é necessário para o fim?
Ou melhor não se levar tão a sério?
Perguntas grassam feito capim.

Certas palavras são espertas, à espreita, ariscas
Ou como certas feras em combate.
Outras nos distraem com falsas pistas
Enquanto levamos: o xeque-mate.

O vento que o sul traz

Vento sul, velho marujo:
Nada é mais forte ou presente
em dias assim. Não é só a luz.
Surge
De repente, como se diz,
Depois de uma calada estranha.
Abril é o mês das melhores manhãs.
A Terra gira em torno de seu eixo
(acelerando o tempo)
E continuamos aqui.
O outono na ilha em seu apogeu.
Peixes são limpos
Perto das canoas.
O horizonte foge, leva as montanhas,
Deixa só o mar.
A vida prossegue.

As ondas,
Os siris,
Os pescadores,
Carregam este filme nas costas.

Poetílica eliterária

depois de Drummond

O poeta do momento
cutuca com vara curta
o poeta em tempo integral.

Enquanto isso o poeta fofo
assassina mais um poema.

Homo literatus

depois de Oswald

No mundo literário
A prova dos nove
Não é nenhuma alegria
E vem com receituário:
Não fala que promove.

Delfos

Pelas colunas do templo
o vulto dos versos futuros.
Vivem em camadas de tempos,
O transe zerando seus números.

O olho, quando pousa na coisa, vira
outra, miragem, imagem perplexa de si
e comigo se confunde, e a si o mundo
e a toda a gente. Como aqui:

O olho era o espelho partido
caindo, neste instante, naquela rua
distante como um pensamento
que por pouco quase não dura.

Après le Déluge

Assim que a imagem da tela se dissipou, o peregrino foi sacado pelas aves da vizinhança e pelos cães da redondeza, e sequestrou o arco-íris noturno, calmo, rumo às praias sem nome. Feitiços aqui. Cabana ocupada por bichos brancos e outras fantasmagorias. Nada funciona, a ilha não vê dia há uma década. Mágicos invadem as florestas e as dunas iluminadas com miniaturas, e as praias palestram numa língua de acasos, ela caminha e acompanha uma onda. Um toque: por que um vulto no escuro pareceria uma mancha cinza no canto da foto?

Périplo

Perdemos o rumo
Mas não perdemos o riso.

Rimos como se rir
Fosse achar um prumo.

Pedimos o fundo.
Nos deram o raso.

Ganhamos Roma.
Perdemos Troia.

Perdemos um tempo
Mas valeu o périplo:

Inédita retina
se adelgaça:

Ramos como remos
Curvos pela chuva.

Rimamos perda e espera
Como se fosse delícia.

Admiramos a ilha, ali,
na extremidade da linha.

Remamos à toa
Mas chegamos em Ítaca.

Et in Arcadia ego era seu lema

Viveu anos isolado no mato
Acreditando ser seu próprio mito.
Gordas gaivotas eram suas pastoras, Egito,
sua sala de estar. Amigos,
quase não tinha. Sua amante,
a escrita.
Termópilas, a caminhada pela trilha
até a praia do dia.
Por um tempo praticou a arte
da invisibilidade.
Levitação.
Hipnose de ondas.
Bibliomancia.
Com a natureza aprendeu a ficar mudo.
Fazia poesia sem medo, de tudo.
Da natureza aprendeu a ter apenas medo
Ou um imenso respeito.
Et in Arcadia ego era seu lema.

Do que escreveu, ninguém se lembra,
Queimaram tudo.
Mas sua vida virou objeto de estudo.

Crápula, o poeta

Preso no apartamento
de suas ideias fixas,
Conspira sozinho.
A inveja é seu vício.

Assassino do poente
E líricas reputações
Obsessivo demente
Sem crepúsculo nem escrúpulo.

Da janela, com desprezo,
Como uma tela de tevê,
Vira merda e ressentimento
As coisas que ele vê.

Bicho feito de ódio,
Psicopata do verso,
chafurda, poeta surdo,
sua pastoral no lixo.

Vidas Secas

O mundo é grande
nenhuma palavra é minha

dor é um vocábulo vazio
urubus em círculos
sonho cortado a facão
ossadas nas veredas
nelas uma baleia
o inferno existe sim
é um cárcere uma caatinga
está dentro e fora de mim
o dia uma emboscada
mais nada a perder
ninguém carece de confiança
habitando terra alheia
decifrando garranchos pegadas
sempre de passagem
nesse seco de linguagem
que antes foi meu coração
um dia aprendo a falar

Marcial, I, 70

Vai, livrinho, dizer bom dia em meu lugar,
Vai sem demora ao lindo lar de Próculo.
Qual o caminho? Fácil: passe pelo templo de Cástor,
Cruze a antiga casa das Virgens Vestais,
Depois suba o sagrado monte Palatino,
onde brilham as estátuas do sumo imperador.
Não perca tempo admirando o Colosso,
que deixa no chinelo a obra em Rodes.
Vire quando avistar o telhado do bêbado Baco,
siga até a cúpula de Cibele decorada de Coribantes.
Bem à sua esquerda fica a fachada esplêndida
e o majestoso pórtico da casa que o espera.

É só chegar, não tenha medo de esnobarem de você.
Ali as portas estão sempre abertas,
Nunca houve um lar tão caro a Apolo e suas irmãs.
Se Próculo disser: "Por que ele não veio em pessoa?",
Saia com essa: "Porque se ele viesse
Não poderia ter escrito este poema".

Bizâncio

Fúria nas trevas o vento
Fernando Pessoa

Êxtase na luz a chuva
Num acorde infinito.
O som cai como uma luva
Neste incessante sítio.

Quem sabe a chuva sente
Que a luz pode acabar
Qual lucidez que se perde
Ao procurar entender?

Sossego na luz a chuva
Livre de qualquer pesar.
Lá onde o vento fez a curva
E a pedra acaba de pensar.

O poeta fantasma

O maior poeta brasileiro vivo foi assassinado
E dizem que por um crítico, ou outro,

Já que no cadáver um bilhete foi achado
Que dizia: poeta bom é poeta morto.

A tese de suicídio fora aventada
Mas o bilhete não deixava dúvida:
A vida de Leonardo Lyra fora abreviada.
Assim indicava o rigor, a pele lívida.

Debora Lyra, jornalista policial,
Mais um detetive particular, Victor Coyote,
Vão atrás dos mistérios do estranho irmão
E acabam desafiando a própria sorte.

Editores, ex-amantes, desafetos, a seu tempo
também engrossam a lista de suspeitos.
Já seu publisher americano, por exemplo,
foi encontrado no Rio, um tiro no peito.

Outros crimes abalaram o meio literário,
Todos ligados à Lyra, o que importa.
Todos com um bilhete extraordinário:
Testemunha boa é testemunha morta.

Não havia nenhum elo com o tráfico de armas
Nem com uma seita brasileira de direita
Só a revelação de que ele fora escritor fantasma
De alguém que, no fundo, se suspeita.

Spoiler

O vilão havia matado o poeta e ghost writer
Para que ele não revelasse nunca a trama,
Que Leonardo Lyra era o verdadeiro autor
Dos dois livros de poemas que lhe deram fama.

4. *Experiências Extraordinárias*

A História da Lua

Ela, velha
lanterna chinesa
translúcida
(Cor de crânio
quase a explodir)
flutua — Lua:
Escudo de batalha,
hóspede do céu,
cesta de damas-da-noite:
Quantas marcas de passado
em suas feridas, fissuras,
cicatrizes?
1969, Amstrong te largou aí,
depois de pisar e pular
em suas crateras.

Até hoje dizem
que tudo não passou
de pura encenação.
Cientistas se debatem
sobre o mistério
de sua composição
E ainda assim, com essa cara
de máscara Nô,
você nos olha.
Li Po te esperou aquela noite
no Rio Amarelo.
Ele só queria abraçá-la.

Méliès (1902) abusou
de sua inocência
em *Le voyage de la lune*

Enquanto egípcios
a tiveram, Chonsu,
em altíssima conta.
Artemis, Chandra, Jaci.
Deusa Branca,
Senhora do Oriente,
A memória colhe
outros nomes
em seu passeio noturno:

Bombardeada pelo sol,
o que fascina
é sua face oculta:
Capuz de velha bruxa,
perita no disfarce
de suas fases.
Este o nascer da Terra
visto de sua praia cinza e sem mar,
onde som nenhum se propaga.
Estéril concubina, espelho solar,
satélite inútil
suspenso no enigma.

Certa noite de verão
Sokan lhe pôs um cabo
e tornou-a um esplêndido abano.
Lua que desce à Terra
e se mistura
com o sonho dos homens.

Espelhismos

a praia
palavra

brava
cambraia

de ondas
e quandos

concretismos
istmos de som

as almas as
lâmpadas

luz varrendo
o vento sul

as pegadas
apagadas

a vila
ali, vazia

alguma duna
alga espuma

o lago
gelado

sílabas dos
abismos

e a leste
sente este

estuário:
santuário.

Quase soneto

Precisa claridade ali pressente
nos cômodos da casa que levita.
Um mormaço acalenta as ilhas
de sombra a cobrir sua geografia.

Hibiscos nessa boca de papiros,
Tai chi de toalhas ao vento:
Fulgores da realidade apenas vivida,
Peras na penumbra, sexo, um sol no céu.

A casa entardeceu e tudo mais
ficou mudo: mar de origamis.
Nada ficou por isso mesmo.
Agora, desmesurado crepúsculo,

Redemoinhos de arrepios, a lua
mergulha no espelho da noite:
Passado presente engolindo a sua
boca e a minha, e naufragamos.

Paragrama Park

Chuva oblíqua,
Praia úbiqua, aqui,
Hotéis imaginários em ruínas.
O nome era Eutro.
O detetive desaparecido.
Tudo chega perto,
ao porto
do ouvido.
Mundo, mudo,
persigo
a palavra
persigno †
negro peregrino signo
(ou ela me persegue?)
e quase perece
à luz de um significado antigo.

De viés, ilegíveis seivas
espelham-se, espalham-se,
parecem preces apressadas,
anagramas mágicos:
Pérsia, premissa, pista, perigo.

Sonhou com uma árvore de fruta-pão
Pensamento orvalhado de alamandas
A catarata em miniatura desmaiando sobre a mesa
E gaivotas magras fazendo mesuras
À moda japonesa.

Presságio. Vestígio.
Um eco no quintal
seco
por um sentido. Como o poente
lembra de acender estrelas.
Soletre-as, *salitre*, alitere-me
até sempre:

Mar — que mão
tece suas tendas?

Céu, suas linhas
dispersas como ilhas?

Noite passada a limpo,
a lápis. Simples
sílabas a lapidam,
são luzes
seus deuses
fugazes
fazem da falha, fala,
e da fala, ilhas. Olhos.
Ilusionismo.

Tyro no escuro. Em istmos e sítios
ritmos esquecidos
ondas narrativas
estendem suas esteiras, tensas
rendas sibilantes.

Nume o nome
dessa senda secreta.
Rimas se retraem, admiradas,

em suas armadilhas.
Ontem
um motor no mar rompia
a calmaria da madrugada.
Foi quando veio a fala rápida
desse cintilante aguaceiro
que eu, silêncio, não detive.
Detetives cegos nos seguem
e fogem no fog
entre enigmagens.

O quarto trancado

O mistério desta página,
experiência extraordinária
de simplesmente estar aqui,
uma cifra, neste quarto vazio.

Ninguém sentado à mesa
Ninguém atrás da cortina
Apenas o rumor da caneta
Que a invisível mão anima.

Verso a escrever por si mesmo,
sem corpo, fantasma a esmo,
sem que ninguém o impulsione.
Movimento sem início nem nome.

Poema sem autor, imerso
nesse silêncio cúmplice,
sem voz humana que o municie,
dando vida a mim e a você.

Mar dos Sargaços

Nas praias sonolentas de seu dorso
Dedos ávidos criam dunas de carícia,
Setembro, sereia de lúdicas delícias,
Exploro seu litoral sem carta de corso.

Entro na angra gentil da sua mente
sem vestígio de pegada humana.
Lanço a âncora sutil que me prende
à realidade que de tudo emana.

Pirata de um sonâmbulo Caribe
Rapto a praia em forma de mulher
que tudo oculta, trama, mais que exibe

Minha ilha do tesouro onde sinos de vento
Despertam de seus mais íntimos degredos,
Tomam de assalto meu pensamento.

Penélope

Bebendo o vinho dos seus olhos
De alguém que ainda não sei e só pressinto,
Espelho contra espelho, rindo
Como loucos, chorando abraçados
Flutuando sobre as pedras da cidade velha
Numa estação fora do tempo, conchas, refolhos
de peles e experiências e relatos.

Musa, a decifrei:
você é a música,
pura duração.

Essa coisa chamada afeto, feito raio, essa
roleta-russa chamada amor,
essa doença momentânea chamada paixão
Entreolhada por gatos imóveis,
Fazendo feitiço a toda tarde, lições
de Geografia
Enquanto lá fora o mundo
arde e se expande.

Solilóquio

Querido pensamento,
nunca fomos tão nós
quando estivemos a sós
no instante de seu advento.

Foi pouco, me lembro,
sua face, de relance:
mas como estar, inteiro,
em dois lugares
ao mesmo tempo?

Simples.
Sempre estivemos a sós.
Pensar é o nome desse osso.
Corpo a seu lado, quente a nuca,
mas a mente, aqui quase nunca,
sempre em algum lugar do passado,
em Hokkaido, Almeria, Terra do Fogo.

Viajo a seu lado, parado.
Todos os sítios são este.
Mesmo olhos nos olhos
sou cego aos seus pensamentos
e você aos meus.
Mútuo degredo.
Tateio o mundo em transe
sem poder sair da cabeça.
Nutro um segredo.
Estou no topo de mim,
no exílio, quem sabe.

Então, de novo, sozinhos,
quando menos se espera,
aliviados, percebemos:
outros nos habitam.

Solidão, sólida e real,
e a consciência
o nome dessa experiência, dessa demência,
o nome dessa conversa que levamos conosco
o tempo todo

O cerco

Os canhões da rebentação diante da vigia,
o transe do dia repondo o transe da noite,
rápidos olhos veem, ávidos ouvidos ouvem
calcanhares esmagando odisseias,
ondas endossando um sentido,
folha de alumínio enrugada do mar

riscada por maçaricos e fragatas.
Breves mistérios nos búzios,
folhagens selvagens de espumas
que três céleres canoas cortam.
Memórias náufragas, segredos
degredados, uma
duna de ipomeias,
esteiras sibilantes na pele da praia,
Instantes fundados
entre gritos de gaivotas e pescadores.
Suas proas apontadas para o sul, luz
furiosa nas vagas lavando as pedras
e esta aurora nublada:
manta tremulante de peixes.

Outro outono

Uma nuvem fina fia o horizonte,
paira no rosa de seus últimos
instantes, praia de pensamento.

A fragata flutua no crepúsculo
sem motivo, sem canto nem sentido.
Afirma apenas: seguimos vivos.

As ilhas também não nos perguntam
nada. Nem nos acusam. O vento sul
há três dias está se consumindo, sendo
Só o que é, e não o que será.

Incline a cabeça em direção ao céu.
Confira este espaço, a nuvem fina

que já se foi, e a ideia da noite
ganhando volume e expectativa.

O enigma das ondas

(2016-2020)

lingua

Aéreo reverso

A palavra surfista desce a onda verso,
ganha velocidade na linha
então
retorna e a

Rasga, num cutback,
e num S perfeito escala
até a espuma:
seus pés pressionam
a prancha

na batida a quilha desliza pelos metros de cristas

Outra cavada forte em sua base
e parte para cima, faz um leque e gira
sobre si, desenha na parede
outra curva rápida-elegante

Agora
um mundo branco se desmorona lentamente
às suas costas

(as sílabas ficam invisíveis enquanto atravessam o tubo)

Só mais alguns segundos
para o fim da bateria

A palavra surfista ressurge do spray da casa de vidro
rasga a muralha esmeralda
em uma manobra clássica
corta pra dentro

Uma vez mais

atinge o lábio da onda

e voa

Pós-verdade

Manhã de chuva, carrancuda
como um general russo.

Do nada, desanda a pensar:
a metalinguagem repôs (perigosa-

mente) o solipsismo do eu-lírico romântico.
Por que não o som do caminhão de lixo

ou a pitanga no bico do pássaro
contra um céu ardente ardósia?

A mancha de mostarda em sua blusa?
A menor distância entre dois pontos

não é você, Ego, seu tonto.
Céus, que luta mais inútil

se pode travar num papel?
Pra que se encalacrar com este encavalar

de palavras parvas que não levam a nada,
nenhum Valhala, Alamut, nenhuma Atlândida?

E o pior cego, insisto, é o que disse
que a vida não vale um alpiste

e que o dia é fake news e não existe.
Faça o seguinte, ou não faça:

Substitua a arrogante arte da recusa
pela simples e grata aceitação das coisas.

Janelas para o mundo

The word is a window onto reality.
Zbigniew Herbert

O mundo passa
pela janela da palavra
para tocar a realidade

mas a realidade
de repente se fecha
na imagem de uma concha:

uma concha
é um mundo onde
coube uma palavra.

Isto nos basta:
fechamos as palavras das janelas
e abrimos as janelas das palavras.

Breve história da solidão

No escuro de uma caverna,
nas paredes de Pompeia,

na superfície de um papiro,
na solidão de uma tela,

num grafite imprevisto
ou na imensidão sidérea,

esses escritos, frágeis rabiscos,
querem dizer apenas isto:

existo.

Soneto ao Sol

Como saber o que há de novo
Se desprezo o que há de velho?
Se olho para a onda e não a vejo?
A ideia de eterno é eterno engodo:

Seu beijo dura um só segundo,
A tempestade, só um minuto,
Mas meu amor é tão antigo
quanto as pirâmides do Egito,

Essas ilíadas, palavras lindas,
o testemunho das montanhas.
O mar é só o mar, oh, sol

que rebrilha em ondas limpas
por quanto tempo durem essas linhas:
ouça este soneto com seus olhos.

Tritina: Alba

Acordei cedo, ouvindo um canto
que ainda não conhecia. Depois da pausa
pro café continuei ouvindo os pássaros

que no fim eram só isso: pássaros
espalhados no céu, por todo canto,
sobre o mar explodindo sem pausa.

Se depois de todo pouso há uma pausa
deve haver (e imagino que eram pássaros)
um silêncio esquecido num canto.

Eu canto na pausa dos pássaros.

Haute cuisine

A linguagem nebulosa dos trapaceiros serve apenas a objetivos temporários.
Ezra Pound

Vende-se

Poema limpinho, recatado, do lar,
gestos medidos, voz doce,
Inspirado em __________ ou ____________
(preencha você),

Fácil de escrever,
"conceitual à beça"
prosaico até dizer chega

Não fede nem cheira
Sem susto nem substância
Recheado de clichês

Vende-se
Vendo-me
Foda-se

Inocência morreu de velhice e álcool
Quero aproveitar minha evidência
Os 15 minutos de Andy Warhol

Em lugar de poesia eu trago a pose
(o que você achou que fosse?)
Não importa ter algo a dizer

Eu quero a poesia gourmet

Paradoxo de Maximus

Quando imitava os grandes mestres
era quando ele

era mais
ele.

Agora que diz
ter encontrado sua voz

virou uma péssima
imitação de si mesmo.

Tritina: writer´s block

Não é preciso mais ir em busca do poema.
Como se diz, o mato depressa nasce
e tarde envelhece. Procuramos

pelas servidões do Pântano, na praia, procuramos
até nas páginas do livro onde aquele poema
deveria estar. Mas não está. A lua nasce

atrás da linha de arrebentação, nasce
no instante em que esquecemos que procuramos
as palavras exatas para um poema:

O poema nasce enquanto o procuramos.

Short Cuts: epigramas

I

"Descreve, Cassius, meu novo livro,
mas em palavras breves".
"Diz que escreve".

II

Isso é namorar uma reaça:
Quando Léia me beija nunca sei
se é carinho ou ameaça.

III

O Brasil pegando fogo
o povo tomando no cu
e você no seu cantinho
só querendo saber
se Capitu traiu Bentinho.

IV

— Intimei aquele poeta anão
sobre o epigrama que ele me roubou.
— E o que ele te falou?
— "Mundo pequeno, não?"

V

Agora sei porque de Brutus ninguém gosta:
Ele só fala bem dos outros pelas costas.

VI

É tão porco à mesa, esse chanceler,
que ele só lava as mãos depois de comer.

VII

— E aí, o que achou do meu livro?
— É de papel, para em pé. Todavia
sobra pose, mas falta poesia.

VIII

Marcial, como é que é?
Onde seu amigo caminhou sobre as águas
dava pé?

XIX

— Vai resumir, numas palavrinhas,
minha poesia? Excelente!

— Prosa empilhada em linhas
Cortadas aleatoriamente.

X

O sujeito te estende a mão numa balada.
"Meu nome é Sergius", diz, e olhando a própria mão:
"E esta é minha namorada".

XI

"A poesia está morta", ela cravou,
no fim da palestra,
com sua voz doce e blasé.
Da plateia, alguém gritou:
"Graças a poetas como você".

XII

Aquele escritor fala mais que o homem da cobra.
"O que falta pra ele ser um poeta?" Obra.

XIII

Reunião ministerial:
uma mesa-
redonda
só com bestas-
quadradas.

XIV

"Você é O cara". "Não tem pra ninguém". "Deus!"
"Continue assim", diziam os Telegrams
que eu mandei pra mim.

XV

Quando vejo um poeta
usar a palavra *enleio*
no ato já sei o que fazer:
nem leio.

XVI

Uma frase pro seu livro, querido, vê se gosta:
"Tem que melhorar muito pra ficar uma bosta".

XVII

"Ah, mas qualquer um podia ter escrito
este epigrama", você reclama.
Mas não escreveu. Fui eu.

XVIII

EPITÁFIO

A morte traz coisas incríveis,
enfim
a poesia está livre
de mim.

Autópsia

Já fui um Autor, um dia.
Agora sou apenas um texto,
um fragmento anônimo, palimpsesto,
cadáver esquisito e indigesto.

Tive que matar quem me pariu
pra que você, Leitor, nascesse,
no meio desse diário massacre,
em pleno abril, e no Brasil.

Não existe mais eu, nem outro.
No lugar onde estava o Autor
um discurso sem vida, neutro,
uma ausência singular, meu amor,
este zumbi chamado Eutro.

Tive que matar minha mãe, meu pai,
depois tive que me matar.
Não adianta ocultar nosso ardil:
eu sou uma cena de crime.

Assassinar o Autor até foi fácil:
na calada da noite, uma cilada.
Agora temos um problema:
quem vai assinar este poema?

Não há como você se deslocar
sem deixar sinais de sua presença.
Todo contato deixa um vestígio
segundo o princípio de Locard.

Não me subestime.
Você conhece meu prestígio.
Tenho em mim seus fios
de cabelo,
sua saliva, as pegadas
do seu tênis, suas impressões
digitais, seu sêmen.

Você levou ou trouxe,
durante o crime,
alguma coisa de mim.

Se foi fácil matar aquele gênio?
Se foi simples montar aquela farsa?
Não seja ingênuo, comparsa.

Essas letras espalhadas,
espirradas pelas paredes,
o sangue negro viscoso e essas manchas
no chão desta sala terrivelmente branca,
provam que a coisa foi feia e bruta.
E houve luta.

O que faz de você (e é tão simples
o que estou tentando te dizer)
no mínimo meu cúmplice.

Nem venha com mumunhas,
armações, venenos, mutretas.
Você foi coautor, no mínimo testemunha.
Isto está escrito com todas as letras.

Agora só espero, em silêncio,
que a polícia nos intime.

A morte do Autor, ainda vivo,
é a forma mais eficaz e moderna
de queima de arquivo.

Rimas pobres

Dar

o que ninguém quer

Querer

o que não se pode dar

Amar

doa a quem doer

Manhã em Olímpia

Numa disputa
pelo pódio da Musa
nem todos os poetas
são iguais. Alguns abusam.

Que todos trotam e suam
não há dúvida.
Nos pés de uns, música.
Nos de outros, ódio.

Uns treinam mais,
outros nem treinam:
só tramam.

Uns preferem a esteira,
outros, a estrada.
Tantos a fama.

Do sprinter, a pressa:
do nada, explosão.
O sucesso depende
da largada.

Surpreende
os 100 metros
em menos de 10
segundos
(um haiku, um epigrama)

Já o fundista emociona
pela resistência.

Os 42 volumes
de uma maratona.

Sim,
há casos
de doping.

Não presumem
que a vida
não se resume
a uma corrida,

Os pés acolchoados
patrocinados pelas deusas Nike,
Olympikus, Adidas.

Devagar, às vezes,
se vai bem longe.

Já a pressa, se vacilar,
Tropeça
em sua própria
ambição.

O que, no fim,
se amealha:
a ilusão, enfim,
o sol de uma medalha.

O olhar do sprinter
cruza por um instante o do fundista
antes da prova:
é uma pista.

Uma flecha com fogo
acerta a pira olímpica.
Há muito em jogo.
É tudo ou nada.

Sprinter ou fundista,
é preciso foco,
a mente plugada
(lembrem-se da fábula).

Em ambos, o fôlego
como medida do tempo

e, a duras penas aprendida,
a calma dos leões,
a sabedoria dos campeões:

nunca comemorar
antes de romper
a linha de chegada.

La maison de mère Jeanne

Ave maneira que voa de ponta-cabeça
vaja sa a manha paasaa
agara faca maas antarassanta.™
Somos dois minions se beijando, explosões,
Piriri-
pororó.
Falo de um lugar
(mas não saio desta bolha).
Eu gosto de tomato juice,

Eu sempre bebo tomato juice,
Eu sempre bebo tomato juice com meus amigos de São Paulo.
Em Amsterdam San Francisco Brooklyn Leblon viciadx em tomato juice
Com você,
daqui pra frente,
deixa comigo, Ana C.
Ave tranquila em voo inverso ave
Você também curtia Mio e Mao na TV?
Amei aquele poema que você postou no face ontem:
Estoy de acuerdo: temos que combater o queridismo da poesia brasileira.
O mundo contemporâneo é mesmo glosado.
"Quem é você na fila do pão?"
Sou uma encruzilhada de vozes, baby.
Hoje
Hoje cedo
Hoje cedo quando fazia meu chá Namastê
lembrei daqueles versos de Carlouche:
Quand les rats fleuridément morbides
font semblant de camoufler
la bonté
pour me servir de marmite...
Ou daquele inesquecível dístico:
Le théâtre des ciseaux,
avec plus d'audace, il agira à nouveau.
Ulalá!
Poesia é que nem Lego, fio, meus discos
do Kraftwerk.
Acolhimento.
Encantamento.
Gratidão.
E vai salvar o mundo.
Agora 13:31 outono esquina da Augusta tipo aqueles poemas do Ohara,
que por sua vez tungava o Apollinaire.
Eu leio Apollinaire desde criancinha.

Eu já dormi uma noite no Hotel Apollinaire,
que fica na Rue Delambre 39 Paris 14º arrondissement.
Eu gosto tanto da palavra arrondissement,
não me furto a enfiá-la aqui nem quem que seja
pela goela.
Verdes ideias incolores dormem furiosamente.
Eu faço bullying with meu hypocrite leitor.
Quem sabe eu seja simply boring.
Não me apetecem rebuçados.
Você a Babi a Nicole e o Serginho que não largava o Ipad me convidaram
pra conhecer o Bateau Lavoir mas preferi
ficar aqui, neste hotel,
arrancando casquinha da canela.
Como diz meu amigo Paulo Valério
o mais profundo
é a pele,
tá ligado?

Saiam da frente, palavras

Saiam da frente, palavras:
não preciso mais ver, através de vocês,
o que se passa em minha mente.

A fila anda, queridas, vamos
que atrás tem gente.
"Janelas para o mundo", vazem,
desembacem: a porta da rua
é serventia da casa.

Vocês eram tão gatas,
Mas agora estão gastas.

Eram tão rosas,
Agora rancorosas.
Vocês eram pedra.
Pois agora são vidraça.

Vocês não me dizem mais nada,
só falam bem pelas costas,
estão sujas de história
e ainda bloqueiam minha visão!

Vão ver se estou na esquina,
limpem a área e parem
de fazer cara de paisagem.

Entenderam? Ou
querem que eu desenhe?
Desapareçam, palavras,
(putas transparentes!)

Caiam fora, para que os sentidos
caiam dentro.

Deixem-me só com essa parede branca,
limpa, linda,
chamada silêncio.

Spa

Se o dia gris transforma
a magia do cotidiano
em prosa
E se a musa antiga anda

esquiva e depressiva
E se aquele poema
que era pra ser um primor
com sua verdade vaporosa
sua pose de paxá
não vale mais a pena
não tem razão de ser
não acha mais leitor
nem causa mais surpresa
só fala de si mesmo
coisas como uma rosa
é uma rosa, e olhe lá,
não tem problema:
despacha a prosa
deixa a pose rancorosa
agarra a vida à sua espera
dê um tapa na pantera
relaxa e goza.

Revelação permanente

O poema é sempre
de esquerda.

Puxem pela memória.

Não só nasce como sempre
retorna

à margem esquerda da história.

Le son et le sens

Nada foi perdido
nada jamais tido
entre a pedra e a perda
entre o vidro e o vivido
entre a onda e a sombra
entre o ritmo e o rito
entre o sonho e o sol
não ficou vestígio.

Só o som ficou
entre a letra e o espírito
no instante dito
no ar sumido
e este estar estrito
e este silêncio escrito —

tudo foi sentido

Canto único

No alto e à esquerda da página oceânica
do fundo de onde se escondem e se
fundem, ombros de espumas, versus

empurrados pelo vento sul da voz —
linhas paralelas recorrendo sobre si —
                    pérolas que no mar Netuno engasta
Odisseu com olhos de ressaca

Vocábulos sentidos armando espantos se encrespando até espalhar seu
spray de diamantes . . .

impulsionando impérios:

Frases de água e vento que se separam,

se entrecortam, se reatam,

heroicas, noutra partitura,

spray de diamantes que não duram.

Um dia

Nós também seremos esta
linha de detritos que o mar abandona

numa praia deserta.

Mapas de estranhos países

no pergaminho das areias:

Nem todo sopro em superfície é pura pele ou signo
nem um só instante sem uma linha que não seja
incessante aceso acaso que a surpresa não despreza.

E o que é vida senão essa sequência,
repetição e diferença,

suel iridescente, nadador anônimo que alcança
o espaço que o separa de uma linha que já retorna,
imprevisível cesura:

"Deixe disse Pound, dissipando-se,
o início de cada verso captar o alçar da onda rítmica",
suprema metáfora,

quando escande suas sílabas de som e espuma

na linha dos olhos

Grandiloquente Oceano,
nessa tessitura sonora 24 horas,
mimese da natura e nenhuma

se rompe e explode na mesma versura
Giro de arado de espumas-
Corcéis-ideias cavalgando
as linhas paralelas de dizeres que recorrem e recuam sobre si
ou contra si, misturam-se
como nunca numa
corrente de retorno,
(nade para os lados,
nunca contra mim)
unidades de sons e sentidos
o poema como o sonho de Jakobson:

"encontrar e estabelecer uma linguagem comum
'através das ondas'"

Só peço que olhem para nós alguns segundos
escombros sobras assombros sombras restolhos
ouçam e escutem sintam percebam respondam estes brancos
estrondos

o verde-água que veste e desveste esta muralha de afetos

O poema como uma zona de arrebentação

pandemonium

Tempus erat

Eram tempos de golpe, de vacas magras, de trevas,
tempo do onça, de amigos da onça
e nenhuma temperança.

Não eram tempos homéricos,
quando o tempo ainda era senhor da verdade.

Nosso amor já estava
na segunda temporada
quando você pediu um tempo.

E esquentou o tempo.

Você, intempestiva, destemperada...
Eu temporário, temperamental,
e nossa relação, claro, tempestuosa.

Ganhei um bom tempo nesse meio-tempo.
Entre um contratempo e um passatempo
deixei nosso amor no tempo.

Lembra do tempo em que não tinha tempo ruim,
quando o tempo era conjugado no presente,
quando tínhamos tempo de sobra
(mesmo que ainda sem obra)
para gastar o tempo?

Aquilo sim é que eram tempos!
Mesmo com algum tempo de casa
de tempos em tempos a gente perdia
um tempão tentando achar
Em Busca do Tempo Perdido.

Sente minha temperatura.
Já estou assim há algum tempinho.

Agora não dá mais tempo:
a previsão do tempo indica
uma temporada de intempéries,
tempestades e temporais
na maior parte do tempo.
O tempo bom até que durou um tempo.
Nos últimos tempos
o tempo só me dá menos tempo e
nenhum trampo.

E agora, que dei um tempo ao tempo,
o que farei com meu tempo livre?

Bem a tempo, chegou o tempo,
aos 45 do segundo tempo,
e não perdi mais tempo.

Fechei o tempo.
Pisei no tempo.
Matei o tempo.

Janela indiscreta

Em algum lugar perto deste hotel
alguém desafina uma Aquarela Brasileira no saxofone.
Longe, a espinha das serras azuis.
Um avião decola de São José dos Pinhais
rumo a Londres ou Londrina,

cruza o céu cinza da cidade grande.
Velha araucária espremida
entre prédios espelhados.
Na TV, mais uma delação premiada.
Pessoas trabalhando ou nos celulares
em cada uma dessas janelas, abelhas.
Luzes se acendem, luzes se apagam.
A tarde cai fria e depressa.
Triste carne, triste Curitiba.

O futuro mandou lembranças

O dia, velho cigano, se encerra,
levando seu ouro para a China.
A noite está fresca na retina.
Quem vai herdar nossa miséria?

A vida uma comédia, só que séria:
Praias tão vazias, páginas tão pálidas
de tanto mistério, de tanto serem lidas.
Quem vai herdar nossa miséria?

Amigos distantes, estas linhas aéreas,
Instantes que foram isso, nada, espuma,
vislumbres, madrugada, alguma lua.
Quem vai herdar nossa miséria?

Minha dor mora onde outros tiram férias.
O passado é um rio que não regressa
e o presente, essa falsa promessa:
Quem vai herdar nossa miséria?

Uma sílaba no ar ainda reverbera.
Dunas mudas, dorso negro de montanhas,
o céu, lápide ardósia nessa quase manhã.
Quem vai herdar nossa miséria?

Odisseia paulistana

Próxima estação
PARAÍSO
jornada fugaz
pessoas cabisbaixas, sugadas
pelos buracos negros dos
smartphones, selfies sem futuro,
tudo dominado
nenhuma pétala num ramo úmido e escuro
AFASIA FALÉSIA FALÊNCIA FALÁCIA
morte no metrô
cantam as Sirenas
piscam pistas falsas
grávidas de indiferença
anjos andrajos abstratos
tentando voltar para casa
monitorados por Cérberos de negro nas catracas
veem-se pelo vítreo reflexo
MUNDO
jovens encapuzados como monges,
desempregados, os pop-ups sinalizando:
É consumir ou sumir.
Tudo são superfícies?
Vejo suas faces apressadas, deprimidas, descendo ao Hades
pela suja escada rolante de Caronte
no teatro do absurdo deste instante

e de repente percebo: eu
também me torno invisível.
Lá em cima a cidade
é um estacionamento a céu aberto.
344 KM DE ENGARRAFAMENTOS
anuncia o vermelho deslizante
do letreiro digital.
Isso somos nós:
Cronófagos
ansiosos
por entrar e sair,
sair e entrar
neste comboio silencioso
rumo ao PARAÍSO
sem esperança, só temor,
vivendo à espera
da próxima estação.

Delação premiada

Aqueles que falam, não sabem.
Aqueles que sabem, não falam.
Mas aqueles que calam: não sabem?
E aqueles que falam, quem sabe?
— Ele sabia de tudo.
— E ficou mudo?
— Entregou todo mundo.
Aqueles que falam, falam por falar?
E se aqueles que se calam
falam menos do que deviam?
E se aqueles que julgam
mentem mais do que sabem?

Todos falam, eu sei, ninguém ouve,
você sabe, eles sabem
muito bem o que calam
ou não falam disso também.
Enfim, nunca se falou tanto.
Nunca se calou tanto, porém.
Para toda maioria silenciosa
há uma minoria tagarela.
Falar é poder. Mas, e calar?
Aqueles que falam
sabem muito bem
pois eles sempre calam alguém
enquanto falam.

Meteoro

Se acalme, musa, que o mundo
Não vai acabar neste minuto.
O fim do império romano
Não foi de um dia pro outro.

Não foi você quem disse que o destino
Importava menos que a viagem?
Sua bagagem extraviou (não há quem ache)
Numa dobra de galáxia. Agora relaxe.

Pandora

Pânico, pandemia, pandemônio:
é o inimigo invisível, é o novo demônio,

é a face coberta por um pedaço de pano,
é o humano reaprendendo a ser humano.
É uma carreata de caixões pelas ruas de Turim,
é o translúcido azul do céu de Pequim.
É o papa rezando na São Pedro deserta,
são as águas transparentes dos canais de Veneza.
Parece que faz tanto tempo que tudo aconteceu,
presos no labirinto com Minotauro e Teseu.
Legiões de desempregados em Teerã, São Paulo, Paris.
As calçadas de Guayaquil estão cheias de cadáveres.
Estão pregando tapumes nas fachadas.
Todas as fronteiras foram fechadas.
Os médicos e coveiros estão exaustos.
Os jornais nem noticiam mais o holocausto.
São pilhas de corpos-números cobertos por um véu,
São poemas que jamais sairão do papel.

Os confinados batem panelas, invocam os magos,
pumas invadem as avenidas de Santiago.
É uma vida pulsando entre a pedra e a espada,
é o prenúncio de uma economia global robotizada.
São velórios e shoppings vazios, praias desertas,
é o começo de um renascimento, é o fim de uma era.
É o silêncio ensurdecedor e o medo de morrer,
é o tempo pra ler toda a obra de Shakespeare,
é a chance de ser o maior experimento
de controle social de todos os tempos.
É um exército branco higienizando as cidades,
é um planeta em quarentena por toda a eternidade.

É um homem que saiu do isolamento e nunca mais foi visto,
são fanáticos gritando O Vírus é o Anticristo.
São anjos em polvorosa sobre os céus de Berlim,
são amantes aprendendo a amar enfim.

Já ninguém ouve o que os agonizantes urram,
os metrôs voltaram hoje a circular em Wuhan.
É solidão compulsória, é um estado de sítio,
são coiotes vagando livres por San Francisco,
É uma flor desabrochando durante a tempestade
(pois quando tudo acabar talvez seja tarde).
É a solidão futurista da Times Square,
é o suicida alcançando um revólver.
São navios de cruzeiro proibidos de atracar,
são hospitais abarrotados em Milão, Rio, Dakar.
Pássaros continuam voando, geleiras caindo,
há um pôr do sol distante, solitário e lindo.
É viver entre as paredes dos parênteses
em reticências que se alongam como meses.
É o mundo inteiro em stand-by,
é o corpo lutando por ar.

Vontade de crer

Preso no inferno da torre
ou sem boia, em mar aberto.
Impossível curar este porre.
Tudo vai dar certo.

Nada será como nunca.
O real abraço e nada aperto.
Cansaço desta espelunca.
Tudo vai dar certo.

Estamos à beira do abismo.
O amor naufragou aqui perto.
Tempos de barbárie e cinismo.
Tudo vai dar certo.

Do nada, pessoas somem.
Nosso plano foi descoberto.
Deletaram nossos nomes.
Tudo vai dar certo.

Pior do que está pode ficar.
Dias sombrios, céu encoberto.
Mentiras turvam o ar.
Tudo vai dar certo.

Sem grana, cama, namorada.
Da janela só este deserto.
A espera deu em nada.
Tudo vai dar certo.

Patifes e assassinos por toda parte,
Hipócritas ditam o que é correto.
Só nos resta o agora, esta arte.
Tudo vai dar certo.

Acabou a caneta, o vinho tinto.
O esplendor será secreto.
O espelho nunca esteve tão sozinho.
Mas tudo vai dar certo.

Mendigos

Tis News as null as nothing,
Emily Dickinson

Na aurora putrefata
mendigos pescam imagens,

imagens de mendigos,
clichês batidos
(disfarce: preconceito de classe)
nas caçambas e latas de lixo
vazias de signos.

Oh, masters of the universe,
o lindo petróleo que jorra
da flor indiferente e idiota.
Mendigos Nasdaq mastigam
mais cenas de mendigos, nas esquinas
do ciberespaço em busca de miragens
(sacos pretos, azuis, coloridos).
É um vírus perverso, delicada
chacina, é um falso Gauguin, o celular
de um Baudelaire apressado tocando
na lama, um vaso de glicínias e camélias
metralhadas, é o mendigo queimado vivo
numa queima de arquivo
no Vale do Silício.

É um broker na Deep Web explodindo
a própria cabeça, uma ex-top model
dormindo na porta de um banco
em Barcelona, injetando
valsas vienenses nas veias.
É um estio com estilo,
antimatéria do não-sentido,
é um after party fatal, muralha de imagens
com milhares de vídeos idênticos,
um pôr do sol exuberante
(cheirado, uma carreira brilhante)
atropelado por um Hyundai Veloster.

Numa poça de agora estagnado
a lua anula a luz do céu veloz.
A mendiga olha: um arco-íris se forma
na branca saliva de uma teia.
Praias patenteadas pela China, ar
a um real, rajada de hashtags na
noite, carvão do crepúsculo.
Hackers mendigos de terno preto Hugo
Boss puído, mijo, detritos, cratera,
a careca luzidia de Dr. Show,
traficante de maresia, cabeça pensa
num sofá de pedra, trincado
busto de manequim na sala VIP
do viaduto do verão
diante de um imenso grafitti
de "A Grande Onda", de Hokusai, projetado
no paliteiro da metrópole.

E ela cai, exangue, em câmera lenta, offshore.

Zap, zás, zoom, anti-Zeus, ratazanas Dior,
pipocos de AR-15, mendigos fogem
de uma freak wave
de paparazzis italianos. Tulipa
chapada de Propofol
lendo Caminho Suave pela Vereda Versace.
Usuários de crack com cachimbos privê,
biquinhos Gucci, os lábios leporinos
do Senhor Mercado, o matador de aluguel indiano
na boca de rango,
(o rosto limpo como uma enfermaria suíça).

Céu da cidade crua, fantasmas de milicianos,
brisa de commodities, rios cimentados

ou pior: céu fora do ar, noite
em pleno dia, em transe,
fumaça da Amazônia,
névoas de traças,
borboletas digitais de palavras
sem carne, sem viço, sem vida,
minuciosa e impiedosamente
estraçalhadas.

Cantiga de amiga

Quando chegamos, amiga,
a festa já havia terminado.

Todas as perguntas, feitas.
Todas as palavras, ditas.

A chuva caía como aplausos
no anfiteatro do mar.

Chegamos tarde para a morte
e muito cedo para a vida.

Mobydick

com Fernando Alexandre

Sonhei tanto um dia ser
um velho lobo do mar

Mas só consegui virar
o velho lobo do bar

Aberto para balanço

Você perdeu seu tempo, Tonto,
pensando no que estava acontecendo,
entrou no quarto errado de hotel,
passou vexames, sumiu do mapa,
desafinou na nota mais fácil,
apostou as fichas num cassino fraudado,
aprendeu tarde demais, talvez,
a história não corresponde
à peça encenada

Alguma coisa deu errada, kemosabe,
e você está sozinho, sem plano b,
afundando na areia movediça dos clichês,
a música já foi pra outra página
as águas do lago sagrado já foram manchadas,
você queimou seu filme mas não viu,
cavalo roubado à luz do dia,
ficou a pé, como todos,
à espera de um milagre, uma alegria,

você acreditou no logro do merecimento,
no presente mágico, na força das coisas
serem cinema,
fez de sua vida pública
uma piada privada,
esteve no lugar certo, dizendo a coisa certa
mas na hora mais equivocada

Acabaram-se as balas de prata,
você deu a mão
pra pessoa errada
(praga!)
Já estamos em agosto
não acontecerá mais nada
você não quis deitar na cama combinada
não quis saber de história
esqueceu-se de querer
não a fama
mas a Glória.

Trakl

Nas planícies da morte
Rolam florestas azuis
Vilarejos fantasmas
Nuvens de ópio abraçam
Caminhos ferozes
Pelo matagal de relâmpagos
E por toda parte bocas moribundas
Entardecem na podridão lunar
O espírito da estrela sombria
O deus de dedos débeis e indecisos
Neblina Scarlatti
Ressoa pelas arenas movediças
penetra o piano do pântano:
Drena a seiva de uma era,
Negra fronte cintila,
ferida pelo brancor:
Sol cambaio, entre deserto

e desterro, minutos
distraídos derrubam
o frasco onde está
o veneno do crepúsculo.

Canção de outono

Ninguém disse que seria fácil,
    que seria sopa, que seria sério,
que seria simples, que seria isto:
    O atentado durou um segundo,
Sete mil anos este império,
    este efêmero, atônito paraíso;
este filme mudo chamado
    O Enigma do Mundo.
O atacante estava impedido
    O atraso não estava previsto
A brisa estava me cegando
    E o sentido estava me seguindo.
O barco singrava sem destino.
    O que ninguém tinha tentado:
Chegar inteiro à linha de chegada
    Ver o sol nascer de madrugada
Ter o dia, este acaso, como amigo,
    Luz de outono como emblema do real.
Amar cada segundo ávido
    Sem nenhuma dúvida,
Só para dar um sentido
    à vida, este mal-entendido.

Tango

Já estou
com saudades do agora
nostalgia do futuro
que ficou de acontecer.

É claro
que é um conto de fadas
a realidade
que eu te prometi.

Mais vale
um tango, um romance,
outro bom motivo
pra gente existir.

Quem sabe
algum dia
você vá saber
o que viveu:

Sim
e nunca mais
vai se arrepender.

Chegamos
bem tarde na festa
a chuva uma história
que nem começou.

O vento nas folhas,
um vulto, uma voz,
a espuma dos dias
na aurora veloz.

Vai ver a paixão
seja algum lugar
que se perdeu:

Beleza
será verdade
apenas uma vez.

Estado de segredo

Um segredo-
serpente, fantasma
furtivo, sabido
por um só indivíduo,
ainda assim é um segredo?

Desconhecido, ignorado
pela própria pessoa?
E se o segredo não dura
um grito, um minuto,
ainda assim foi segredo?

Um segredo tão intenso,
infenso à luz do dia, emblema
de uma realidade maior,
mais complexa, não-humana,
ainda assim é segredo?

Um segredo
enceguecido, sido,
que não se pode traduzir,
que não se pode transportar,
se esvaziando enquanto o sussurramos,
ainda assim é segredo?

Um segredo que,
contado como piada, pista
em que ninguém acredita,
frase dita ao acaso
na avalanche diária de sílabas
ainda assim é segredo?

E um segredo que,
segregado, demente,
recusando a ser fácil,
revela ser apenas afasia,
fábula patética do self,
flor de solidão, imenso silêncio?

Quantas pessoas é preciso
para guardar um segredo?
Às vezes, duas.
Às vezes, apenas o medo.

Sextina: o Dia da Marmota

Vai estar frio, vai estar cinza, e vai durar para o resto da sua vida.
Phil Connors (Bill Murray), em *Feitiço do Tempo*

O rádio-relógio dispara exatamente às seis
ao som de "I got you babe". O DJ anuncia: "É hoje
o Dia da Marmota! Tá *muito* frio lá fora!"
Phil acorda e diz: "Mas isso não foi ontem?"
As saídas da cidade, bloqueadas. Voltou outra vez.
Na sexta, percebeu: era prisioneiro do presente.

Olhou-se no espelho; sim, estava ali, presente.
Ligou pros seus irmãos (eram em seis):
"Ninguém atende! É isso, acontece toda vez,
como previ!" Amanhã não estaria mais frio que hoje
e Rita não menos ou mais bela do que ontem.
Começou uma sextina para ela. Neve caía lá fora.

Às seis tocou o rádio-relógio que ele jogara fora:
"Mas que inferno este eterno presente!"
No quarto, tudo no mesmo lugar de ontem,
quando ao som de Sonny & Cher se levantou às seis
e diante do espelho perguntou: "Será diferente hoje?"
"Nasci de mim quando acordei. Tento outra vez?"

A previsão do tempo, como Phil, pirara de vez
e os festejos haviam atraído a multidão. Fora
do hotel, Rita disse a Phil que apenas hoje
era o Dia da Marmota e que um belo presente
seria fugir de Punxsutawney depois das seis,
"na mesma van branca que pegamos ontem".

"A marmota viu a sombra antes de ontem,
ontem, hoje também. Vou dizer mais uma vez,
Sou imortal! Sou Deus!". Foi quando seis
caipiras jogaram o homem do tempo pra fora
do café. Acreditava agora estar num mágico presente.
"Algo me diz que nada será como hoje".

Só que não! Rita, a produtora, confirmou que hoje
era de novo dois de fevereiro. "Engraçado, ainda ontem
sonhei que era prisioneiro do presente".
"Nietzsche chama isso de eterno retorno. Uma vez,
em Elko, aconteceu comigo. Você me deu o fora,
ontem", disse Rita. "Não, amor, transamos umas seis".

Vai, sextina, ontem não houve. Amor venceu mais uma vez.
Este presente é precioso e não se joga fora.
Phil deletou a sextina. Hoje, exatamente às seis.

Selvageria

No fim o desembargador era o chefão de uma milícia assassina
E o incêndio na favela celebrado com uzis e buzinas.

Mais cadáveres encontrados na lama da barragem
E o coronel torturador ganha mais uma homenagem.

Dois mil campos de futebol de floresta devastada por dia na Amazônia
Uma multidão de jovens negros chacinados sem cerimônia.

O apresentador de TV integra um grupo neofascista
E o chanceler acredita que a Terra Plana exista.

Uma horda de boçais pedindo sangue, destilando ódio,
Freddy Krueger, Chucky e A Coisa disputando o pódio.

O ministro do Supremo mantém escravos em suas fazendas
E o dono do grande jornal diz que a Verdade é uma lenda.

A quadrilha de empresários comemora em Paris os seus malfeitos
E o general que diz que direitos humanos são para humanos direitos.

O pastor famoso que estupra garotinhas toda sexta-feira
E a ministra que sequestra índios e vê o Demônio na goiabeira.

O chefe da Casa Civil metido com cárcere privado e necrofilia
O grande herói nacional era um agente da CIA.

O bispo com malas cheias de dinheiro no heliporto do templo
E o deputado assassino de gays saudado como exemplo.

Um filósofo ex-astrólogo porrinha tido como gênio, um chucro,
E o Empresário do Ano vibra com mais uma tragédia: o que vier é lucro.

Uma gangue de canalhas, ignorantes e psicopatas no poder
E a juíza cínica sorri pro inocente que ela acaba de foder.

Legiões de zumbis e desempregados pelas esquinas e parques
No presídio superlotado rolam cabeças em mais um massacre.

Seis bilionários detém a mesma riqueza de 100 milhões de pessoas
E o silêncio apavorante que nas ruas da noite ressoa.

Miseráveis em lixões em cenas de puro desespero
O governador genocida que abate pobres de helicóptero.

Um presidente que toca fogo no circo e exalta a tortura
E a surpresa e o nojo de um povo com sua própria criatura.

Seria um filme de horror, puta que pariu,
Não fosse só o Brasil.

Últimas notícias

O governo anunciou o novo gabinete do império do impermanente e a Polícia Federal apreendeu os lilases as dálias as avalanches na operação delicada de outono.

Começa hoje o maior festival de folhas falsas se esvaindo no vento úmido de março.

As melhores ofertas você só encontra na origem duvidosa dos recursos das rochas, na linguagem das conchas, nas correntes oceânicas com o aval das proas dos barcos.

A sociedade civil precisa tomar uma atitude contra o excesso de flores fora da estação, as finas linhas dos troncos, lianas, a seiva que sorve a voz do verde.

Em seu primeiro pronunciamento, o ministro do maravilhoso espanta a espera e sossega a sombra espessa.

O grande clássico deste domingo é entre a linha tensa do horizonte e o vulto dos solitários nas janelas dos edifícios.

As equipes retomaram na manhã desta quarta o resgate trágico das penumbras filtradas da ameixeira, a cortina tremulante de silêncios no Café Déjá-vu.

Confira a previsão do tempo para ontem, a profecia das metáforas, a anatomia da surpresa.

Pesquisas indicam a vitória do presidente fugaz, trovão mágico, do recital recursivo das gaivotas e do esmero dessas manhãs de Homero.

Em depoimento à CPI, ondas esmeralda desabotoam suas blusas e revelam o esquema das cristas e cavas e o rugido do mar.

Sobe para 14 o número de estrelas vistas a esta distância, à esquerda de Órion.

O mercado assimilou mal a notícia do vazamento da neblina nas montanhas, o sonho dos homens, essa maldita vontade de durar.

loci

Solstício

O silêncio cimenta a estrada estreita que dá
no oceano. Luz do sol oblíqua, avara, inverno
de vidro. Céu limpo, geada certa na Serra.

Ar polar.
O Império de Lã.

Garça branca sobre touro negro. Água brusca, algum lugar,
murmura em júbilos de pedra. Pegadas: um rosário,
fiordes silenciosos na mente, praia de estilhaços.

Sombras pétreas, mudas enquanto evolam-
se em velas verde-gris. Ilha congelada, grata
e tranquila aceitação desses mistérios.

Via Láctea

Noite de março insular.
Úmidas rajadas
de luz.

Os vultos dos barcos
brancos oscilam:
pequeno arquipélago.

Velho vento sul
atrasa
o relógio da igreja

e alguém pensa

enquanto pesca
no mistério que há
no silêncio.

Pedaços de reboco da lua
Despencam e ressoam no oceano.

Os cães nativos sonham
sob canoas emborcadas, lembram
a lenta avalanche
do crepúsculo.

Lagoas nas dunas agora:
são olhos acesos.
O coração, um bairro
quieto.

As ondas aqui
se quebram ao revés,
severas, tranquilas,

e entre elas três ilhas escuras
sob o sambaqui de estrelas.

Oniros

Em algum lugar ao norte de Medúsia,
onde não há música, exilada inocência
na sólida paisagem que a visão
hipnotiza sob a ponte: a farsa
de nosso futuro. Com olhos lacrimejantes,
trovões trincam o céu de nossos afetos,

tremem a catedral de sentidos. Um corte.
Fomos contratados para um trabalho
Insondável: instalar estas cercas elétricas.
Agora conversamos entre dispositivos
em algum resort de Bornéu ou da Normandia
com a senha Albert a tiracolo.
O estranho veterano se detém
diante da vitrine
de uma praia de diamantes.
Há uma nave no céu.
Ecos de explosões na Galeria Steinway,
Aroma de algas vermelhas e tóxicas,
câmeras de monitoramento, sabotagem.
Marionetes macabras sorriem enquanto afundam
na areia movediça dos dias.
Há um franchising de sonho aberto 24 horas
e uma chance apenas de tocar e tatear
a Terra para sempre prometida,
antes que a paisagem se estilhace
e vire um hotel feito tão só de ruínas
e habitado só por anjos.

Ela caminha em seus domínios

Quem vem dos lados de Shu
Fugindo de rudes mongóis,
Coração cheio de mágoa,
Cabelos até a cintura?

Quem viu batalhas sem conta
Na sua província e quintais,
A neve cheia de sangue,
O sangue cheio de amigos?

Quem brincou entre bambus
Com o belo senhor de Shu?
(Ele deu o manto azul-celeste
Que é o presente que ela veste).

É a senhora de algas nos cabelos,
Que anda, dia e noite, pela praia.
Só com o mar ela conversa.
A mulher mais louca da vila.

É a dona sem nome, andarilha,
Que entoa canções pela ilha.
As garças lembram amigos.
As ondas lavam relâmpagos.

O mágico de Chicago

"E agora querem ver
a mágica das mágicas?"

anunciou
no fim do show

o mágico gordo e barbudo
na manhã gelada de Chicago.

"É só passar este chapéu:
As pessoas desaparecem".

Frente fria

A chuva chegou
sem fazer cerimônia

Pelas servidões vazias
desta simples colônia

Sem vênia nem trovão
de longe como Lacônia

Lenta como peça nô
animando minha insônia

Anunciada sem show
pelas brancas peônias

Lar

Além, a linha de sombra
das montanhas,
o travelling branco e sibilante
das ondas.

Outono
e calmaria.

Sobre estas simples telhas
o silêncio das estrelas.

De *O trovador*

Vejo vermelhos, verdes, azuis, brancos, beiro
jardins, planícies, colinas, vales, matas;
e as vozes das aves soam, lindas,
com doces acordes, de manhã, de tarde:
querem que eu dê cor à minha voz e cante
sobre uma flor cujo fruto se chama amor,
prazer o grão, e o aroma de noigandres.

Amor faz do pensar o meu braseiro
e o desejo é doce e corajoso, lhe dá
sabor saber do mal que sinto ainda
e a chama é mais suave quanto mais arde,
pois de seu servo Amor requer semblante
vero, franco, fiel, de perdão merecedor,
pois na corte orgulho e bajulação são grandes.

Nem tempo nem lugar me mudam por inteiro,
nem motivo, conselho, sorte, boa ou má;
e se minha intenção provar que eu minta
que a minha bela nunca mais me guarde,
ela que trago na mente, dormindo ou vigilante,
já que só cobiço, fingindo por outras ter ardor,
Esse império que expande o de Alexandre.

Meu desejo era de novo ser seu cozinheiro
e para adiar este dia que há de chegar
eu viveria muitos anos, ao menos trinta,
tanto que meu peito se debate, faz alarde:
como sou tolo, por que não pensei nisso antes?
não quero, lá onde ela guarda seu valor,
Me apossar do entre o Tigre e o Meandres.

Às vezes a vida é sem gosto e sem cheiro
sem ela, e dela quem sabe quantas partes há
pois só confesso um quarto ou quinto
já que o coração não revela a outra parte,
já que não tenho outro pensamento nem talante,
ela é meu tempero, o saber do meu sabor,
vejo-a em meu peito, seja em Puglia ou Flandres.

Em fingir no jogo eu me esmero,
e um dia leva um ano para passar,
e pesa saber que, por Deus, não me permita
abreviar o tempo com a minha arte,
pois a espera longa definha os amantes:
Lua e Sol, como demoram para se pôr!
Lamento que essa luz nunca debande.

Vai, canção, agora, antes que o sol se levante
Já que Arnaut suas virtudes não sabe contar
Pois precisaria de um talento muito grande.

Arnaut Daniel (1150-1210)

Uma rápida visita

Lady Pureza está sozinha em casa,
vendo fotografias antigas,

Sol de soslaio,
um solitário visitante,
a brisa é branca e luminosa.
30 anos.

Sentada entre suas plantas
a jovem esposa:
pálida, sua pele,
longos são seus dedos.

Mostra pinturas japonesas,
seu jardim, o pequeno
ferimento em suas mãos,
"Com as rosas, de manhã".

"Às vezes na casa vazia
sento-me lá em cima,
em silêncio,
escrevendo para pessoas
que sequer conheço,
de lugares que nunca visitei".

A Pureza sorri
(é um estranho sorriso).
Pensa seus gestos,
pausa sua voz:

"Você aceita um chá?"
("Você me acha vazia?")
"Você é tão quieto!"

Ela não tem um gato (nem filhos).
O marido está fora (com os amigos).

Seu futuro é seguro.
O tempo é seu passatempo.

Penso:
Lady, a Morte é mesmo ingênua.

Saber o seu pecado.
"Não".
A Pureza é cheia de segredos.
Paciente. Tímida. Perfeita.
Um breve e leve olhar:
excitá-la.

Eu me aproximo,
quero um pacto,
um acerto de contas,
seu perigoso perfume
penetrar.

"E se eu beijasse você?", ela pergunta.
Então me abraça, toca seus lábios em mim.

Seu beijo é frio.

Fábula de outono

Uma tarde um tigre
    caçou o sol de outono;
Ele coube em sua pata
    mas o deixou fugir.

O sol raiou bem cedo
    pelo bosque de cedros.
Deixou o tigre
    raiado também.

Polônia, 1945

Apanhando lenha
na linha do horizonte vejo
ponto negro.

Homem atravessando
campo nevado
e sem som.

Por um minuto
pensei ser meu pai
voltando para mim.

Ground swell, de Edward Hopper (1939)

Dia brilhante. Setembro.
Tudo é branco
ou azul.

A brisa marinha retesa
a vela do barco branco
onde

4 ou 5 jovens (um
chapéu ou cabeça
se insinua atrás da moça
de bruços)

Os bustos bronzeados
dos 3 marinheiros imitam
a madeira do mastro

Acima, nuvens
cirros
parecem escovadas pelo vento
do verão de 39

repetem padrões
da cena abaixo:

Todos estão absortos
na boia de sino

(verde escura,
pesada, com
sargaços)

ondulando nas cavas,
na telha azul do mar
de Hopper.

Hipnotizados,
enquanto escutam
sem dizer palavra

o sino da boia
sua música insistente
ou talvez pressintam

a tormenta que se arma
(fora da tela)
do outro lado do mar

Rumo às estrelas

eles dançam na imensidão
olham-se nos olhos

os dois presos apenas
pelo cordão umbilical
do traje espacial

eles sabem
não tem mais certezas
já não esperam ninguém

muito longe agora
muito longe
da minúscula bola de gude azul

planetas dançam
por toda parte
em sua aparente
imobilidade

sem gravidade
longe muito longe da Terra

as palavras que eles trocam
boiam também no espaço

ou quedam presas
na redoma da roupa

mas não se tornam opacas
fragmentos delas ocupam
o espaço

corpos celestes
"desejar é cair das estrelas"
"filho, deixe-me ir"

eles flutuam
não lutam mais
apenas flutuam

o próprio conceito de lar
se perde no éter

"ninguém responde mais aos nossos sinais"
não sabem para onde vão
rumo às estrelas

eles flutuam
num outro tempo
sob a luz azul
que emana deles mesmos

o filho então   solta o pai

eles sabem
a viagem mais para fora
é a viagem mais para dentro

eles sabem
para ser capaz de se encontrar
antes é preciso saber
se perder

ao redor
e por toda parte
aonde os olhos conseguem penetrar
paz infinita
.
.
.
.
.
Escuridão e silêncio

Simultaneidades

Agora mesmo alguém escuta Wagner no último volume, os Alpes à frente.
Agora mesmo um terremoto abala Tóquio, e esta linha treme.
Agora mesmo um extraterrestre apanha um búzio numa praia dos Mares do Sul.
Agora mesmo um radical islâmico despede-se de seu reflexo numa vitrine em Paris.
Agora mesmo um casal de cientistas faz sexo selvagem num observatório no Atacama.
Agora mesmo alto-falantes gigantes com hinos patrióticos despertam a população de Pyongyiang.
Agora mesmo o sorridente e solícito oficial russo derrama plutônio no drink do espião.
Agora mesmo um padre conversa ao pé do ouvido com sua amante escocesa.
Agora mesmo na janela de um hotel do Leblon um homem se apaixona por uma pomba.
Agora mesmo no litoral da Somália piratas atacam um navio cargueiro e são rechaçados por artilharia pesada.
Agora mesmo uma foto caída de um livro leva o cirurgião sueco às lágrimas.
Agora mesmo um Boeing com 330 pessoas a bordo desaparece sobre o Oceano Índico.

Agora mesmo é um lugar que nunca envelhece.

Agora mesmo um executivo panamenho faz uma transferência de um bilhão de dólares pela Deep Web.

Agora mesmo uma mulher solitária acessa as imagens da Estação Espacial Internacional em seu giro pela Terra em tempo real e mata a segunda garrafa de vinho.

Agora mesmo um geólogo suíço comemora seu aniversário na cratera de um vulcão ativo.

Agora mesmo um refugiado líbio percebe que ninguém naquele bote conseguirá chegar a Nápoles.

Agora mesmo uma ginasta posta um selfie mortal num prédio em Hong Kong.

Agora mesmo a frente fria se desloca lenta para o ponto exato onde estamos no mapa: a fala.

Agora mesmo um presidente renuncia e se suicida ao vivo numa rede social.

Agora mesmo um asteroide ruma em direção à Terra a 72 quilômetros por segundo.

Agora mesmo no Colorado meia dúzia de Papais Noéis com apetrechos de esqui nos ombros descem correndo a rua principal de Aspen.

Agora mesmo o hacker acorda e se vê transformado numa floresta nórdica, no sósia de Hamlet, num maço de baralho turco, num parque de diversões abandonado.

Agora mesmo num bar em Manhattan a Beleza diz para o Terror: "Quando eu terminar, você começa".

Agora mesmo uma velha leoa agoniza cercada por hienas numa savana africana.

Agora mesmo o sol de quase outono banha uma página branca.

Agora mesmo uma fissura quilométrica trinca e estala na Antártica.

Agora mesmo um poeta grego inventa uma máquina de produzir eternidade.

Agora mesmo num teatro lotado em Moscou Anna Fedorova toca o último acorde do Concerto n.º 2 de Rachmaninoff.

Paisagem

manhã de olhos
nublados

caracteres negros
esguios

surgem
na brancura

como nessas
pinturas
chinesas

onde pinheiros
entre escarpas

parecem
sempre
como estas palavras

prestes a
escapar

em instantes
se desvanecem

dentro da névoa

Idílio

Uma carroça passa
pesada de acácias.

O mar e seu manto
de brancas feridas.

Mãos frias naufragam
na manhã sem lábios.

Árvores eriçadas. Luz antiga.
Estilhaços de névoa.

Revoada de pássaros negros.
Sombras em carne viva.

Pesca noturna

De madrugada
o pescador noturno
debaixo da chuva
me pede água.

Nas rochas do costão,
Com iscas luminosas
— cometas
na pele escura do mar —
fisgou um robalo,
duas manjubas,
três espadas, ele diz.

Eu?

Pesquei palavras
a noite toda
nesta enseada
de areia mágica
chamada página.

Sextina

Lo ferm voler qu'el cor m'intra
Arnaut Daniel

Esta vontade que me invade é uma só:
desejo firme de me tornar seu duplo
e mergulhar no mar do amor e no seu transe;
quando estamos juntos, vivos, neste quarto,
ouvindo as vogais das gaivotas no quintal
ou lendo e relendo, em voz alta, esta sextina.

Sonhei que estávamos presos numa sextina,
labirinto obsessivo onde havia um só
caminho que nos levava ao real, ao quintal
(onde você também se tornava meu duplo).
Para definir o que sentimos neste quarto
não havia outra palavra além de transe.

É como uma lenta labareda, em transe,
que dobra e se desdobra sobre si, esta sextina,
ou um espelho mágico num canto do quarto
nos mostrando que a verdade é uma só:
existe, em algum lugar do mundo, um duplo,
em Tóquio, Rio, Provença, até no seu quintal.

"As estações adoram este recanto, este quintal",
você me diz, imersa num delicioso transe
que a faz ver, em cada verso, seu duplo,
sem conseguir dormir por causa da sextina,
da pandemia que faz, dos dias, um só.
"Veja", falei, "lá fora a lua entrou em quarto

crescente, o vendaval invade o quarto
e alucina o arvoredo no quintal".
No sonho havia um cubo imenso, só,
transparente, girando sobre o mar em transe.
Era o núcleo tensionado da sextina,
a imagem mesmo de nossas vidas, como o duplo

sentido de uma palavra, ou o duplo
filamento de uma hélice de DNA. No quarto,
éramos amantes enlaçados, confinados na sextina,
livres para amar, na cama ou no quintal.
Amor é esta labareda que nos pôs em transe
e que faz de mim e de você um só.

Vai, sextina, pousa agora em outro quintal:
fomos felizes neste quarto à beira-mar. Em transe,
o seu duplo coração repousa ao sol.

mentis

Qualia

Que a manhã seja linda,
longa, para nós somente,

Que o segundo seja ainda
o que o coração pressente

sob a sombra de um janeiro,
como a onda se deslinda,

sempre instante passageiro,
prisioneiro do presente.

Tritina para Orfeu

Quando o som era apenas som
e o sentido ainda não fazia sentido
tudo o que tínhamos era o mundo,

ou melhor, a imagem de um mundo
ainda mudo, profundo, mas sem o som
da linguagem a gerir um sentido

ao que antes era apenas pressentido;
a consciência de estar no agora do mundo
que Orfeu transforma em outro som:

O som do sentido nascendo no mundo.

Tênebra

1

A neve
é uma chuva
mais lenta.

(Neva
de novo
na mente).

2

Ave, neve breve,
cave a treva,
atravesse
branca febre
leve essa
escuridão.
Se atreva
a trazer
outro sol.

A visita

Pétalas abertas
como dedos exímios ou coxas
de uma antiga gueixa.

Quem lhe deu,
gardênia de verão,
tanta nobreza?

Brancas pétalas
contra o brilho verde-escuro
de folhas transientes.

Das suas dobras cerosas,
dama de quimono,
você nos olha:

O botão,
em seu centro,
é uma pérola.

Epithalamium

No último sonho, era setembro,
O vento virava e, de repente, era sul,
A natureza virava pensamento,
Os minutos se casavam com o vento,
Os sons se casavam com os sentidos,
As gaivotas se casavam com o céu,
As montanhas se casavam com o mar
E todos eram felizes para sempre.

Ayahuasca

nada é perfeito
nada é a esmo

nem o céu
nem a nuvem
nem a rosa

agora
você está sob efeito
de uma droga poderosa:

você mesmo

Oficina de relâmpagos

Tudo aqui parece em câmera lenta

Shazam! — dispara o terminal de registros.

Por pavor, passe-me o sol: Quando ouço
falar em desigualdade social ponho a mão na minha chibata.

Viver é aluvião.

Circunebulando e retroalimentando-me.

Leve a treva.
Gire nesse frio.

Montanhas rajadas, nuvens em transe deitando um tigre
de sombras:
Onda é metal
mental recuando, chupando seus cristais.
A praia, na sua hora mais pirata.
E o bordão branco da arrebentação.

Traquitanas. Sapecadas. Guéri-guéris.

O bardo hiperativo do tempo de Dom João Charuto
não perdeu o brilho no olho
e ainda grafitou em garrafais
FUGIR DOS CLICHÊS

Algo a se con-
siderar:

As coisas estão cheias de deuses
E os deuses estão cheios de coisas.

Dreamscape, 4/8/2016

Ir além de mim
Num tapa

A tal realidade alterada
Não está em nenhum mapa

Tão nublado agora que poderia
Ser noite ainda

Trânsito pesado cipoal de pistas
na entrada da ilha

velha ponte suspensa por girafas gigantes amarelas

Minhas expectativas hoje se resumem a
Chegar em casa
Abrir a casa
Aguar as plantas

A lembrança da noite semi-insone
no interior do ônibus
A luz fantasmagórica dos novos zumbis
nos smartphones

Todos os vícios humanos
A estranha sensação de irrealidade disso
Essa viagem no espaço-tempo que é este nervoso
verso
A incerteza em relação a tudo

É bizarro

Perceber que todos os sonhos
Neste motel em movimento
Sempre tem um quê de serpentes velozes

Abduzido às 3 e meia da manhã, jogado
num devaneio persa de cores tapeçarias índigos e escarlates
numa cidade iluminada rua entupida de feéricos bazares

Fogueiras por toda parte
Manipuladas pela CIA

De cima pude ver uma van de turismo ser engolida por uma onda
no momento em que tentava atravessar uma praia da Síria
por estreitíssima faixa de areia

"Eu" havia virado um espírito, persona non grata
de realidade aumentada,
Ariel ingênuo, drone onisciente
e flutuava me movimentava pelo espaço
com incrível habilidade e controle

de movimentos.

Era certamente minha mente pensando
Criando formas de elaborar a viagem noturna a seu modo
Ou talvez atuando em dimensão paralela

Pessoas de turbantes pulavam e tentavam me pegar
Eu uma espécie de espírito zombeteiro e forasteiro
Daquela realidade de Sheherazade
O qual era preciso capturar e colocar
Numa espécie de cubo de cristal.

(Por uns segundos pensei ter aberto os olhos —
pude ver a luminosidade da pequena tela
engolir o perfil hipnotizado e alien do meu vizinho)

Chovia como se nunca tivesse chovido

Mas ainda assim eu via as torres
em chamas, cidades da noite vermelha,
Meu pai repousando num cemitério de corais
E, por todo o globo terrestre,
Multidões desesperadas atrás de malignos Pokémons.

Objeto n.º 1 (repouso)

Evoca-se.
Significa que tudo está exterior a ele
e ele mesmo
em parte
dissolve-se no todo.
Percebe-se e é
percebido pelo meio. Joga
com o tempo e o espaço, sugere
algo que busque significação.
Torna-se imediata-
mente símbolo,
provoca e é provocado.
Projeta sua aura, anima-se
e interroga o todo.
Torna-se então semiabsoluto.
Desaparece.

Tritina: sumi-ê

Diante da paisagem o monge meditava há um dia.
Percebeu que o vento sul das montanhas
soprava mais forte, em direção às outras ilhas.

Confinado no templo, só pensava em arquipélagos, ilhas
perdidas, guardadas no céu da retina, numa fresta de dia
ou vistas, como de um drone, do alto das montanhas.

A névoa era uma imensa rede de pesca sobre as montanhas.
Aos poucos, montanhas eram de novo montanhas. Ilhas, ilhas.
Então lembrou o que o mestre, aqui mesmo, disse um dia:

"Um dia essas montanhas serão ilhas".

Verão

A lâmpada
Phillips

queimada
nos restolhos

à beira-mar
gira aos olhos

entre os dedos
da turista

que, indecisa,
se equivoca

e a joga
de volta

à areia
escura

molhada
e vai embora

e do nada
de repente

ela vira
uma coisa

que se acende
e rebrilha:

água-viva.

Na praia, junho

Ter vivido em um mundo
onde nuvens eram brancas esponjas
diluindo um céu bizarramente blue
gralhas-azuis nos galhos da nossa varanda
e as espumas de intensos instantes
sopradas furiosamente por um vento sul
entre os apupos dos pescadores logo cedo
os olhos bordejando as ilhas distantes
antes mastigaram o nevoeiro
nossos corpos satisfeitos e ainda quentes
lendo as pistas que os detetives noturnos não seguiram
os pés imprimindo em sua passagem
a sensação de uma vida acontecendo
limpa como a areia após a onda.

Janeiro

Um clarão incrível! revela

o vulto recortado da costa
mais ao sul onde o escuro

se rebela num flash
de uma câmera gigantesca

minutos antes do ataque
da tempestade: montanhas.

Minilagres

Escrevo a palavra luz
e ela se acende sozinha
na mente
de alguém.

Grafo a palavra barco
e ele aparece
iluminado
do outro lado da linha.

Adivinha

tão imenso
que se ficar calado
ainda o escuto

tão frágil
que se disser seu nome
irá quebrá-lo

Insular

A vila dorme solitária sob a chuva,
imenso cão cinza sobre os
sonhos de areia que o mar apaga.

A mente: esfarrapada
bandeira pirata.

Cego, o coração (compêndio
de velhos silêncios) caminha
no pátio deserto da noite,
pelas explosões da orla.

Em transe, o céu afaga
o que o mar escuro afoga:
letras em câmera lenta.

É a língua que naufraga
Em busca de uma voz

fosse uma trilha
no luto
da luz

as ondas congeladas
da minha fala
erigem uma ilha.

Aparição

Aqui chego e daqui parto,
Num mesmo movente momento.

Estrangeiro em minha língua,
Fala banhada em morfina.

Aqui, longe é tão perto
E o estranho me é tão íntimo.

De onde vem a fagulha
Que acende este pensamento?

Este ser que me dubla
Será fiel à minha bruma?

O enigma das ondas

Que língua falam as ondas?
Talvez, no fundo, nos sondem.
As ondas falam das ondas
Em seu efêmero quando.

Espiralando sob a luz do meio-dia
de outono, nesse oscilante oceano,
São legionários romanos, exaustos e pálidos,
lutando contra exércitos de areia.

Hóspedes do vento, monumentos momentâneos,
filhas do imenso mar que é mãe de todo ser.
Mar que é tempo, mais antigo que o tempo,
Mar que é a eternidade em movimento.

Que diz a onda ciano no instante
de ser brilho de vidro estilhaçante,
ferindo ferozes os rochedos, virando
recifes de sangue, flores de medo?

Ou quando rolam redondas
no cinema a céu aberto do agora,
misturando, em seus sorrisos de Gioconda,
maresia e sal, silêncio e memória.

Falam de sonhos, impérios, naufrágios,
Distâncias, desterros, destinos, do vento,
Falam em frases frágeis cujos sentidos
se desfazem no litoral do pensamento.

Oceano, mare nostrum, desde quando?
Desde que os primeiros olhos
Ouviram seu louco esperanto
de algas, restolhos, espantos.

Pergunte a esses homens que estudam
o suave suel, seu entresseio, as marés,
que olham para o mar como a uma mulher
e atendem pelo nome de Odisseu.

Porque se repetem, sempre se repetem,
bêbadas de formas, ideias, de lucidez.
Porque estão em toda parte, como da primeira vez,
pedindo a nossos olhos que infinitem.

Que língua falam as ondas
Quando estalam nas cristas
Ou correm sobre si mesmas
Como um zíper de água branca?

Que idioma estão espumando,
em que dialeto, gíria, grafitti,
Dublando tanta brancura,
Abrindo mão dos intérpretes?

Que segredos escondem as ondas
quando me acordam de noite
do sonho onde não estive
como num filme de detetive?

Que língua rugem as ondas
quando estão se quebrando?
Que fábulas, histórias e lendas
Carregam em tantos estrondos?

Ou enquanto chiam, sob a chuva,
Ou mesmo quando parecem
Salvas de canhões anunciando
Um Waterloo invisível?

Uma a uma na praia se aconchegam
Como os versos de um poema cênico.
Linha a linha, como aplausos, chegam
Num misto de ternura e pânico.

(Quebram porque estamos mudos.
Quebram porque quando despencam
é como se os sons dos sentidos
nascessem no mundo).

Que dizem esses vocalizes fugazes
vocábulos de sal e maresia
em sua luminosa baba noturna,
em sua esteira matutina?

O que conversam com as nuvens
quando, em calmaria, as copiam,
ou com os surfistas que as toureiam
em manobras que chapam e opiam?

O que murmuram aos botos, gaivotas,
quando triscam suas paredes verdes,
espalhando seu spray ao vento,
um segundo antes de morrerem?

Sei que as ondas nos escutam (falando,
sozinhos nas praias, cegos a seus acenos)
há milhares e milhares de anos
com uma paciência que não temos.

Sei que sob a lua, exaustas, confessam,
quando recuam, mudas, em poças,
e cumprem sua líquida promessa:
A língua que falam é a nossa.

Notas aos poemas

Solarium (1994)

Solarium. Lat. Solário: terraço ou varanda para banhos de sol. Relógio de sol, entre os antigos romanos. Terraço de hospital destinado a pacientes para tratamento por helioterapia (1891). Zoologia: *Solarium perspectivum*: molusco do gênero *architectonica*, cuja concha em espiral é muito apreciada como adorno nos Mares do Sul (Filipinas).

Dioramas. Quadro iluminado superiormente por luz móvel que produz ilusão ótica. "Representação cênica na qual uma pintura translúcida é vista à distância através de uma fresta. A luz é projetada através da pintura e sendo variada de modo a conseguir vários efeitos, como mudanças no tempo, simulações de por do sol, tempestades etc. Quadro de grandes dimensões pintado de modo especial e sujeito a jogos de iluminação.

Nô: ideogramas de Lua e Sol.

"*Um iaque é uma couve pré-histórica, disso, pelo menos, podemos ter certeza. / Mas me digam, sábios do solarium, por que aquela luz ainda se esconde, plantas de estufa e esponjas de borracha? / Pois com certeza o momento abençoado chegou ao meio-dia*" (John Ashbery).

Gesamkunstwerk. Conceito de "obra de arte integrada" ou total (Richard Wagner).

Roadrunner. Ave cuculídia do Sudoeste dos Estados Unidos. O Bipbip.

Polyphloísboio. Neologismo criado por Homero na *Odisseia* ("pará thina Polyphloísboio thalásses"), ao descrever as ondas do mar numa manhã na praia, talvez tentando simular sonoramente o barulho da armação-queda-dispersão da onda. Traduzido como "fluctissonantes" por Odorico Mendes.

Betrayed by. Ver tradução em "Butterfly", pág 369.

HasHisH: este cinzeiro / deseja ficar / como está / em sua / quietude (imobilidade).

Now: agora (*now*) neva (*snows*) / no agora (*on now-*), (*here*) aqui, (*nowhere*) lugar nenhum.)

Visibilia (1997)

Coleção de coisas vistas, como *memorabilia*.

Polivox (2002)

Nômada (2004)

As últimas palavras de Tárafa. Tárafa ibn al-Abd: poeta pré-islâmico árabe.

Rahíl: a parte intermediária de um poema (*qasida*), com a jornada solitária do poeta pelo deserto, a camelo.

Hikma: na poesia pré-islâmica, é o dito espirituoso, provérbio, máxima.

Mawqif: conceito introduzido por Niffari, poeta sufi, como definição do que é um poema: a pausa, a parada, o descanso entre dois pontos, dois lugares.

Estúdio realidade (2013)

Esta obra foi selecionada pela Bolsa Funarte de Criação Literária.

No Estúdio realidade: *Non-Sequitur*: "não se segue", em latim, falácia lógica.

Khadjibey: antigo nome para Odessa, cidade portuária da Ucrânia.

Umbra: sombra, em latim.

Quaderna: de *quaterni*, face do dado que mostra quatro pontos; Quadra. "Quatro cantos num cubo" se refere ao "cubo mágico" de Ernö Rubik.

Agoridades: *Hodierno*: de hojerno, pertencente ao hoje.

Oríkì: do yorubá, poema em saudação a um orixá (de *ori*, cabeça, e *ki*: saudar).

Flashback, 1984: *thálassa* (mar), *kalinichita* (boa noite), em grego.

Na rede que tuas pálpebras teciam: *Luna-Pampa:* como o trovador Arnaut Daniel se refere na canção 15 à cidade italiana Pamplona.

Entrevista com o Golem: *Golem*: no judaísmo, ser mítico artificial que pode ser trazido à vida por um processo mágico.

História de mistério: *pistas falsas*. Originalmente, *red herrings* eram os arenques defumados que se colocavam nas trilhas para distrair os cães da caça.

Green flash: raio ou brilho verde: "fenômeno óptico que geralmente ocorre ao nascer ou ao pôr do sol, quando uma pequena mancha verde fica visível por um curto período de tempo acima do sol ou próximo dele" (Wikipedia).

Experiências extraordinárias (2015)

Esta obra foi selecionada pelo Programa Petrobras Cultural.

Tempos de celebridade. Epígrafe: "Assim passa a glória do mundo".

O cerco – "Em quase todas as praias deste litoral a população vive e respira, nos meses de maio, junho e julho, a expectativa e a chegada dos cardumes de tainhas" (Fernando Alexandre, *Dicionário da Ilha).*

Dedicatórias

Capitanias hereditárias: Para Marcos Losnak e Maurício Arruda Mendonça.

Cabeza de Vaca: Para Gabriel e Iara Lessa.

Outro outono: para Magda Garcia Lopes Paiva e Antonio Ubirajara Lopes Jr.

O enigma das ondas (2020)

Quatro palavras em latim nomeiam as seções deste livro:

lingua (língua e, por extensão, linguagem)
pandemonium (pandemônio)
loci (lugares, locais)
mentis (da mente)

Aéreo reverso: termo do surf. Manobra em que o surfista faz um giro de 180º ou 360º no ar, aterrissando novamente na onda com ambos os pés.

Pound: Ezra Pound (1885-1972) poeta, tradutor, ensaísta e crítico norte-americano, autor de *The Cantos*.

Jakobson. Roman Jakobson (1896-1982), pensador e linguista russo.

La maison de mère Jeanne: "Ave tranquila em voo inverso ave" é uma tradução do primeiro verso de "Cortejo", de Guillaume Apollinaire: *Oiseau tranquille au vol inverse oiseau*, que descreve um pássaro voando de ponta-cabeça.

Short Cuts: epigramas. "Epigrama" (do grego *epigrafhein*, ´escrever´, ´inscrever´) originalmente em referência às inscrições em monumentos de pedra, objetos, túmulos, paredes, estátuas e, depois, para designar o verso de circunstância, satírico,

aforístico etc. Os epigramas do poeta latino Marcial tornaram-se o modelo para o epigrama moderno: um poema curto e incisivo, geralmente com um *twist* rápido e satírico no final. *Short Cuts*, filme de Robert Altman (1993).
Epigrama V: "Curitibano só fala bem dos outros pelas costas" é uma frase da dupla de criadores curitibanos Solda e Rettamozo.

Tritina: forma fixa inventada pela poeta norte-americana Marie Ponsot (1921-2019). Espécie de sextina em miniatura, usa 3 palavras finais, que devem aparecer seguindo uma ordem pré-estabelecida. É formada por três tercetos e um monóstico, servindo de *envoi* final: 1 2 3 // 3 1 2 // 2 3 1 // *Envoi*: 123.

Alba: alvorada. Na poesia provençal, canção de alvorada ou amanhecer. Expressa geralmente o lamento de dois amantes que precisam se separar com o raiar do dia, avisados pelo vigia da torre e pelo canto dos pássaros. Talvez aqui seja o ponto de vista do vigia, em clave parecida com a alba "Poema só para Jaime Ovalle", de Manuel Bandeira.

Pandemonium. Termo criado pelo poeta inglês John Milton (1608-1674) em *Paraíso perdido* (1667): nome do palácio construído no meio do Inferno, "a alta capital de Satanás e todos os seus asseclas" e a morada de todos os demônios. Do grego *pan* "todos" + *daemonium* ("espírito maligno"). O sentido de "lugar de tumulto e desordem" é de 1779. O de "confusão selvagem e sem lei", de 1865.

Pandora. Na mitologia grega Pandora (*Πανδώρα*, "a que tudo dá", "a que tudo possui", "a que tudo tira") foi a primeira mortal. Criada por Hefesto, deus do Fogo, que lhe deu dois presentes, além de atributos de Hermes, Atena e Afrodite: a curiosidade e um frasco ou caixa ("a caixa de Pandora"), sendo instruída por Zeus para jamais abri-la. Na Terra, ela se apaixonou e se casou com o titã Epimeteu (irmão de Prometeu). Enlouquecida de curiosidade, um dia Pandora abriu o frasco e todos os males da humanidade escaparam e se espalharam pela Terra. Chorando pelo que fizera, ela ouve um som no frasco e o abre de novo, descobrindo que no fundo ficara a "esperança".

Cantiga de amiga. Referência às *cantigas de amigo* da lírica medieval galego-portuguesa (séculos 12 e 13).

Trakl. Georg Trakl (1887-1914), poeta expressionista austríaco.

Dia da Marmota: esta sextina, escrita, como alguns outros poemas deste livro, durante a pandemia de Covid-19, foi inspirada no filme *Groundhog day* (1993, direção de Harold Ramis, *Feitiço do tempo*, no Brasil). Phil Connors (Bill Murray) é um arrogante homem do tempo de um canal de TV que vai, ao lado do cameraman e sua produtora, Rita Hamson (Andie MacDowell), cobrir pelo quinto ano consecutivo os festejos do Dia da Marmota em Punxsutawney, interior da Pensilvânia. Punxsutawney Phil (a marmota) sai de sua toca todo dia 2 de fevereiro para prever, em marmotês, a duração do inverno. Phil se vê preso num "inferno", num looping temporal.

De *O trovador*: esta é uma tradução, direta do provençal, da *canzone* 13 do trovador provençal Arnaut Daniel (1150-1210), base do mistério do romance policial-histórico *O trovador* (Record, 2013), de onde foi tirada. O esquema desta forma fixa é: 6 estrofes de sete versos (septetos), seguindo de um terceto (o *envoi*). Cada estrofe segue esta ordem de rimas: ABCDEFG e, no terceto (*envoi*), EFG. Há uma palavra misteriosa no último verso da primeira estrofe, *noigandres*, considerada o *locus classicus* para a intradutibilidade da canção dos trovadores. Ela aparece em sete variantes e tem recebido várias interpretações: "noce reale" (Raynouart), "muscat" (Canello), "olor que afasta o *ennui* (tédio)" (Levy), "aroma que protege da tristeza" (Appel, na trilha de Levy), entre outras. Ezra Pound (1910) viu uma referência alegórica à árvore do amor.

Sextina: forma fixa criada pelo trovador provençal Arnaut Daniel, provavelmente adaptada de formas anteriores. A única que restou é "Lo ferm voler que´l cor m´intra". São 39 versos, divididos em quatro sextetos e um terceto final (*envoi*). Também não usa rimas, e sim 6 palavras finais, cujas posições no fim dos versos, que se permutam estrofe a estrofe, devem ser as seguintes: 1. ABCDEF 2. FAEBDC 3. CFDABE 4. ECBFAD 5. DEACFB 6. BDFECA e o terceto final, o *envoi* (o envio, ou *tornada*, que supre funções como localizar, datar, dar autoria, de reflexão ou de dedicatória) deve terminar com ECA ou ACE (sendo que as três palavras finais remanescentes devem ser usadas, necessariamente).

Ground swell, ondulação, grupo de ondas criado por um sistema de tempestade a milhares de quilômetros da costa. O poema é uma écfrase ("descrição", em grego) de uma cena ou, como é mais comum, de uma obra de arte. "Ground swell" é um famoso quadro do pintor e ilustrador norte-americano Edward Hopper (1882-1967) pintado em 1939, semanas antes da eclosão da Segunda Guerra Mundial.

Idílio. Do grego εἰδύλλιον, ("poema curto"), poema que descreve a vida pastoral e rural, a comunhão com a natureza, sob um tema persistente na poesia amorosa e sobretudo bucólica: o *locus amoenus* (lugar ameno, amável), expressão latina que significa "paisagem ideal", um "estado de espírito" presente sobretudo na poesia bucólica. "A paisagem pastoril é vista como uma paisagem da mente" (*Dicionário de termos literários).*

Tritina: sumi-ê. "Estas montañas serán islas": verso de Severo Sarduy (1937-1993), poeta, jornalista, prosador e crítico de arte cubano.

Índice dos poemas e primeiras linhas

Fortuna crítica
(1984-2020)

Apresentações

Solarium

Solarium é o registro de dez anos de poesia de Rodrigo Garcia Lopes. Nele encontramos a emoção e o pensamento que unem três momentos de seu processo criativo: "Dioramas", "Polaroides" e "Solarium", que contém climas e sutilezas particulares, como se fossem três livros independentes. De fato, os títulos destes momentos indicam aquilo que iremos encontrar durante a leitura do livro.

Em "Dioramas", vemos circular poemas dos mais variados estilos, com técnicas e texturas que seduzem e declaram a liberdade de evocar diferentes *performances* em seu discurso. Como um diorama, os poemas são quadros transparentes por onde a luminosidade irisa e provoca efeitos que nos hipnotizam, nos sedam, sinestesiam.

"Polaroides" são instantâneos que sensibilizam nossas retinas emotivas com o gosto bom da arte do trajeto. São paisagens vistas de trem, em jardins e estações, cenas e insights captados no instante irrepetível de sua ocorrência e desaparição. Os movimentos de dispersão do "eu" estão em questão nesta segunda parte. O viajante — aquele que nunca se despede — sabe, como diz R. H. Blyth, que "para se degustar a verdadeira felicidade é preciso viajar até um lugar muito distante". Há a experiência direta e cinemática com climas e situações, sempre anotadas por sua escrita-fotográfica: escrita que se metamorfoseia em rastros, pistas, pegadas na areia.

"Solarium", a última parte, e que dá nome ao volume, traz a fulguração do pensamento, a ideia poética posta em questão definitivamente. Uma poesia em que o movimento de significação espirala e deriva, deixando explícito o próprio ato de transformação da realidade em poesia. Vemos a articulação — a capacidade do poeta de coletar discursos ao seu redor — como princípio para uma poesia que se preocupa em alimentar, dizer. Daí porque poemas de maior fôlego, com gradações e fusões de um estado a outro, captando o caráter descontínuo da consciência poética.

Com versos longos e "livres", de ritmo improvisacional, no qual as luminosidades de poesia permeiam as sombras da prosa, raptando diversas vozes, enigmas, imagem-música. Uma certa alegorização, uma repercussão do choque de informações poéticas velozes e simultâneas é o que encontramos nestes poemas, destituídos do conceito tradicional de centro discursivo, possibilitando formações simbióticas entre o lírico e o épico, o sublime e o banal.

Solarium é um livro orgânico, que afirma a ideia de uma poética solar, de charmes e climas, de *virtú*. A percepção é seu móvel principal. A memória, O Túnel do Tempo, repõe uma viagem sempre recomeçada pelo poeta. Como se a espiral de uma concha do mar — o *solarium perspectivum* — o ato de fazer poesia para Rodrigo é um processo, em transe, no qual os sentidos devem dar ação a uma escrita que registra os estados de alma.

Por Maurício Arruda Mendonça (1994)

Visibilia

Em seu livro anterior, *Solarium*, o trabalho de Rodrigo Garcia Lopes se marcava sobretudo pelo que se poderia considerar uma enorme e quase desconcertante diversidade. Isto resultava do fato de o poeta praticar uma experimentação possível de ser compreendida em dupla direção. Primeiramente, de modo mais amplo, a experimentação talvez fosse busca de possibilidades bastantes distintas de elaboração dos poemas, de modo a permitir uma exposição do conhecimento e domínio da atividade desenvolvida, fazendo-se então um percurso pelo espectro da linguagem poética à disposição do poeta. A experimentação ainda se dava, em outra direção, de modo mais interno à própria elaboração poética, da construção do artefato poético. O fato é que, entre maiores e menores acertos, fica de *Solarium* a imagem de um vigor muito especial entre as gerações mais novas, de uma capacidade inventiva não apenas peculiar, mas instigadora.

Já em *Visibilia*, ressalta tanto uma maior contenção quanto uma mais nítida homogeneidade — características que nelas mesmas talvez não apresentem qualquer indício de valor. No entanto, o que importa é que a partir dessas posturas resultam algumas realizações primorosas. Em dimensões em geral mais reduzidas — tanto em extensão quanto na amplitude seja dos recursos formais seja das inquietações do sujeito — a poesia de Rodrigo Garcia Lopes em *Visibilia* como que tensiona o trato com sua matéria. Assim, com o esgarçamento das impressões que movem o sujeito — muitas vezes fugazes, silenciosas, rarefeitas —, retém-se sempre o fluxo, a organização verbal ora cede ao quase-silêncio, as fraturas inevitáveis são as da linguagem. Alguns trânsitos se operam em torno dessas impressões, de modo a eliminar qualquer suspeita da redução do fôlego: como entre situações exclusivas do sujeito e um âmbito mais vasto de elocução, como em poemas breves, formas de tradição, discursos mais amplos e situações inusitadas.

Em termos de gerações, entre salvados das fulgurações (muitas vezes rijas) das vanguardas e desordenações (por vezes flácidas) que correram pelas margens, o trabalho de Rodrigo Garcia Lopes propõe — foco efetivamente poético — rearticulações por meio de uma produção que sabe desencadear ânimos e cálculos, com belíssimos resultados.

Por Júlio Castañon Guimarães (1997)

É pelo menos raro encontrar na poesia brasileira atual uma exploração da relação homem-mundo-linguagem como a praticada por Rodrigo Garcia Lopes (1965).

Sua linguagem se estabelece no mundo como matéria autoconsciente que não se limita a dizer-se: ela se dá a chance de ir além desse autoconhecimento. Pendular, oscilante entre a anotação rápida que captura o instante — o tempo: uma obsessão em Garcia Lopes — e o desdobramento reflexivo que prolonga a duração do verso e o transborda, sua linguagem parte de um núcleo de irradiação geralmente dado na fala e conquista margens que colocam o poema em um espaço sem precedentes, imprevisível.

A insistência dessa linguagem em seu ser *cosa mentale* é o que produz a impossibilidade do mundo como um possível correlato objetivo. A visão de *Visibilia* é outra visão, uma visão dupla que está fora e dentro, é uma exterioridade auto-suficiente, um horizonte inabarcável que se move à vista com seu limite semântico de água, areia, sal — em uma palavra: a natureza como física — mas que ao mesmo tempo se enrosca em uma semelhança que gera mistério: a natureza como mito.

O ambiente paradisíaco que a linguagem ensina parece acontecer dentro. A nostalgia pelo mito que a poesia de Garcia Lopes manifesta mostra que o mito é agora um acontecimento interno. Há uma troca de posições entre a esfinge e o enigma. O leitor participa de dois eventos simultaneamente, um que se joga no palco do mundo externo que, contudo, ainda lembra uma pré-modernidade idílica, sempre selvagem em si mesma, e outro que se joga no desenvolvimento de uma imagem interior que tenta dialogar com aquele, mas com a consciência de não alcançá-lo. A linguagem testemunha esta ruptura e a recria. Rodrigo Garcia Lopes reitera, sem dramatismo e com impecável domínio técnico, a divisão entre o homem e a Natureza e constrói uma ponte poética para a mediação.

Uma ponte solidamente articulada na melhor tradição da poesia ocidental: a da concreção linguística.

Uma tradição que sabe que mesmo para revelar a condição humana errática e errante é necessário ter uma linguagem poética perfeitamente construída.

Por Eduardo Milán (Cidade do México, 2004)

Nômada

Há livros que trazem em suas páginas uma geografia. Constroem-se como superfície de planuras, relevos, extensões, densidades, variações climáticas e vegetações propícias ao solo que os constitui. Inventam territórios de papel.

Nômada, de Rodrigo Garcia Lopes, faz do deserto a sua paisagem. E, mais que uma paisagem, uma experiência — da linguagem e do poeta no agora do mundo. Isso, porque o deserto que os poemas do livro configuram não é apenas o lugar ermo onde nada tem lugar, o espaço do erro e da errância, com suas linhas de fuga, miragens e margens sem rio, mas também o cenário dos conflitos/dissídios de nosso tempo. É, simultaneamente, um espaço imaginário, "lugar do onde, do ontem, do quando", e uma arena em que se discute, por vias transversas, as turbulências/contingências da realidade (ou "hiper-realidade", no dizer do autor).

Daí que o movimento seja, nesse livro, o próprio *habitat* da linguagem. Nômade, esta vai criando caminhos à medida que os percorre, experimentando formas e formatos diversos, de acordo com as modulações/acidentes do trajeto. É nesse sentido que a poesia de *Nômada* se aproxima tanto da música quanto do cinema. Seus trânsitos se evidenciam por blocos rítmicos — sem ponto de origem, sempre no meio da linha ou da página — e por imagens em movimento. *Travellings*, *closes*, avanços, recuos, velocidades e lentidões marcam sua temporalidade, seu devir. Isso se vê sobretudo na seção intitulada "Fragmentos em movimento", na qual cada poema/fração é uma espécie de fotograma, uma mônada (um *aleph*?), que concentra em sua singularidade a potência do conjunto, ao mesmo tempo que se interliga aos outros fragmentos. Aliás, todo o livro se estrutura como uma totalidade aberta, uma montagem rítmica e visual.

Outro traço dessa escrita são seus desvios do verso para a prosa. Por conceber a poesia como um exercício de liberdade no plano da linguagem, o poeta explora os deslocamentos, contrações e expansões dos poemas na página, chegando mesmo a tangenciar, em certos momentos, uma espécie de "grau zero do gênero", através do qual o texto, recusando os limites de um formato textual, faz-se precisamente da ausência deles. Tudo isso, sem prescindir do rigor e tampouco se furtar ao improviso (no sentido jazzístico) no manejo das palavras.

Por essas e outras potencialidades é que *Nômada* consegue eternizar "o fugaz no grão da linguagem", confirmando seu autor como um dos poetas mais instigantes/intrigantes do presente.

Por Maria Esther Maciel (2004)

Estúdio realidade

Em *Estúdio realidade*, desenvolvendo e levando às últimas consequências experimentações intertextuais, polifônicas e polissêmicas que já se encontravam em seus dois mais recentes livros anteriores, *Polivox* e *Nômada*, Rodrigo Garcia Lopes reúne, num número considerável de poemas bastante vigorosos, uma impressionante variedade de estilos, formas, dicções e ritmos.

O título "Estúdio realidade" provém da exortação "Storm the Reality Studio and retake the universe", isto é, "Assaltem o Estúdio Realidade e retomem o universo", que ocorre no livro *Nova express* (1964), de William Burroughs, um dos autores que comparecem no livro *Vozes & visões* (1994) composto das entrevistas efetuadas por Garcia Lopes nos Estados Unidos, no princípio dos anos 1990.

Como título de um livro de poemas, *Estúdio realidade* sugere que o poeta não toma a realidade algo dado, que é preciso passivamente aceitar, receber, reconhecer. Tal é a realidade reificada, a realidade prosaica do mundo puramente instrumental, regido pelo princípio do desempenho.

O poeta, enquanto poeta, toma a realidade como um estúdio. Um estúdio consiste numa unidade de produção em que um filme, um disco, um DVD, um game etc. é realizado. Se, portanto, a realidade é, para o poeta, um estúdio, então ele a toma como a unidade de produção em que seus poemas são realizados. Ora, os poemas oferecem modos de apropriação do tempo/espaço: modos de apropriação do universo; modos, portanto, de retomar o universo para a poesia. É o que o presente livro propõe fazer.

Estúdio realidade se divide em quatro seções: "Estúdio realidade", "Vórtex", "Pensagens" e "Quarto escuro". Além disso, um apêndice contém "24 Aforismos Sobre Poesia".

Cada poema da seção "Estúdio realidade" é composto como uma montagem de fragmentos discursivos que resulta na totalidade polifônica e não-linear de uma explosão informacional. É a parte mais evidentemente experimental do livro. Seus poemas manifestam no próprio corpo o aforismo nº 15, segundo o qual "O poema nasce enquanto o procuramos".

"Vórtex" explora diversas formas poéticas (poema em prosa, epigrama, alba provençal, oríkì africano, haicai, aforismo, poema visual etc.). A própria diversidade das origens culturais dessas formas já mostra que o poeta não tem, aqui, nenhuma pretensão a prestar homenagem às regras tradicionais. Longe disso, ele não está senão exercendo plenamente sua liberdade poética em relação não somente a toda tradição, mas também em relação a toda ideologia.

"Pensagens", como o próprio nome indica, contém poemas mais reflexivos, filosóficos, logopaicos, e pode ser caracterizada, segundo uma definição de Ezra Pound que Rodrigo Garcia Lopes gosta de citar, como uma "dança do intelecto entre as palavras".

Finalmente, em "Quarto Escuro", o poeta traz a afinidade entre o imaginário, a estrutura e as convenções dos gêneros de mistério e do romance policial para a poesia.

A divisão do livro em seções não deve, porém, nos enganar acerca de sua profunda unidade. Em todas as suas partes encontram-se poemas que, com sua combinação peculiar de contemporaneidade e erudição, promovem uma festa de intelecto e imaginação, razão e sensibilidade, emoção e humor, cultura e intuição.

Por Antonio Cicero (2012)

Experiências extraordinárias

Experiências extraordinárias, sexto livro de poemas de Rodrigo Garcia Lopes, define o poema como um dispositivo de estranhamento e a poesia como uma operação de linguagem capaz de transformar o ordinário em extraordinário.

Aprofundando linhas temáticas e de experimentação perseguidas ao longo de sua trajetória, marcada por uma densidade e diversidade poéticas, Rodrigo Garcia Lopes apresenta poemas contundentes. Organizado em quatro seções, *Experiências extraordinárias* oferece uma resposta a um bordão comum no cenário brasileiro literário, que aponta uma suposta irrelevância e banalidade da poesia hoje e sua incapacidade de dialogar com o agora, de estar sintonizada com o mundo mediado, imediato e complexo que nos rodeia, de re-significar o mundo à nossa volta.

A seção "Idade Mídia", em especial, é marcada por poemas que exploram, com um humor muitas vezes ferino, a mercadorização da vida e a banalização da violência, a fragmentação e velocidade de nossos dias, o culto às celebridades e a sociedade do espetáculo, o bombardeamento de informações, o barateamento da linguagem, o impacto da globalização e da tecnologia na sensibilidade contemporânea.

A segunda seção, na *persona* ficcional de Satori Uso, Lopes recupera os haicais perdidos do poeta nipo-brasileiro (1925-1985), revelando seu empenho em dizer o máximo com o mínimo, em aclimatar as convenções e espírito do haicai para suas experiências como imigrante no Brasil, o impacto da paisagem brasileira e do nosso idioma em sua sensibilidade zen.

Os poemas de "Diálogos" exploram os bastidores literários enquanto estabelecem diálogos intertextuais com autores como Drummond, Horácio, Chandler, Eliot, Oswald, Pessoa, Rimbaud, Graciliano Ramos, Marcial, Leminski e Poe.

A última seção, "Experiências extraordinárias", que dá nome ao livro, concentra poemas que, em sua busca pelo sentido, convertem-se em mapas perceptivos, campos abertos de linguagem — da poesia paragramática ao soneto, do poema lírico ao filosófico.

Um dos poetas mais sofisticados da literatura brasileira das últimas décadas, Rodrigo Garcia Lopes prova, em seu novo livro, que a poesia ainda tem a missão de, ao tensionar forma e significado, criar novas realidades de palavras, apontar e incorporar outros modos de ver, sentir, ser e estar no mundo.

Por Marcos Losnak (2015)

O enigma das ondas

O *enigma das ondas* é o sétimo livro de poemas de Rodrigo Garcia Lopes, um dos mais instigantes e inquietos poetas brasileiros que vem, desde os anos 80, construindo uma sólida carreira literária, com vários títulos publicados por esta casa editorial.

Rodrigo Garcia Lopes traduziu *Epigramas*, de Marcial, *O navegante* (anônimo anglo-saxão), Rimbaud, Whitman, Apollinaire, tendo apresentado as obras de Laura Riding e Sylvia Plath ao leitor brasileiro. Também lançou um livro de entrevistas com personalidades da arte e da cultura norte-americanas, um romance policial, dois álbuns de canções e coeditou por doze anos a revista *Coyote*, publicando poetas e prosadores brasileiros e do exterior.

O enigma das ondas revela um poeta em plena maturidade, que reacende a força e a relevância da poesia, mostrando que ela pode explorar em profundidade, e em registros múltiplos, a realidade contemporânea e a existência. Em 91 peças, o volume traz poemas líricos, políticos, críticos, satíricos e reflexivos.

Seus poemas enfrentam o mundo esteticamente e exibem uma urgência vital em nossos tempos turbulentos, como em "Selvageria": "No fim o desembargador era o chefão de uma milícia assassina / E o incêndio na favela celebrado com uzis e buzinas. / Mais cadáveres encontrados na lama da barragem / E o coronel torturador ganha mais uma homenagem [...]". Ou momentos líricos como "Na praia, junho": "[...] os olhos bordejando as ilhas distantes / antes mastigaram o nevoeiro / nossos corpos satisfeitos e ainda quentes / lendo as pistas que os detetives noturnos não seguiram / os pés imprimindo em sua passagem / a sensação de uma vida acontecendo / limpa como a areia após a onda".

Poesia como investigação, aventura da palavra, forma de conhecimento do mundo.

Pela abrangência de questões, pelo esmero estético, *O enigma das ondas* é um momento alto da poesia brasileira recente.

Por Samuel Leon (2020)

Palavra/surfista, prancha/verso, em movimento. A página em branco é uma onda vivaz e espumosa, a caminho do túnel. Importa isto: o aéreo reverso, assim como importa, para o poema metalinguístico de João Cabral, a capa vermelha. A dançar entre o poeta e o touro. Domar não é domesticar. É acarinhar o risco. Poéticas do arrisco e não do aprisco.

Não há filiação, a não ser a admirativa no trato da vida em movimento — *achtung*! mas debruce na janela — do surfista sobre as ondas. "Quando imitava os grandes mestres / era quando ele / era mais / ele". O paradoxo de Maximus é o sentido da comunicabilidade entre o aéreo reverso e Arnaut Daniel. Bom poeta fala bem de outro bom poeta, se frente a frente.

No entanto, o poema é uma cena de crime. Os poetas são detidos e algemados. Esvaziam as aventuras de vida para serem ocupadas pelo leitor, um coprodutor de sentido. E também da própria vida que se deslancha por surfada plena ou vã toureada. "Você levou ou trouxe, / durante o crime, / alguma coisa de mim".

Poeta e seu leitor procuram dar sentido democrático e universal às palavras num tempo destemperado. Elas se esboroam na falta de significado das leis, ou se agigantam na boca de juliocésares liliputianos. "Aqueles que falam / sabem muito bem / pois eles sempre calam alguém / enquanto falam". Não há como escapar ao reino de Pandora: "Pânico, pandemia, pandemônio".

Será é o *tempo* de verbo: "O espelho nunca esteve tão sozinho. / Mas tudo vai dar certo". No momento do S, o surfista perde o equilíbrio, a onda arrebenta em simultaneidades absurdas. Enumerações se sucedem caóticas. A força deste mundo pandêmico controla indiscriminadamente *O enigma das ondas*, seu fatal desafiador. "Começa hoje o maior festival de folhas falsas se esvaindo no vento úmido de março".

Por Silviano Santiago (2020)

Que língua fala Rodrigo Garcia Lopes? Aposto que nem ele mesmo sabe, do contrário não seria poeta. Mas seu enigma nos toca. Mais que isso, especialmente em tempos de *pandemonium* e pandemia, seu enigma em forma de onda nos leva a realizar o melhor aéreo reverso da sensibilidade. Com essa proeza, trocamos o confinamento pelo mundo lá fora, que nos espera em tormenta, como pressentido pelos personagens de Hopper, ou em epifania epigramática, como na língua de Marcial. Palavras, poemas e capítulos são ondas dentro de ondas. Mas o livro como um todo não é um mar: é ainda outra onda, densa e leve como as melhores ondas costumam ser. Janelas das palavras abertas, atingimos o lábio dessa onda e voamos para descobrir que a poesia em que vivemos está tomada de realidade. Uma onda é um monumento momentâneo. Mas *O enigma das ondas* durará.

Por Vitor Ramil (2020)

De 1985 a 2020
(seleção)

Rodrigo Garcia Lopes, o Satori Uso, é um dos mais notáveis poetas paranaenses da safra novíssima. Me impressiona a falta de provincianismo, a abertura cosmopolita, a coragem da informação difícil, o extremo atrevimento desse londrinense, nada indigno do pioneirismo que levantou, naquela terra vermelha, a cidade mais rápida do Brasil.

Paulo Leminski, Correio de notícias, 16/11/1985

Não é comum, livro de estréia de poeta tão moço — 22 anos — com esta qualidade. Há muito equilíbrio na fatura de todos os poemas, mas a audácia e o risco não foram esquecidos. Audácia e brilho que vamos encontrar, o que é ótimo sinal, nos significados, no modo variado e personalíssimo de ver as coisas.

Armando Freitas Filho, para a apresentação de Mu *(futuro* Solarium*), 1987*

Depois de ler os poemas de Rodrigo Garcia Lopes, não tenho a menor hesitação em afirmar coisas grandiloquentes como: ele é um dos melhores poetas surgidos ultimamente neste país.

Caio Fernando Abreu, "Caderno 2", O estado de S. Paulo, 14/3/1988

Qualifica as traduções, além disso, o fato de os tradutores Maurício Mendonça e Rodrigo Garcia Lopes, paranaenses de origem, serem dois dos melhores poetas que estão surgindo no panorama. Tradução de poetas, tradução como diálogo criativo e não como ofício profissional.

Régis Bonvicino, sobre Sylvia Plath: Poemas, *Folha de S. Paulo, 29/3/1992*

Entre o brilho frio de um alfinete e a tenra pele de um pêssego, é necessário admitir que a poesia de Rodrigo Garcia Lopes é, atualmente, uma das melhores produzidas no país. Não é uma questão de exagero, é uma questão de qualidade, de afinação do instrumento da estética poética.

Marcos Losnak, "Caderno 2", Folha de Londrina, 15/12/94

Reunidos assim em partes — com 19 "dioramas", 27 "polaroides" e 18 "solariums" — vejo-os como notações sobre o mesmo tema em que, viajante, o poeta parece dizer, já pela linguagem do percurso, que não há mais lugar para "poetas locais" e nem para influências muito bem situadas (e/ou sitiadas). Desterritorializado seja pela movimentação incessante que vai anulando espaços deixados para trás, arte e ofício de todo viajante, seja pela própria confluência geracional que o coloca num mundo onde não há mais lugar para o poeta "épico", de raízes bem definidas e influências idem [...] não é sem propósito que já no segundo poema com que nos introduz a seus preciosos Dioramas, Rodrigo nos informe: "Como uma paisagem: / uma imagem/ nunca se completa./ É preciso quase tê-la,/ captá-la/ num segundo./ Depois deixá-la/ quieta/ cuidando de si mesma".

Wilson Bueno, sobre Solarium*, Folha de Londrina, 10/11/1995*

Obrigado pelas suas *visibilias*, cujo conteúdo faz jus ao título na medida em que torna o invisível visível através deste. Seus poemas são bem amarrados pela rima necessária ou, esta ausente, pela lógica analógica do sentido. Poemas como eu gosto — com começo, meio e fim.

José Paulo Paes, em carta ao autor, 1997

Visibilia — como o nome denuncia — nasceu com a despretensão de registrar aqueles momentos em que os olhos regem o pensamento; em que a imagem pede a palavra. Sensação no governo da razão. Paisagens e banalidades cotidianas escondem a estranheza, o surpreendente, o apaixonante. E a poesia é que pode desvelar milagrosamente o extraordinário oculto no ordinário, pervertendo o senso comum, alterando os padrões da sensibilidade. Para enxergar além da conta e sem amarras, Lopes em boa hora soube de novo se fazer forasteiro.

José Carlos Fernandes, Caderno G, Gazeta do povo, 29/11/1997

A maior parte dos quarenta títulos que compõem *Visibilia* tenta, seguindo à risca a bela epígrafe de Klee, não apenas (re)inventar a natureza, mas também (e sobretudo) tornar visível o seu sentido — ou melhor, reconstruí-lo — tão-somente a partir de resíduos de visibilidade ou daquilo que, se mostrando puramente ao olho, melhor se presta (e sem sustos) a despertar o surto da linguagem. Na maioria das vezes em que Rodrigo captura o que o mundo oferece como "coisas vistas uma só vez/ nítidas (...) possibilidades de luz", o ato de ver — tão ingrato de ser recuperado pelo ato de escrever — serve como alavanca para uma empresa de resplandecimento das nuances "naturais" das coisas. À guisa de René Char e Francis Jammes, sua varredura visual privilegia o "amor à terra" com imagens recorrentes de paisagens compostas por ondas, chuvas, brisas, montanhas, dunas e faróis (confira "Oração à brisa", "Pedra, labor de espumas", "O que passou" e "Mu" — quatro ótimos momentos do livro). Ao fim, *Visibilia* apenas constata que todo poema é uma ilha "que ainda está por ser escrita" e que toda tentativa do poeta é como "um minuto de silêncio" que o poema reverbera na "pura distância" que o separa do que o atiça.

Jorge Lúcio de Campos, caderno "Mais!", Folha de S. Paulo, 16/11/1997

Chama a atenção, ainda, para certa tendência narrativa, para a preocupação com um redimensionamento temporal do poema, que se têm definido na poesia brasileira sobretudo a partir de meados dos anos 80. [...] Lembrem-se, nessa linha, tematizações explícitas recentes dessa preocupação mais acentuada com o tempo lírico. Como a reflexão sobre o caráter de "still momento" da imagem poética, empreendida por Rodrigo Garcia Lopes em "Como uma paisagem", por meio do contraste entre fixidez, silêncio, e correnteza, incompletude.

Flora Süssekind, em "A série", A voz e a série *(SetteLetras, 1998)*

Nota-se no estilo de Rodrigo certa influência da *Language poetry* norte-americana: este apego obsessivo à imagem, mas com uso da metáfora de forma substantiva, quase intransitiva; a utilização de recursos sonoros na decupagem dos versos.

Reynaldo Damazio, sobre Visibilia, *revista CULT, 6, 1998*

Para quem esperava do polêmico poeta londrinense os voos da "vanguarda" mais desabrida [...] Rodrigo Garcia Lopes impõe-se, desde a mirada/miragem de um estranhamento quase desgarrado, um rol de recusas: ao pós-moderno quase sempre mais pós-modernoso do que "pós" [...]. Para além da superfície chapada das coisas, receito-vos *Visibilia*; para além da retângulo-quadradice da linguagem acadêmico-monográfica que mediocriza qualquer literatura, receito-vos *Visibilia*; para além do crochê miúdo com que o sanatório das letras tupiniquins se cospe e se agulha, receito-vos *Visibilia*. É uma ilha de delicadeza no tédio infinito e na violência explícita com que a "violência" cultural do país de Fernando Henrique Cardoso "hormogeneiza" e anestesia. Época nem um pouco apropriada para audácias de fundo.

Wilson Bueno, Folha de Londrina, 25/10/1998

Ele faz uma poesia desabrida, de visões amplas e com uma linguagem solta e que tem relação com a geração *beat* e com a cultura norte-americana. Há eloquência sem exageros.

Italo Moriconi, caderno "G", Gazeta do Povo, 16/5/2001

Polivox, degusto aos poucos. Perturbador. Tenho entrado principalmente nos tijolos de textos, as prosas de narrativas supuradas. Artista culto, sem exibicionismo.

João Gilberto Noll, em carta ao autor, 2001

Talvez o que esteja em crise seja a própria busca do lirismo. Rodrigo enfrenta essa crise com determinação e talento. Se há tropeços, isso se deve à persistência do poeta, que não fugiu do terreno minado. Não é fácil dominar várias vozes, afiná-las todas. Mas esquivar-se da empreitada é permitir que a poesia seja apenas — citando um dos bons poemas de *Polivox* — sexo, mentiras e, o que é pior, videoteipe.

Nelson de Oliveira, em "O novo lirismo contemporâneo",
caderno "Prosa e Verso", O globo, 19/08/2002.

Rodrigo Garcia Lopes sugere a possibilidade do impulso que presidiu ao nascimento da lírica moderna. Resgate de uma poética das sensações não somente hedonistas, em que se constitui a subjetividade como percurso ao longo do qual se esboçam também um lugar e um tempo coletivos. Resgate do sentido utópico de percorrer os caminhos da natureza e re-encontrar a liberdade para além dos clichês eufóricos da linguagem midiática, mas também dos clichês niilistas da literatura pós-moderna. Resgate do valor político e estético da beleza, pois "ela é tudo que nos resta", serve de rastro a seguir "para saber o que ainda presta", pois "o agora agoniza", mas "o futuro nos completa".

Celia Pedrosa, em Poesia e contemporaneidade, *2001*

Parabéns por sua poesia, que li com grande interesse. "Jogos Patrióticos" é irresistível e a tradução de Chris Daniels parece especialmente boa, mas o poema "c:polivox.doc" também é belo. Eu estou feliz de verdade por ver que você está se saindo tão bem.

Marjorie Perloff, em e-mail ao autor, 2001

Nômada é uma verdadeira explosão de talento. É, sob todos os aspectos, um livro revolucionário: revolucionário na forma poética, revolucionário na temática ("Ao Vivo" é notável), revolucionário até na apresentação gráfica. Ainda estou sem fôlego!

Moacyr Scliar, em e-mail ao autor

Foi uma verdadeira alegria ter podido ler seus poemas, gostei imensamente deles. Têm uma leveza densa, uma concentração quase budista que é cara às minhas interioridades. E beleza, eles têm acima de tudo beleza enunciativa: fixam, viram, entrelaçam-se, forjando elos poéticos que penetram o espírito do leitor: pelo menos o meu.

José Kozer, em e-mail ao autor, 2007

Poesia extraordinária, sobretudo enquanto a capacidade de metamorfose, de mudanças de registros, de jogo (tanto semântico como semiótico). Dir-se-ia que nele habitam vários poetas, vozes com una personalidade própria, autônomas, mas, sobretudo lendo Polivox, vemos que essas flutuações e variações conformam um corpus, uma coerência que se alimenta de todas as tradições da modernidade e da mitologia, do concretismo e do surrealismo, uma hibridação sincera e sedutora que se alimenta de uma antropofagia estilística sumamente inteligente. Não há quietude, não há moldes rígidos, o poeta não se deixa vencer por forma alguma. Pelo contrário, as utiliza: canais para a palavra que sempre está se transfigurando num eterno devir poético. Um prodígio de liberdade e de rigor.

Victor Sosa

Deu no jornal: "Um suicida detonou nesta segunda-feira um veículo cheio de explosivos, morteiros e mísseis perto da entrada de uma base americana na cidade de Mossul, ao norte do Iraque. O ataque matou três pessoas e deixou outras cinco feridas, informou a militar americana Ângela M. Bowman". Como superar a indignação com essas notícias que chegam do Oriente Médio? Respondo: com a poesia. Com a poesia de Rodrigo Garcia Lopes, o poeta paranaense que chega agora às livrarias com um novo livro — *Nômada* — onde a temática da guerra, mais especificamente da Guerra do Iraque, é uma constante. Sem panfletarismos datados, a obra é um petardo na poesia de quem aceita passivamente a despreocupação com a linguagem. De quem se conforma com velhas formas e rimas cansadas.

Linaldo Guedes, em Correio das artes, 30/7/2004

Rodrigo Garcia Lopes incorporou num repertório de afinidades eletivas a dicção beat, explorando a coloquialidade, a narração e os versos longos, vestígios da poesia oriental, como Bashô e Li T'ai Po, e certas linhas poéticas contemporâneas, do rap das ruas de Nova York à lírica séria de Laura Riding e John Ashbery. Esse diálogo aberto e crítico com outras culturas e a apropriação transformada (miscigenada) de formas nada tem de epigonal ou ingênuo. Trata-se aqui de compartilhar (ou intercambiar) o imaginário, a vivência, as cores e os sons de outras latitudes geográficas ou temporais, numa era onde já não há mais fronteiras. Para uma maior compreensão desse processo, seria preciso uma análise em profundidade, muito além de certas teses redutoras do multiculturalismo e da teoria dos gêneros, tão em voga hoje em dia, em alguns círculos.

Claudio Daniel, em Na virada do século: poesia de invenção no Brasil, *2002*

Polivox é um experimento investigativo da linguagem, assumindo a vida como a mais agressiva das artes. Ocorre a frequente mudança de tom, desenvolvendo códigos, estilos e escolas — dos haicais, passando pela poesia medieval e desaguando no barroco. O poema se assemelha a um bazar de ideias, um objeto inconcluso, instável. A página tem as oscilações de um gráfico cardíaco. Os hipertextos captam os ruídos em tempo real. A linguagem é sempre interrompida, cindida por demandas externas e distrações. Qualquer tema pode ser aproveitado pela poesia — essa é a tese, o desafio proposto. "Cada memória esgota-se ao mesmo tempo em que ocorre". Lopes se enraíza na percepção, instaurando um épico da fala contemporânea.

Fabrício Carpinejar, jornal Rascunho, junho de 2003

Polivox reinventa o mundo, o seu mundo, pelas linguagens. Esteta de instrumentos afiados, Rodrigo Garcia Lopes distende o tecido-vida, na transitoriedade imposta pelos signos/símbolos da época em que vivemos. Uma premissa, a maior: ser acima de tudo contemporâneo. O poeta não abre mão do seu tempo e a realidade que vive e conhece.

Jairo Batista Pereira, revista Zunái, 2003

Se invocar a tradição intelectual europeia nos contextos atuais da literatura brasileira é tão honesto e necessário como sempre, o interesse relativo nos referentes americanos e nas funções pertinentes no discurso, como discutido ao longo deste texto, parece mais frequentemente mais natural. A peça principal de *Polivox* carregada de intenção (2001) de Rodrigo Garcia Lopes, é uma composição extensa (116 linhas) e multivalente. Há epígrafes de autores alemães, franceses e americanos sobre dispersões linguísticas e a ruptura da continuidade sistêmica. O próprio poema "c:/polivox.doc" se baseia em um excesso de registros, tecnologia da informação, incluindo produtos e Internet — a primeira palavra é "On-line" — artes, publicidade, notícias e sabedoria proverbial, parafraseando ou até mesmo citando uma variedade de fontes, desde mitologia e filosofia (por exemplo, Wittgenstein) até literatura e filmes clandestinos. A multiplicidade é afirmada em uma frase que se autodefine: *A dança do duende entre a floresta de signos.* Isso é sintomático da literatura da virada do milênio em sintonia com os planos transtemporais e planetários do discurso lírico ou sujeito à absorção pela lírica. Ela pode ser vista como uma versão literária da variedade socioantropológica da expressiva cultura popular latino-americana posicionada como "heterogeneidade multitemporal" (García Canclini 3). A cultura visual (cinema e mais além) dirige uma sociedade mercantilizada, mistificada e, em conclusão: "Não há como escapar." Como não admitir as implicações da presença massiva da mídia e da imbricação de línguas e nações? Não há aqui nenhuma sugestão de celebração nem de confronto, mas sim de questionamento, de ponderação. O quadro internacional de referência, finalmente, é estruturado por uma certa proeminência norte-americana — especialmente a cultura mediada: Pound, "Sonho Americano", Madame Yahoo, Dell, matinês americanas — isso significa, a longo prazo, consciência transamericana.

Charles Perrone, revista Chasqui (EUA), 2004

Nômada, de Rodrigo Garcia Lopes, é um livro que procura a unidade através da heterogeneidade, um livro em que (como o título indica) os poemas devem ser vistos como "mônadas", como células encerradas em si mesmas, mas que se comunicam entre si, provocando um nomadismo de formas e sentidos. A diversidade de vozes é uma das características marcantes desse poeta que, não por acaso, havia lançado anteriormente dois trabalhos intitulados *Polivox* (um livro de poemas, publicado pela editora Azougue, e um CD em que Garcia Lopes mostra sua faceta de compositor e intérprete). No caso de *Nômada*, encontramos novamente essa pluralidade: poemas de um lirismo visionário, de inspiração ora surrealista, ora "beatnik"; poemas lineares em que as súbitas torções e as imagens urbanas lembram modulações jazzísticas; poemas em prosa de feição orientalista; palavras em suspensão, em montagens claramente influenciadas pela visualidade concretista.

Manuel da Costa Pinto, sobre Nômada, *Folha de S. Paulo, 31/7/2004*

O leitor que gosta de aprisionar em uma rotulagem a poética de um autor encontrará uma tarefa difícil ao ler *Nômada*, de Rodrigo Garcia Lopes. Diria que impossível. É que a poesia dele é multifacetada e de uma versatilidade inaudita. Será uma missão impossível colocar o autor nesta ou noutra escola literária. Talvez o melhor a dizer é que o poeta em questão é pós-moderno: no sentido de que sua escrita se apropria de diversas máscaras para vestir o poema com a melhor roupagem poética possível. Para cada peça que forma um conjunto harmonioso há um pouco de cada estilo literário. Tudo dentro da modernidade e do verso livre. Do pós-concretismo ao surrealismo.

Rodrigo de Souza Leão, em "Delirismo e outros ismos", revista Zunái, 2004.

Nômada traz versos de forte plasticidade que discutem temas da época contemporânea, marcada pela incerteza, transitoriedade e turbulência. Figura presente em antologias como *Esses poetas*, *Os cem melhores poemas brasileiros do século* e *Na virada do século*, Rodrigo Garcia Lopes explora o poema como improvisos de jazz, formando textos espontâneos que misturam os sentidos e procuram reproduzir a autenticidade da vivência. Acredita viver "em estado permanente de linguagem". É um escritor das viagens, do deserto, das estradas baldias e das incertezas. Disposto em cinco seções, o livro realiza um diálogo com os principais movimentos literários e vanguardas como a poesia *beat* e a *language poetry*.

Fabrício Carpinejar, jornal Rascunho, 2004

Garcia Lopes soube mostrar na quase totalidade dos versos sua tarimba de tradutor, saindo-se bem das armadilhas e tonalidades que Câmara Cascudo dizia intraduzíveis. Sirva a edição comemorativa como incentivo aos nossos editores e tradutores para nos trazerem finalmente um Whitman "complete and unabridged" [completo e sem cortes].

Ivo Barroso, sobre a tradução de Folhas de relva, *de Walt Whitman,*
em Folha de S. Paulo, 4/12/2005

Empreendida com talento, sensibilidade e rigor pelo poeta Rodrigo Garcia Lopes, a tradução mantém o ritmo original do autor, utiliza com precisão os recursos poéticos de sua oficina literária e, graças à escolha das palavras mais certeiras, adota a linguagem direta e vernacular — que foi a busca do poeta norte-americano, ao longo de sua vida. Oscilando, no ofício da tradução, entre aproximar o leitor do autor (buscando manter-se fiel ao propósito e ao plano do poeta) ou trazer o autor para próximo do leitor (na busca de tornar sua temática e dicção mais contemporâneas, por assim dizer), ainda assim o resultado obtido por Garcia Lopes é de qualidade bastante superior. Por fim, destaque-se o ensaio (em mais de um sentido heurístico) sobre a vida, a arte e o ofício de Walt Whitman, assinado por Garcia Lopes, para que a recém-lançada edição de *Folhas de Relva* já seja considerada um clássico.

Rodolfo Witzig Guttilla, sobre a tradução de Folhas de relva, *em O Estado de S. Paulo, 5/2/2006*

Poeta que concentra em seus livros diferentes linhas de invenção (que podem ir da montagem inspirada pela visualidade oriental aos poemas em prosa que procuram mimetizar a polifonia urbana), Rodrigo Garcia Lopes parece sempre colocar a experimentação a serviço de uma ampliação do campo perceptivo, da experiência vital, lançando um hipotético e acuado "homem em transe" contra "a noite exangue / em cada fala-cadafalso". Sua confiança no poder demiúrgico da poesia, na capacidade que o poeta tem de criar mundos, remonta ao romantismo, ao triunfalismo das vanguardas (com suas pretensões de transformar a realidade), chega à poesia beatnik norte-americana (cujo caráter anarquista é uma das referências de Garcia Lopes) e tem algo de utópico, de ingenuamente exaltado. Mas o próprio autor ironiza tanto quem não tem senso de humor para seu "suflê de vísceras" ou coragem para enfrentar o dialeto do caos" quanto sua condição de poeta que, afinal, só dialoga com a própria voz.

Manuel da Costa Pinto, em Antologia comentada da poesia brasileira do século 21 *(2006)*

A qualidade do trabalho de transposição (no livro mencionada como "transcriação") merece ser destacada, tendo em vista a riqueza vocabular, os efeitos guturais, sonoros, dessa poesia que, segundo a própria autora, ganhava intensidade ao ser lida em voz alta.

Ivo Barroso, sobre a tradução de Ariel, *de Sylvia Plath, caderno "Ilustrada", Folha de S. Paulo, 20/10/2007*

A presente edição brasileira encara com seriedade os problemas de tradução que sua poesia oferece e a refaz num português tão atraente quanto é a apresentação gráfica deste volume, que — reordenando os poemas como a poeta desejara que os publicassem — inclui também seus manuscritos com as respectivas notas e correções. Num país como o nosso, no qual a poesia estrangeira é traduzida aos tapas ou aos trancos e barrancos, isso, sem dúvida, não é pouco.

Nelson Ascher, sobre a tradução de Ariel, *de Sylvia Plath, revista Bravo!, novembro de 2007*

Linguagem, espaço, movimento: um fio de luz que se desloca e filtra, na poeira dos dias, fagulhas de cidades, centelhas de deserto, dores alcalinas, na amplitude de um mosaico em que nada parece faltar ou sobrar. Justo, límpido, depurado, o texto de *Nômada* é indício claro da maturidade poética de seu autor, Rodrigo Garcia Lopes, um dos mais criativos, sensíveis e expressivos nomes do atual panorama literário brasileiro, que já há dez anos (desde a estreia, com *Solarium*), vem construindo uma obra marcada pelo trinômio inventividade / rigor / leveza, merecendo especial leitura e atenção. Deslocamento de vozes, trânsito de sentidos: eis a chave para a melhor compreensão deste novo livro de Garcia Lopes. Em constante transmigração, a palavra poética de *Nômada* move-se em uma "galeria de enigmas" e penetra na "história simultânea das coisas" (...).

Beatriz Amaral, revista Zunái, número 15, maio de 2008

Rodrigo conserva em sua poesia um ritmo habitado pelos beats dos anos 60 e pela Language poetry norte-americana, sem abdicar de seu próprio estilo — sendo um dos primeiros poetas brasileiros a estabelecer um contato mais evidente com a cultura norte-americana, o que trouxe um acréscimo à tradição. *Solarium*, por exemplo, reúne poemas curtos, incisivos, ao estilo de Leminski — entre os quais "Peônias negras" (com sua coleção de haicais) — e outros mais longos, na linha de John Ashbery e de beats como Lawrence Ferlinghetti e Allen Ginsberg. Há, ao mesmo tempo, uma espécie de equilíbrio entre cummings e Bashô, num poema como "Outro outono", com os versos "céu de nuvem nenhuma / lambe a manhã / derruba folhas / uma por uma".

André Dick, revista IHU-On Line, Universidade Unisinos, 2009

Rodrigo Garcia Lopes nasceu em 1965. Estreou em 1994 com o belíssimo livro *Solarium*, onde se encontra o poema "O fotógrafo", aqui selecionado. É um livro com muitas vozes, muitos estilos, muitas intensidades, diversas velocidades. E essa multiplicidade, com o tempo, parece continuar a se desejar múltipla, em vez de se "resolver" num modo ou numa voz, preferindo o conflito à pacificação, ainda bem. Não à toa Rodrigo batizou de *Polivox* o volume em que reúne boa parte de sua produção poética. E de todas as muitas vozes da poesia de Rodrigo, a que mais me toca e emociona é essa de "O fotógrafo" [1991]. Desde a primeira vez que li o poema fiquei intrigado em como ele tinha conseguido chegar ali tão cedo, já no primeiro livro, nesse ponto de prosa/poesia e imaginação livre, mas toda feita de cartões postais, cigarros, neve caindo na TV. Disse o bom Sartre que "imaginar é dar ao imaginário um naco de real para roer". Rodrigo sabe bem disso e nunca deixa que o imaginário se afaste muito desses nacos de real de que é feita a vida. É um poema maduro, belo, emocionante. Volto sempre a ele quando quero me sentir dentro de uma atmosfera especial da vida a que só tenho acesso por essas linhas de fuga que formam espirais.

Carlito Azevedo, Suplemento literário de Minas, maio de 2013

A chave para ler *Estúdio realidade*, novo e desafiador livro de poemas de Rodrigo Garcia Lopes, talvez esteja em uma epígrafe tomada de empréstimo ao argentino Macedonio Fernández, que abre o poema "Em Aberto Mistério". Diz Macedonio: "A realidade trabalha em aberto mistério". Todo o livro de Rodrigo é uma interrogação a respeito da realidade, vista — como assinala Antonio Cicero na apresentação — "como um estúdio". [...] A realidade, o poeta nos sugere, é na verdade o lugar da desconfiança. [...] Vista como Rodrigo nos propõe, a poesia não é para qualquer um: exige esforço, liberdade interior, coragem.

José Castello, O globo, 2014

Não deixa de ser interessante que um dos temas caros ao romantismo — o da contemplação da natureza e a fusão do eu lírico com toda essa verdura estilizada — continue tendo, nos tempos de hoje, o mesmo apelo. No entanto, não podemos nos apegar à superfície dos poemas, e cabe perceber que essa natureza contemporânea já nos chega problematizada pela própria linguagem: é uma natureza inventada pela linguagem e ao mesmo tempo questionada por ela e sobre ela. É como se o poeta retirasse de suas observações uma imagem e, num segundo seguinte, já questionasse a validade dessa imagem. A questão é complexa, não há dúvida. Mas ela está presente no recente livro *Estúdio realidade*, do poeta paranaense Rodrigo Garcia Lopes, uma das vozes representativas da poesia brasileira surgida nos anos 1990. Há em Garcia Lopes desde o princípio, em *Solarium*, de 1994, uma preocupação com a diversidade formal. Mas já absorvida pela ideia da "poesia pós-utópica", de Haroldo de Campos, com "a pluralização das poéticas possíveis". Havia uma procura da expressão que desse conta dos embaralhamentos da vida contemporânea. Nesse sentido, sua poesia trilhou o inusitado caminho da variação formal e da polifonia, cada poema exigindo uma maneira própria de se apresentar na página. [...] *Estúdio realidade*, cujo título é tomado de um romance de William Burroughs, é um bonito livro, mas exige do leitor uma paciência de detetive (alguns poemas tratam diretamente do assunto). Ele lança pistas e despistes. Cabe ao leitor decifrá-los, não diretamente, mas pelos ecos que criam.

Heitor Ferraz, Caderno Eu, Valor econômico, 2014

Herdeira da tradição beatnik e de sua crítica ao establishment, a poesia rebelde de Rodrigo Garcia Lopes se volta, em *Experiências extraordinárias*, contra o cenário edulcorado de nossa Idade Mídia, com seus ídolos de ocasião e modelos de sucesso. Evocando Drummond, Oswald de Andrade, Graciliano Ramos ou a dupla Ginsberg/Kerouac, o poeta denuncia o "poeta fofo" que "assassina mais um poema", "as descobertas científicas" que "nos domesticam", os "bonecos travestidos de sentido", "a fome o cansaço a humilhação", o real "seco de linguagem", mesmo desconfiado do alcance da própria voz e da permanência da palavra diante de um ambiente que emudece, porque talvez esteja soterrado pelo excesso de discursos, imagens, slogans, ruídos e ruínas. É verdade que a literatura brasileira, em prosa e verso, está acossada pela fofice, o mimimi lírico, mas ainda existe alguma resistência dos que buscam o nervo inflamado do outro e do real, ali na esquina.

Reynaldo Damazio, Guia da Folha, 2014

Eu já conhecia, e até me habituara à qualidade da poesia de Rodrigo Garcia Lopes. Agora o poeta volta à conhecida forma e dá-nos uma poesia cravada no melhor trabalho de linguagem. Ele está tão bem que até poema de cunho filosófico ele faz.

Com admirável desenvoltura. Poesia e filosofia, sabemos, dificilmente se entendem. Poemas que se dão no campo prioritário das ideias, poucas vezes não sucumbem ao didatismo, ao panfletarismo ou à persuasão. [...] Salve Rodrigo Garcia Lopes e a volta de sua extraordinária poesia. *Experiências extraordinárias* é um grande livro.

Amador Ribeiro Neto, 2014

Os poemas desenham um vasto campo de referências mais ou menos explícitas e surpreendentes que, volta e meia, atuam em prol da reflexão do leitor sobre a leitura do poema, como na suposta alusão ao linguista Ferdinand de Saussure e sua concepção da palavra: "Um relâmpago é flagrado por seus ecos. Santo súbito.// Signo, sussure". Assim é que a matéria mental inscreve o poema — e com ele o poeta e o leitor — numa aventura cognitiva que consiste na reconfiguração do mundo tensionado pelos limites dos sentidos da palavra. Como tal aventura é, por definição, uma viagem ao desconhecido (conforme o poeta Maiakóvski afirmou diante do fiscal de rendas), de nada servem as fórmulas estilísticas ou os métodos de leitura. Ao incorporar sistematicamente à obra o mecanismo interno do dissenso, como o fizera Drummond na abertura contraditória de *A rosa do povo*, ao instituir esse mecanismo como procedimento de composição, de leitura, e como posicionamento no campo da poesia, Rodrigo Garcia Lopes atua por ampliar o desenho da poesia brasileira, cuja narrativa cisma em se polarizar historicamente contra a suposta "geleia geral" que configura essa cultura.

Luiz Guilherme Barbosa, sobre Experiências extraordinárias,
jornal Rascunho, 2014

Embora intenções estéticas permeiem os poemas, não é o ideal de beleza, por exemplo, que move O enigma das ondas, mas o ideal de dizer uma experiência de verdade interior bastante incômoda. O ideal se mostra imbricado num real que o contorce, que o rasura, a ponto de desestabilizá-lo. A fatura estética acaba por se configurar como uma espécie de fratura ética, desvelando-se um sujeito em situação de conflito com o mundo comum, circundante, no qual se confundem materialidades e virtualidades. Nisso, na fatura-fratura, consiste precisamente o dado obtuso, curvo, rudo, dos poemas. [...] Somos lançados ao mar desde o primeiro poema, "Aéreo reverso", premidos a nos envolver num processo de navegação por camadas semânticas muito instáveis, nas quais o referente é a própria movência, um objeto que resiste à fixação, que não se deixa controlar pelo sujeito. A estratégia épica de que se vale o poeta desde o seu primeiro livro, o dado prosaico em tensão com o poético destacado por Cavalcanti e Polito, é exemplo do seu esforço de acercamento desse objeto como uma espécie de princípio irônico de criação, sutil corrosão de expectativas convencionais em face da poesia.

Anelito Oliveira, revista Sphera, 2021

O enigma das ondas exige que o leitor vá além da diversão rumo aos problemas que uma poética deve encerrar.

Jardel Dias Cavalcanti e Ronald Polito, Digestivo Cultural, 17/9/2020.

Em *O enigma das ondas* Rodrigo Garcia Lopes vai fundo em seu mergulho pelos tempos atuais. As notícias renovam suas surpresas, mas a situação não muda. É também esse o espírito de um poema sobre o filme *O feitiço do tempo*, em que Bill Murray acordava sempre no mesmo dia do ano. Com grande perícia, Rodrigo Garcia Lopes emprega a forma da sextina".

Marcelo Coelho, caderno "Ilustrada", Folha de S. Paulo, 22/9/2020.

O autor olha para os conturbados episódios dos dias atuais como acontecimentos do passado. Faz do distanciamento uma lente de lucidez que abraça todas as possibilidades do pensar e do sentir".

Marcos Losnak, "Caderno 2", Folha de Londrina, 16/9/2020

Um convite corajoso, o da existência e persistência da poesia em tempos tão sombrios.

Diana Junkes, revista CULT, 6/10/2020

Parece não haver tema capaz de intimidar o poeta londrinense: de delações premiadas até a pandemia do coronavírus, ele mostra como é possível fazer uma poesia que é tão rigorosa na forma quanto urgente no conteúdo.

Irinêo Baptista Neto, jornal Plural, 15/9/2020.

Não há truques pós-modernos, a crise do sujeito, a enunciação partida, a materialidade da linguagem, a paródia, a autoparódia, pelas páginas que se seguem. [...] Há versos maravilhosos, não por acaso na seção de O enigma das ondas chamada "língua", sobre as relações da vida com as palavras. Eles estão num poema, também epigramático, que gira em torno da famosa definição do estado de poesia por Valéry: "hésitation prolongée entre le sons et le sens".

Leda Tenório da Motta, blog Musa rara, 11/10/2020

Por ironia, a obra consolidada em tempos de isolamento severo é seu trabalho com mais vasos comunicantes. [...] Importa saber que *O enigma das ondas* é filho admirável de uma Idade de Trevas".

José Carlos Fernandes, revista Pinó, 20/10/2020

Fulminada pela leitura de "Selvageria", por esse retrato cada vez mais terrivelmente fiel de nosso pobre Brasil de hoje, li e reli, com toda a atenção, os poemas de Rodrigo e, para minha grande surpresa, descobri em seu conjunto uma trama que os configura e — para mim — os sustenta. Não é que eles se formam, se desenvolvem, se armam, explodem e se aplacam como uma grande onda?"

Aurora Bernardini, revista Qórpus, novembro de 2020

Considerado um dos mais instigantes poetas brasileiros, o autor agora alcança a maturidade poética, oferecendo um trabalho capaz de acender a relevância e a força da poesia.

Valor econômico, caderno "Eu", 4/12/2020

Uma reflexão poética sobre assuntos que vão além dos nossos sentimentos e fazem pensar sobre questões sociais e políticas, em um passeio por variados estilos que nunca perdem a consistência.

Camile Triska, site Curitiba de Graça, 30/10/2020

Entre os poetas de espíritos mais contestadores da atualidade, destaca-se o nome do paranaense Rodrigo Garcia Lopes, reconhecido artesão do rigor formal. Inimigo do eufemismo e dos salamaleques literários, sua obra tem se caracterizado por um movimento em direção à superação do invólucro que geralmente interpõem entre o cotidiano instantâneo e a literatura. [...] *O enigma das ondas* é um livro fundamental da poesia que persiste e resiste no ano melancólico de 2020.

Jotabê Medeiros, Carta capital, 4/12/2020

Nesse O *enigma das ondas* vem a voz de um poeta grande. Uma voz de hoje, que assimila de tudo, de outros tempos e deste, de outras tradições e da mais nossa, para produzir uma poesia real, sólida e leve, profunda e densa como poucas. Se a obra inteira de Rodrigo Garcia Lopes já o coloca em posição privilegiada no cenário brasileiro, este livro, por si só, serviria de cartão de apresentação de um poeta de que a gente precisa, hoje, mais do que nunca.

Caetano Galindo, 2020

Que livro espetacular esse *O enigma das ondas*! Rodrigo Garcia Lopes me parece um poeta na plenitude de sua capacidade expressional: imagens elaboradas, beleza, inteligência, sensibilidade, ritmo. Uma viagem. Um alimento. Recomendo demais.

Sérgio Santa Rosa, 2020

Um livro maravilhoso. Uma coleção de poemas primorosa: alta voltagem estética, temas múltiplos (as questões políticas entram com elegância, sem estridência), densidade conceitual e referências instigantes.

Maria Esther Maciel, sobre O enigma das ondas, 2020

O enigma das ondas é um dos grandes livros da década, e não me refiro apenas a livros de poesia.

Adalberto Müller, 2020

Li o novo livro de poemas de Rodrigo Garcia Lopes. Pela pegada, pelo que falam os poemas desse nosso momento de caos (mostrando que a poesia pode falar de tudo), por seu lirismo transcendente, é já (na minha opinião) um dos melhores livros de poesia do ano, se não for o melhor (acho que sim). Faço minhas as palavras do grande compositor Vitor Ramil sobre *O enigma das ondas*. Leiam e surpreendam-se.

Maurício Arruda Mendonça, 2020

Nem todo dia surge um livro de poesia tão vigoroso, maduro e atualíssimo como o de Rodrigo. Vale muito a pena conhecê-lo. A multiplicidade criativa reserva-lhe destaque não apenas na poesia brasileira contemporânea, mas no jornalismo, na tradução e na música. A polifonia de estilos e a amplitude de visão artística são características de sua poesia, por vezes contundente, por vezes lírica e sutil. Um poeta essencial no cenário contemporâneo.

Ademir Assunção, sobre O enigma das ondas, 2020

Em um ensaio sobre *Grande sertão: veredas,* "O romance de Rosa", José Antônio Pasta Júnior nos lembra que, diferente dos mistérios, que "admitem unicamente culto e celebração", os enigmas pedem decifração. Podemos desdobrar a hipótese: maus enigmas se comportam, no fundo, como mistérios, isto é, fingem puxar a cadeira, mas querem mesmo é ver os joelhos se dobrarem. Em outros termos, aparentemente requerem a curiosidade moderna, mas escondem a devoção arcaica. Não é nem de longe caso de *O enigma das ondas*, de Rodrigo Garcia Lopes que, desde o primeiro poema, "Aéreo reverso", desde o primeiro verso, "A palavra surfista desce a onda verso", quer tratar com o leitor, e não doutriná-lo, quer trazer pra perto o leitor, não afastá-lo ou subjugá-lo. Este me parece o princípio regente do livro e uma das escolhas mais louváveis em tempos de pouca conversa e muito lacre.

Guto Leite, jornal Parêntese, 2020

Do autor

Poesia

O enigma das ondas. São Paulo: Editora Iluminuras, 2020.

Experiências extraordinárias. Londrina: Kan Editora, Londrina, 2015.

Estúdio realidade. Rio de Janeiro: Editora 7Letras, Rio de Janeiro, 2013.

Poemas escolhidos. Coleção poesia viva. Org. Claudio Daniel. São Paulo: Centro Cultural São Paulo, 2012.

Visibilia. Rio de Janeiro: Setteletras, 1997. Curitiba (edição revista e ampliada): Travessa dos Editores, 2004.

Nômada. Rio de Janeiro: Lamparina, 2004.

Polivox. Poemas 1997-2000. Rio de Janeiro: Azougue Editorial, 2002. Londrina: Atritoart Editorial, 2002.

Poemas selecionados (1984-2001). Londrina: Atritoart Editorial, 2001.

Solarium. São Paulo: Editora Iluminuras, 1994.

Romance

O trovador. Rio de Janeiro: Editora Record, 2014.

Música (álbuns)

Canções do estúdio realidade. Londrina: Independente, 2013.

Polivox. Londrina: Independente, 2001.

Traduções

Zona e outros poemas. De Guillaume Apollinaire. São Paulo: Companhia das Letras, 2023.

Epigramas. De Marco Valério Marcial. São Paulo: Ateliê Editorial, 2017.

Ariel (a versão restaurada). De Sylvia Plath. Com Cristina Macedo. Campinas: Verus Editora, 2007.

Folhas de relva (a primeira edição, 1855). De Walt Whitman. São Paulo: Editora Iluminuras, 2004.

O navegante. Do anônimo anglo-saxão The seafarer (c. 450-c. 1100). Rio de Janeiro: Lamparina, 2004.

Mindscapes. De Laura Riding. São Paulo: Editora Iluminuras, 2001.

Iluminuras: gravuras coloridas. De Arthur Rimbaud. Com Maurício Arruda Mendonça. São Paulo: Editora Iluminuras, 1994.

Poemas. De Sylvia Plath. Com Maurício Arruda Mendonça: São Paulo, Editora Iluminuras, 1990.

Tradução (plaquetes)

15 poemas. De Robert Creeley. Londrina: Galileu Edições, 2022.

7 poemas. De Arthur Rimbaud. Londrina: Galileu Edições, 2021.

10 poemas. De Derek Walcott. Londrina: Galileu Edições, 2021.

Qual a palavra. De Samuel Beckett. Londrina: Galileu Edições, 2021.

89 nuvens. De Mark Strand. Londrina: Galileu Edições, 2021.

Haikerouacs. De Jack Kerouac. Londrina: Galileu Edições, 2021.

Ensaio

Roteiro literário – Paulo Leminski. Curitiba: Biblioteca Pública do Paraná, 2018. Publicado em edição revista e ampliada pela Kotter Editorial, em 2022, com o título *Foi tudo muito súbito: um ensaio sobre Paulo Leminski*.

Entrevistas

Vozes & visões: panorama da arte e cultura norte-americanas hoje. (Com Allen Ginsberg, John Ashbery, John Cage, William Burroughs, Wanda Coleman, Marjorie Perloff, Charles Bernstein, Meredith Monk, Nam June Paik, Laurie Anderson, entre outros). São Paulo: Editora Iluminuras, 1996.

Algumas antologias brasileiras

Ato poético: poemas para a democracia. Org. Marcia Tiburi e Luis Maffei. Rio de Janeiro: Oficina Raquel, 2020.

Uma espécie de cinema: uma antologia de poemas brasileiros e portugueses. Org. Celia Pedrosa, Franklin A. Dassie e outros. Rio de Janeiro: Oficina Raquel, 2019.

Haikai do Paraná. Tereza Hatue de Rezende. Curitiba: Associação Paranaense de Ex-Bolsistas Brasil Japão-Apaex, 2018.

Lula livre - Lula livro. Org. Ademir Assunção e Marcelino Freire. São Paulo: Fundação Perseu Abramo, 2018.

Haicai do Brasil. Org. Adriana Calcanhotto. Rio de Janeiro: Edições de Janeiro, 2014.

Poesia.br. Anos 90. Org. Sergio Cohn. Rio de Janeiro: Editora Azougue, 2012.

Moradas de Orfeu. Org. Marco Vasques. Florianópolis: Letras Contemporâneas, 2011.

Roteiro da poesia brasileira dos anos 90. Org. Paulo Ferraz. Rio de Janeiro: Global Editora, 2011.

Antologia comentada da poesia brasileira do século 21. Org. Manuel da Costa Pinto. São Paulo: Publifolha, 2005.

Passagens — antologia de poetas contemporâneos do Paraná. Org. Ademir Demarchi. Curitiba: Ed. IOP, 2002.

Na virada do século: poesia de invenção no Brasil. Org. Claudio Daniel e Frederico Barbosa. São Paulo: Landy Editora, 2002.

Os cem melhores poemas brasileiros do século. Org. Italo Moriconi. Rio de Janeiro: Objetiva, 2001.

*Pindorama — 20 poetas de Brasi*l. Org. Reynaldo Jiménez. Revista *tsé-tsé*. Buenos Aires: Argentina, 2000.

Esses poetas. Uma antologia dos anos 90. Org. Heloísa Buarque de Hollanda. Rio de Janeiro: Aeroplano Editora, 1998.

Outras praias: 13 poetas brasileiros emergentes. Org. Ricardo Corona. São Paulo: Editora Iluminuras, 1998.

Antologia de poetas londrinenses. Org. Christine Vianna. Londrina: Atrito Art Editorial, 1992.

Artes e ofícios da poesia. Org. Augusto Massi. Porto Alegre: Artes e Ofícios, 1991.

Alguma poesia no exterior

Itália

L´enigma delle onde. Trad. Chiara De Luca. Milão: Edizioni Kolibris, 2023.

Studio realtà. Trad. Chiara De Luca. Milão: Edizioni Kolibris, 2023.

Portugal

O enigma das ondas. Porto: Officium Lectionis, 2022.

Estados Unidos

Nueva York Poetry Review. Trad. Agustín Arosteguy. 2023.

Dispatches from the poetry wars (EUA). Michael Boughn, Ed. Kent Johnson. Trad. Marco Alexandre de Oliveira. 2017.

Cities of chance: an anthology of new poetry from the United States and Brasil. Org. e trad. Flávia Rocha. Nova York (EUA): Rattapallax Press, 2003.

Brazil, lyric, and the Americas. De Charles Perrone. Gainesville (EUA), University Press of Florida, 2009.

Peru

Vallejo & Co. "Selección de 9 poemas de Rodrigo Garcia Lopes". Trad. Reynaldo Jiménez, 2016.

Espanha

Antología de poesia brasileña. Ed. Jaime B. Rosa. Org. e trad. Floriano Martins y José Geraldo Neres. Madri: Huerga & Fierro Editores, 2007.

País de Gales

Poetry Wales. Número 40.2. Org. e trad. Flávia Rocha. Bridgend: outono de 2004.

México

El poeta y su trabajo. "Perfectos Extraños. Seis poetas de Brasil". Número 15. Org. Claudio Daniel e trad. Eduardo Milán. Primavera de 2004.

Argentina

30 poetas de Brasil. Revista *Tsé Tsé* n. 7/8. Org. e trad. Reynaldo Jiménez. Buenos Aires, 2001.

Teatro

Iluminuras. Gravuras coloridas. De Arthur Rimbaud. Com Maurício Arruda Mendonça, Sidney Giovenazzi e Adriano Garib (1994).

Cinema

Satori Uso. Baseado na vida e obra do personagem Satori Uso. P&b e cor, 17 min, 35mm, roteiro com Rodrigo Grota, 2007.

Crédito das capas originais

Solarium. Marco Mancini, sobre óleo de Robert Delaunay, "Disk, first nonobjetive painting or simultaneous disk, 1912/1913" e detalhe da concha marinha *solarium perspectivum*.

Visibilia. Jussara Salazar 1ª edição; Paulo Sandrini, 2ª edição.

Polivox. Sergio Cohn, sobre foto da região de Cydonia, Marte, tirada em 25/7/1976 pela Viking Orbiter 1.

Nômada. Rodrigo Garcia Lopes, sobre foto "Sidewinder tracks, Death Valley National Park, California", de Lewis Kemper.

Estúdio Realidade: 7Letras, sobre foto do autor em parceria com William S. Burroughs (Lawrence, Kansas, março de 1991).

Experiências extraordinárias. Marcos Losnak.

O enigma das ondas. Eder Cardoso, sobre detalhe de "A grande onda de Kanagawa", de Katsushika Hokusai (1760-1849), gravura impressa entre 1731-1734. Edição portuguesa (Officium Lectionis). Imagem da capa: *Ground swell*, óleo de Edward Hopper (1939).

Sobre o autor

Rodrigo Garcia Lopes (Londrina, PR, 2/10/1965) é poeta, romancista, compositor, tradutor e ensaísta. Publicou *Solarium* (1994), *visibilia* (1997), *Polivox* (2002), *Nômada* (2004), *Estúdio realidade* (2013), *Experiências extraordinárias* (2015) e *O enigma das ondas* (2020). É autor do livro de entrevistas *Vozes & visões: panorama da arte e cultura norte-americanas hoje* (1996) e do ensaio *Roteiro literário — Paulo Leminski* (2018). Como tradutor, publicou *Sylvia Plath: poemas* (1990) e *Iluminuras: gravuras coloridas*, de Arthur Rimbaud (1994), ambos em parceria com Maurício Arruda Mendonça; *Mindscapes: poemas de Laura Riding* e *O navegante* (*The seafarer*, do anônimo anglo-saxão, 2004); *Leaves of grass / Folhas de relva: a primeira edição - 1855*, de Walt Whitman (2005); *Ariel*, de Sylvia Plath (com Cristina Macedo, 2007); *Epigramas*, de Marco Valério Marcial (2017). Em 2001 seu poema "Stanzas in meditation" foi publicado em *Os cem melhores poemas brasileiros do século*. De 2002 a 2014, com Marcos Losnak e Ademir Assunção, foi um dos editores da revista *Coyote*. Sua obra está representada em várias antologias de poesia brasileira contemporânea, no Brasil e no exterior. Foi professor da Universidade Estadual de Londrina, Fundação Federal de Rio Grande e, de 2007 a 2009, do departamento de Línguas Românicas da Universidade da Carolina do Norte. Em 2012 foi selecionado para o Programa de Escritores Internacionais da Universidade de Iowa (Iowa City, EUA). Seu romance policial-histórico *O trovador* foi um dos sete finalistas do Prêmio São Paulo de Literatura 2015, na categoria Melhor Livro do Ano — Autor Estreante Mais de 40 Anos. Em 2019 *Roteiro literário — Paulo Leminski* foi um dos três vencedores do Prêmio Literário da Biblioteca Nacional na categoria Ensaio Literário. Tem dois discos de composições autorais: *Polivox* (2001) e *Canções do estúdio realidade* (2013). Site oficial rgarcialopes.wix.com/site

pólen bold 90 gr/m2
tipologia minion pro
impresso no verão de 2023